給你一線光明

葛俊康短篇小說集

葛俊康 著

寫在前面的話

我住在學校，每天早晨，學校起床的鈴聲一響，學生們就嘰嘰喳喳地從宿舍裡跑了出來。聽著他們的聲音，我的心裡總會有一種莫名的感動。我喜歡他們。於是，我的小說裡，就有了學生們的影子。我喜歡寫他們的歡樂與幸福，也喜歡寫他們生活中的一些苦悶與煩惱。

我寫小小說是二〇〇六年才真正開始的，雖說以前也偶爾地寫點東西，但多是自娛自樂，全是憑心情，寫出心中的感受而已。

我生在農村，但我的家在農村也還算「書香門第」，因為我的父親曾經做個教師，家裡有許多閒書，比如《三國演義》、《水滸傳》、《西遊記》、《三言兩拍》、《七俠五義》等。我大哥喜歡看書，並且還是一個講故事的高手。我從小就在父親和大哥的影響下，養成了愛看書的習慣。不過，我那時看書全是追求故事情節，但看得多了，也有了寫的衝動，於是，上高中後，自己摸索著，開始學著寫點東西。但起初寫的東西都較為零亂，也喜歡追求一些離奇的、曲折的情節，寫了一氣，自己都覺得不行。我只好先停筆，把主要的精力放在了學習上。後來，參加工作後，業餘時間多了，也有精力了，漸漸地又把以前的愛好拾了起來，沒事就拿出別人寫得好的文章，邊看邊學著模仿，慢慢地，似乎也上了路，也漸漸地發表了一些東西。

但是，每次拿到樣刊，仔細和別人的文章一比較，總覺得還有許多地方欠著火候。我就琢磨，這火候具體欠在哪些地方。後來，我上了小小說論壇，在那裡，結識了許多的老師和朋友，也學到了很多書本上沒有的東西，特別是在小小說的創作上，我得到了許多小小說大師的鼓勵與幫助。我記得曾經有位老師對我說：「藝術來源於生活，生活中的人物就猶如戲臺子上的『角』，各有各的戲路，各有各的生活方式和生存空間，有時，在我們看來完全是不可理喻的一件事情，但在他們的眼中或許就是自然，這就需要我們這些玩文字的人去深入他們的生活，去領略他們的內心世界，真正地寫出他們的喜怒哀樂！」

寫活一個人物，真正地寫出一個人的喜怒哀樂！這就是我對自己寫小小說最起碼的要求。

感謝小小說！

感謝曾經關心、幫助、指導過我的老師和文友！

感謝曾經讀過，和即將讀我的小小說的所有朋友！

給你一線光明

第二輯：愛情．家庭篇

第三輯：社會・生活篇

第四輯：官場・職場篇

第一輯

「親情‧校園篇」

1. 身後的眼睛

吃過晚飯，女兒還是忍不住告訴母親第二天學校要組織春遊的事情。母親問去哪裡？女兒說，不遠，就是學校旁邊的一個河灘地，野炊。母親一聽，愣了，心也突然地跳動了一下。母親沒說話，看著女兒。女兒那張如花的笑臉在母親的眼前變得生動起來。母親暗暗歎了一口氣，微笑著說，去吧！乖孩子，媽媽支持你！

女兒微笑著上前抱了抱母親，然後，走回自己房間，正想寫作業時，父親的電話打了過來。在電話裡，女兒也說了第二天春遊的事情。父母離婚後，女兒一直和母親一起生活。

第二天，天剛放亮，母親早早地就起了床。母親幫女兒準備好春遊的一切東西後，把女兒送到了村口。

女兒帶著一臉的喜氣，慢慢地走遠。母親站在那裡，臉上說不清是一種什麼表情，嘴裡還在不停地說著什麼。女兒忽然站住，轉過身，滿臉笑容地看著母親。女兒跑回母親面前，在母親的臉上親了一下，然後笑著跑開。不一會兒，女兒就跑出了母親的視線。

不見了女兒，母親一下就呆了。母親忙返轉身，鎖上屋門，緊跟著追了出去。

轉過一個彎道，母親又看見了女兒。女兒在前面還是那樣蹦蹦跳跳地走著。母親鬆了一口氣，腳步慢了下來。

母親就那樣若即若離地緊跟在女兒的後面。

女兒先是去學校。女兒到校的時候，同學們早已等在門口。老師清點了人數，講了講注意事項，然後帶著大家浩浩蕩蕩地就出發了。

母親躲在暗處，看著大家往河邊走，心裡又緊張起來。

同學們一到河灘地，全都歡呼起來，丟下手裡的東西就往河邊跑。

河邊，不遠處，一隻小船，頭朝河心，靜靜地停靠在那裡。

母親坐在河邊的小山坡後，看著女兒，心揪緊了，目不轉睛地望著，生怕女兒跑出了自己的視線。

女兒一到河邊，身子就像充足氣的氣球一樣輕盈起來，跳躍，嘻戲，玩水。笑聲在河堤上無遮無攔地飛來飛去。

母親在山坡後緊張得忽坐忽蹲，緊盯著。女兒跳一下，母親的心就嘎巴一聲脆響。女兒再跳一下，母親的心就再響一下。這時，河邊的風，突然大起來，嗚嗚地吹著，母親感覺自己被風吹成了紙人兒，渾身輕飄飄的。母親忙緊了緊身上的單衣。

母親就那樣一直緊盯著女兒。

時間晃悠悠地就到了中午。陽光從天空灑下來，透過樹葉的空隙，照在母親的身上，使母親的身影顯得有些迷離。

忽然，幾個同學打鬧著衝向河邊。一聲驚叫從河邊傳了過來。母親猛地一下站起來。小船裡也突然長出了一個戴斗篷的男人。

女兒看見母親，呆了片刻，猛醒過來，喊了一聲媽，衝到母親面前，問，媽，你咋來了？

母親看著女兒紅撲撲的臉蛋，一把抱住女兒。剛才的擔心焦急一下就跑得無影無蹤，代之而起的，是滿臉的笑容。母親抱著女兒，親了又親。

女兒仰頭望著母親，又問，媽，你來幹啥？

母親看著女兒說，媽還不是擔心你，怕你在河邊出事。

女兒一臉驚奇，問，出事？出啥事？

母親沉默了，臉上的笑容沒了，好半天才說，孩子，你姐就是在這河裡淹死的。那次，也是怪我。後來，有了你，但你爸還是不肯原諒我。從此，媽就有了心病，一聽說你到河邊就擔心，就怕，就想守在你身邊，陪著你，看著你，心裡才踏實！說完，母親歎了一口氣，又說，孩子，原諒媽媽，媽媽不是迷信，但媽媽愛你！

女兒抱著母親，眼裡的淚水慢慢地湧出來，說，媽媽，我也愛你！說完，抬起頭，忽然看見河裡戴斗篷的男人，愣了一下，衝向河邊，大喊一聲：爸！

首次發表於二〇一一年第一期《百花園中外讀點》

2. 我想吃碗酸辣粉

那年，姐十三歲，我十一歲。姐讀初二，我剛上初中。

新學期開學報名的頭一天，早晨，天剛放亮，母親就起床走進廚房，揭開米缸蓋子，把手伸進米缸裡掏了掏，臉上漸漸地有了一些喜色。母親把米倒出來，倒進旁邊的背兜。倒完，母親看了看，用手提了提背兜，想了想，歎了一口氣，又把米倒了一些回去。母親用秤稱了稱，點了點頭。

隨後，母親給我們交待一番後，我和姐背著米就去了鎮上。

那天，正逢趕集。到了鎮上，姐把背兜放下來，找一個靠牆的地方，把米擺在了面前。姐讓我先看著，然後自己像一個小大人似地去市場上逛了逛。逛完，姐回到我面前，臉上佈滿了愁雲。

不一會就有人來問價了。姐說了要賣的價格。那人還了一個價。姐一聽，搖搖頭，說不賣。過了幾個買主，聽了姐的報價，都搖搖頭走了。那天，姐是特別地固執，別人還的價少一分都不賣。

時間過得很快，眼看就過了中午。慢慢的，集市開始散了。姐站在那裡，兩眼仍固執地望著遠方。頭頂的太陽，火辣辣地照著。這時，一個中年人走了過來。中年人停下來。姐忙拉住中年人說，你看看這米，多白淨，多飽滿！真正的香呢。不信，你聞聞。姐抓起一把米，舉到中年人面前。中年人笑笑，問了問價格，搖搖頭，說太貴了！值不了那麼多。姐看著中年人，忙說，值！這米真的值。

那天，姐的話特多，不厭其煩地對中年人說著米的好處。中年人終於被說動了，認認真真地把米拿起來看了看，說，米是不錯！但價錢確實有點貴。不過，我買了！

聽中年人一說，姐一下就高興了起來，忙在旁邊的店裡借了一把秤。一稱，比母親說的數字還多了一斤。稱好米，拿過錢，姐數了數，臉上的喜色更是濃了。

這時，看著姐手上的錢，聞著旁邊小吃店裡飄出來的香味，我的胃裡，就像有只巨大的蟲子在翻騰，饑餓感不停地往上湧。胃裡越來越難受。我望著姐，用手扯了扯姐的衣角。

姐看了我一眼，再看看旁邊的小吃店，也吞了吞口水。姐掏出身上的錢又數了數，數完，想了想，望著我說，要不，我們吃點啥？

聽姐一問，我的肚子更是不爭氣地咕咕咕叫了起來。小店裡的香味也越發的濃了。我忙不迭地朝姐點了點頭。

走進店子，姐問我想吃啥？我使勁地抽了抽鼻子，說，姐，我想吃碗酸辣粉。

那時，一碗酸辣粉三角錢。姐想了想，轉身對老闆說，來兩碗酸辣粉。我知道，姐的肚子也餓了。並且，多出的一斤米，剛好六角錢。

酸辣粉一端上桌，我就迫不及待地吃了起來。姐坐在旁邊，先喝了口湯。我幾下就把一碗酸辣粉吃完了。姐坐在那裡，還沒有動筷。我舔了舔碗，望著姐。姐埋頭又喝了口湯，然後抬起頭，吞了吞口水，把酸辣粉推給我說，來，你吃！我愣了一下，說，咋了，你不吃？姐朝我笑笑，說，太辣了，我不想吃。我拿過碗，也沒多想，幾下又吃完了。吃完，我摸了摸肚子，覺得舒服多了。

姐看我吃完了，背起背兜，牽著我，準備往回走。剛出門，姐一下就昏倒在了地上。

那天，母親趕到醫院時，姐已經醒了過來。

醫生說姐是餓了，加上天熱，引起低血糖，人就昏了。

看見母親，姐的眼淚流了出來。姐說，媽，我餓！

母親流著淚，抱著姐說，孩子，你想吃點啥？媽馬上就買！

姐躺在母親懷裡，望著母親，好一會兒，臉紅了。姐說，媽，我想吃碗酸辣粉。

姐一說完，我張大嘴，吃驚地望著姐。

母親緊緊地抱著姐，淚水吧嗒吧嗒地滴在了姐的身上。

首次發表於《金秋》二〇一二年第八期。

3. 風吹不掉的紅榜

上高二那年，我十八歲。當時，在老師的心目中，我是一個無可救藥的、扶不上牆的差生。其實我不是天生就是如此的。我讀小學、初中的時候成績還蠻好的。只是升入高中後，由於爸爸的去世，我才失去了學習的興趣。爸爸是鎮裡的老師。一次，爸爸為了救一名落水的學生，永遠地離開了我和媽媽。爸爸的死，讓媽媽成了鎮裡的臨時工，專門負責打掃學校的教學樓。從此，我們家就住到了學校。

母親是農民，沒有讀過書，在學習上幫不了啥忙，只知道在生活上讓我吃好穿好，平時回家啥都不讓我做。所以，每次考試拿到成績後，我第一個覺得對不起的就是母親，不敢拿回家面對母親的眼神。母親問考試情況，我就只好含糊其辭地說，考得不好。母親往往就會歎口氣，說：「康娃，你爸走了幾年了，媽現在就只有你，媽的希望就全部在你身上，你無論如何給媽爭口氣。」

母親的這些話，常常壓得我喘不過氣來。但知道母親也是望子成龍，想我能考上一所好的大學。

終於，在高二下學期的期中考試中，我進了年級的前五十名。名字終於上了學校的紅榜。

看著貼在教學樓前面牆壁上的紅榜，我的心裡不知是啥滋味。

放學回家，我告訴母親我上了紅榜。母親的臉上立即就露出了燦爛的笑容。忙說，真的？快，馬上帶我去看看。說完，母親不顧鍋裡正炒著菜，把火一關，拖著我就往教學樓跑。

看著紅榜上我的名字，母親的臉上滿是喜悅的笑容。

那晚，母親的笑意一直掛在臉上。母親很久沒有這樣笑過了。看著母親的笑容，我的心裡多少也感到好受了一些，不久就慢慢地沉入了夢鄉。

要到天亮的時候，我被外面的風雨聲驚醒了。原來外面下起了大雨。

躺在床上，聽著外面的風雨聲，我有了一些尿意，忙起床後就往衛生間跑。走過母親的房間時，我發現母親的房門是開著的。往裡一瞧，床上卻沒有母親的身影。

我想母親是不是也去了衛生間，我就在外面等。等了好長時間，沒見母親出來。我忙推開門，哪有母親？我的心一下就慌了，在這大風大雨的夜晚，母親一個人會到哪裡去呢？我忙拿上手電筒出門去找。

走到教學樓的時候，我看見一個人影正站在那裡用手扶著牆壁。我忙走了過去，發現是母親。只見母親兩手緊緊地壓著下午才貼上去的紅榜。

看著母親的樣子，我十分的不解。母親看著我，說，你來幹啥？快去睡，明天還要讀書！

我問母親那樣壓著紅榜幹啥？

母親看著我，認真地說，我這樣壓著，它才不會被風吹掉。

聽完母親的話，我還是不理解。我想，即使吹掉了又怎樣？

母親看著我困惑的樣子，說，我就是想讓大家明天再看看，我兒子也上了紅榜。

母親一說完，我的心裡竟猛地震動了一下。母親，這就是我可親可愛的母親。此時，看著母親在風雨中扶著紅榜的樣子，我的眼淚不自覺地就流了出來。

我走上前，緊緊地抱著母親，任淚水肆意地流淌。

一年後，我終於考上了一所理想的大學。走的那天，母親送我到車站。在火車開動的一瞬間，看著月臺上母親那花白的頭髮，我的眼中又濕潤起來，我覺得最對不起的就是我母親，因為我第一次上紅榜的成績全是假的，是作弊的結果。

首次發表於《少男少女》二〇〇七年第二十期。

4. 特殊的考卷

吃過晚飯，李陽早早的就去了書房。

李陽是鎮中學初二年級的學生。學校明天要進行模擬考試。李陽想認真的複習一下，考好點，給大家留下一個好的印象。李陽是這期才從別的地方轉學過來的。

李陽是一個學習特別有自覺的孩子。那天晚上，李陽一拿著課本就忘了時間。一直到晚上十二點，姑媽催了幾次，李陽才戀戀不捨地上了床。躺在床上，迷迷糊糊的，李陽又夢到了以前的同學。在夢中，李陽和同學們一起在操場打藍球，練跑步；在山上捉迷藏，摘野果。後來，玩累了，李陽和同學們躺在學校背後的小樹林裡，看天。上課的鈴聲響了，大家翻身起來嘻嘻哈哈的就跑回了教室。剛坐下，李陽就聽到「轟隆」一聲巨響，好像房頂壓了下來。李陽一下就醒了，忽的從床上坐了起來。李陽的頭上冒著汗水，心裡「咚咚」直響，眼前全是同學們的影子。李陽就那樣傻了似的在床上坐著，慢慢的，眼睛開始了濕潤。李陽埋下頭，彎下腰，肩膀一抽一抽的開始了哭泣。

第二天，考試時，李陽拿著卷子，忽然又想起了頭天晚上的夢景，想起了夢中的同學。李陽靜靜地坐了一會兒，眼睛又開始了濕潤。李陽顧不上擦一擦眼淚，拿起筆開始了做題。淚水滴在考卷上，李陽從身上摸出衛生紙擦了擦，又繼續做題。

那天，李陽是邊做邊流淚。

交卷的鈴聲響了。李陽看了看手中的卷子，眼中的淚又流了出來。李陽再次擦了擦試卷上的淚痕，放好卷子，走出了教室。

那幾天，李陽的心裡，一直想著以前的同學。李陽知道，這次的模擬考試是徹底地考砸了。李陽不敢面對老師。

誰知，幾天後的一個早晨，李陽卻被班主任老師叫到了辦公室。

看見李陽，老師從辦公桌上拿起一張試卷，問李陽是不是他的？

李陽用眼睛掃了一眼試卷，臉上一紅，輕輕地點了點頭，隨後，馬上又把頭低低的埋了下去。

老師看了眼手中的卷子，對李陽說，其實，你這次其它科的成績考得還是蠻不錯的！

聽老師一說，李陽的臉更紅了，頭也埋得更低了，更不敢抬頭看老師。

老師看李陽的樣子，又說，不過，我沒搞懂你這張卷子是啥意思？老師邊說邊抖動了一下手中的卷子。

李陽還是低著頭，一言不發的站在那裡。

老師又說，你說說，你為啥要在上面寫這麼多的名字？我數了數，上面一共寫了五十二個人的名字，並且還偏偏就沒有你的名字。

這時，李陽終於抬起了頭。李陽一臉的淚水，說，老師我錯了！

看見李陽的淚水，老師更是丈二的和尚摸不到頭腦，不知道李陽哭啥，覺得李陽心裡肯定有啥事情瞞著老師，於是，忙走到李陽的面前，用手摸著李陽的頭，十分和藹的問，哭啥？心裡有啥委屈說出來，老師幫你！

李陽望著老師，臉上的淚水更是恣意的流淌。

老師忙彎下身子，抱著李陽。

李陽終於說，老師，這上面的名字全是我以前的同學。

老師一驚，啥？你的同學！

李陽點點頭，望著老師，說，老師，我想幫他們再考一次試。說完，李陽臉上的淚水鋪天蓋地的淌了下來。

此時，老師想起了在那次大地震中，李陽是他們班上唯一的倖存者。

老師緊緊地抱著李陽，瞬間，也是淚流滿面。

首次發表於《短篇小說》二〇〇九年第六期。

5. 兩個人的小站

小站建在山頂，四周除了石頭就是樹木。站內有一個池子。池子很大，裝滿了鹽水。池子的下面還有一個很大的水塘，夏天，附近村民的孩子都喜歡到水塘裡游泳。就因為這，小站就有了許多故事。

最早，小站值班的是父子二人，後來是一對夫妻，現在是母子。平時，站裡也沒啥大事，就看看水位，一個人夠了，另一個沒啥事幹就去放羊。

這天，是除夕，傍晚的時候，天空中紛紛揚揚地飄起了雪花，女人的小兒子，手裡拿著一本書，站在小站門口，望著遠處的山巒，滿臉焦急。

終於，遠處的山樑上冒出了一群小黑點，小夥子朝著黑點的方向，使勁地招著手，並大聲地喊了起來。

那黑點在山樑上停了一下，小夥子忙邁動已經站得僵硬的雙腿往前走了幾步。不久，女人就頂著一頭被山風吹得紛紛揚揚的亂髮，趕著一群走路都打擺子的老山羊，跌跌撞撞地向小站走了過來。

小夥子站在那裡，看著越走越近的女人，驚叫了一聲，手中的書一下掉在了地上，幾步竄到女人面前，看著女人滿臉的淚痕，忙接過趕羊的鞭子問，媽，您咋了？

女人沒回答，走到小站門口，一屁股坐在石礅上，抽抽泣泣地哭了起來，哭了好長時間，還是啥話都沒說。

小夥子懵在那裡，看了看旁邊的羊群，半天，終於明白了女人哭泣的原因：少了一隻羊。忙安慰說，媽，別哭了，別哭壞了身體，過年了，該高興才是，不就是少了一隻羊嗎，又沒啥大不了的事。

女人看了小夥子一眼，又望瞭望遠處的山坡，越發地哭得凶了。

小夥子沒轍了，蹲下身子，抱著女人，不停地替女人擦著淚水。

哭著哭著，女人抬臉望著小夥子，伸手摸著小夥子的臉說，羊沒丟。

小夥子愣了一下，又轉身看了看身邊的羊群，問，沒丟？沒丟咋少了一隻？

女人說，那只大的送人了。

小夥子哦了一聲，又問，羊沒丟，好端端的，那您哭啥？

女人又哭了起來，邊哭邊說，過年了，我又去看了你爸他們。

小夥子愣了愣，緊咬著嘴唇，望瞭望遠處的山坡，把頭緊緊地埋在母親的懷裡，淚水也從眼眶裡慢慢地湧了出來。

雪，下得更大了，沙沙的落在屋脊和房樑上。天，慢慢地就黑了下來。站內池子上的燈光，漸漸地模糊在了空氣裡。附近的村子裡，斷斷續續的有人放起了鞭炮，劈劈啪啪地炸著。女人坐著看了一會，長長地歎了一口氣，擦了一把臉上的淚水，站起身，捋了捋頭髮，蹣跚著進了裡屋。

不久，女人提著一個籃子走了出來。小夥子忙接過籃子，緊跟在女人的身後往對面的山坡上走。

山路上落滿了雪，石頭上結了厚厚的冰。女人打著一個小手電筒，借著那點微弱的光在雪地裡艱難地走著。夏季鋒利的蘆葦草早已在大雪裡死去，只有幾株毛竹不時的把它光禿禿的枝幹伸展到小路上來。女人和小夥子在雪地裡一陣亂走，最後在山頂的一個小坡上停了下來。山坡上，矮矮的兩座土堆，孤零零的坐落在那裡，連一塊墓碑都沒有。女人走到一座新墳前，從籃子裡拿出一疊紙錢，再拿出香蠟，摸出打火機想把它點著，可是呼呼刮著的風一下就把那火給刮滅了。小夥子忙接過打火機，把兩隻手攏起來，圍成一個半圓的形狀，然後背著風的方向。試了幾次，火終於燃起來了。把香蠟插在墳前的黃土裡，小夥子又從籃子裡取出一瓶「二鍋頭」，拿出酒杯，倒上，放在了墳前，然後跪下去，叫了兩聲爸，邊哭邊深深地磕了幾個頭。

女人倒在墳前，雙手緊緊地抓住墳上的新土，哭著：加林，我知道，你是對的。因為兒子走那年，你就說過，兒子做得對。但是你們好狠心，咋就把自己的命都丟了呢？女人邊哭邊燒著紙錢。哭了一會兒，小夥子上前扶起女人，女人站起身，提著籃子，又往旁邊的舊墳走去。

此時，雪越下越大。山下的小路上，幾點燈火，慢慢地移了上來。

首次發表於《教師博覽原創版》二〇一二年第五期。

6. 丟錢的父親

我正上課的時候，父親來到了教室門口。

父親穿著一件又肥又大但洗得乾乾淨淨的舊西服，手裡提著一個布口袋，怯生生地站在那裡向教室裡張望。

看見父親，我忙請假走了出去。父親見了我，略顯憔悴的臉上馬上就露出了一絲欣喜，並急不可待地向我走來，走到面前，仔細地端詳著我，彷彿不認識似的。好一會，父親問，康姓，你沒事嗎？

聽到父親的問話，我感到莫名其妙，但看見父親那焦急的眼神，我忙說沒事。父親長長地歎了口氣，說，沒事就好！沒事就好！你好長時間沒回來了，你媽不放心，想你，叫我來看你一下，說順便給你帶點生活費來。父親把手中的口袋遞給我，又說，這是你媽攢了十幾天的土雞蛋，你現在馬上就要考試了，學習緊，費腦筋，應該吃好點，多補補，身體不要吃了虧。

提著手中的雞蛋，想著在農村辛勤勞作的父母，我不知道心中是一種啥滋味。為了衝刺高考，我已經很長一段時間沒回家了，但我知道母親一直在病中，更需要營養。於是，我忙把口袋往父親手上推，說不要，叫父親帶回去。

父親沒接口袋，卻狠狠地看我一眼，說，叫你拿著就拿著。現在的營養不跟上，把腦子費了咋個辦？父親邊說邊把手伸進西服口袋裡摸。

我知道父親是摸錢。為了我每月的生活費，父母親想盡了一切辦法。

父親摸著摸著的時候，臉色一下就變了，並說，咋沒了呢？父親又忙低下頭把西服的口袋全翻了過來，也沒有看見錢的影子。父親的臉上現出了焦急、沮喪的神情。

我想，父親肯定是來的時候被扒手偷了，就忙安慰父親說，沒事，我可以向同學借點，自己節省點。

父親沒理我，不停地還在身上摸，邊摸邊說，這小偷咋個恁凶喲！我上車的時候才看了的。唉！我真是太笨了！我來的時候你媽就叫我注意點，哪曉得還真的就叫我搞丟了！我硬是笨，笨到家了！父親不停地在那裡自責著。

好一會，父親抬起頭，看著我說，康娃，等幾天我再想辦法，不過，丟錢的事你不要跟你媽說，她正在病中，我怕她氣出大問題。

聽著父親自責的話語，看著父親那滿臉的憂愁，我點了點頭，並說，爸爸，丟了就丟了，不要一直放在心上，我會好好照顧好自己的，你和媽媽更要保重身體。

聽我說完，父親看著我，歎口氣，轉身離去。

誰知，中午的時候，父親又來了。此時的父親，一張皺紋滿布的臉上沒有一絲血色且滿是汗水。父親從身上拿出一百元錢遞給我說，真是老天有眼，先前出去碰上了我們隊上在城裡打工的木生，我就找木生借了一百元。

我接過錢忙問父親吃飯沒有？父親說不吃，母親還在家裡等著他，他回去吃。

我知道父親的脾氣，勸也無用，只好把父親送到學校的大門口。看著父親離去的背影，我眼中的淚水不爭氣地就流了出來。

幾天後，我進城買點東西，也是湊巧，碰上了木生叔。我跟木生叔打過招呼後就說，木生叔，謝謝你那天借了一百元錢給我爸爸。

誰知木生叔一聽，一頭霧水，說，我啥時借過錢給你爸？

你沒借？我滿腹狐疑地望著木生叔。

木生叔肯定地點了點頭。

此時，我想起了父親那張沒有血色的滿是汗水的臉。

首次發表於二〇〇七年三月二十五日《新課程報語文導刊》。

7.「淘氣」的乖女孩

第三節課下課後，唐琳琳一直站在教室外面的欄杆旁邊，目不轉睛地看著林老師的辦公室。這段時間，只要有林老師的課，唐琳琳總是早早地就站在那裡看著。

林老師從辦公室一出來，唐琳琳立馬就往教室裡走。走進教室，唐琳琳從書包裡拿出早就準備好的一些紙條，不停地往臉上貼。

唐琳琳一貼完，全班同學看著她那滑稽的樣子，「哄」的一聲就大笑了起來。

唐琳琳紅著臉，站在那裡，望著教室門口，自己也忍不住笑了。

這時，伴隨著同學們的笑聲，林老師走進了教室。看見唐琳琳的臉上貼滿紙條，林老師愣了一下，皺了皺眉頭，沒說話，木著臉走向講臺。

林老師是一名女老師，教初二英語。唐琳琳是英語課代表，特別喜歡林老師。林老師也很喜歡唐琳琳。唐琳琳原本就是班上一個很乖的小女孩，平時溫溫柔柔的，不但學習成績好，還特別討人喜歡。但這段時間，不知咋搞的，只要有林老師的課，唐琳琳總要搞一些惡作劇逗人發笑，成了同學們心目中的小淘氣王。

這天，唐琳琳站在那裡，臉上露著微笑，一雙小眼睛怯生生地望著講臺上的林老師。林老師木著臉，望著唐琳琳。慢慢的，唐琳琳臉上的笑容就僵住了，呆在那裡，眼裡寫滿了失望。

林老師站了一會兒，眉頭再次皺了皺，冷哼了一聲，狠狠地剜了唐琳琳一眼。

唐琳琳忙低下頭，扯下紙條，一臉委屈地坐在了凳子上。

上課的鈴聲一響，林老師開始講課。這時，唐琳琳立馬坐直身子，恢復了一個乖乖女的形象，專專心心地聽起了課。

林老師看著唐琳琳的樣子，在心裡暗暗地舒了一口氣，點了點頭。

誰知，一下課，林老師還沒走，唐琳琳馬上就換了個人似的，又開始了她的惡作劇表演。唐琳琳先是把一頂不知哪裡找來的爛鴨舌帽戴在了頭上，在自己的位子上搖頭晃腦地讀起了課文。

看著她的表演，同學們又是哄堂大笑。

唐琳琳沒笑，只是邊讀邊用眼角的餘光看著臺上的林老師。

林老師看著唐琳琳的樣子，在心裡苦笑了一下，搖搖頭，還是木著臉，沒說話。

唐琳琳歎了一口氣，放下書，忽然從書包裡掏出一隻淡灰色的塑膠鴿子。鴿子細細的腿上還拴著一根五顏六色的繩子。唐琳琳把鴿子放在桌上，看了臺上的林老師一眼，一隻手拉著繩子，一隻手不停地撥動著鴿子的頭部。

隨著唐琳琳的撥動，塑膠鴿子邊擺頭邊咕咕咕地叫著。那叫聲惟妙惟肖，特別引人發笑。

教室裡更是轟動了起來。同學們全圍到了唐琳琳身邊，歡叫聲，口哨聲，此起彼落。

林老師終於忍不住了，木著臉走到唐琳琳面前，一把抓過鴿子，說，你，馬上到辦公室來一趟。

唐琳琳伸了一下舌頭，取下頭上的鴨舌帽，緊跟在林老師的後面，怯生生地去了辦公室。

走進辦公室，林老師木著臉，看了唐琳琳一眼。

唐琳琳站在那裡，低著頭，不敢看老師。

林老師把鴿子放在桌上，敲了敲桌子，木著臉說，唐琳琳，你自己說說，你這段時間究竟咋了？咋會變成這樣？

唐琳琳抬起頭，看著老師，嘴張了張，沒說話。

林老師歎了一口氣，又說，你以前並不是這樣的，究竟是咋了？有啥事嗎？咋每天都要在班上搞一些惡作劇呢？

唐琳琳看了林老師一眼，低下頭，吞吞吐吐地說，老師，那些表演，全是演給你看的。

林老師愣了一下，感到特別驚奇，說，演給我看的？啥意思？你為啥要演給我看？

唐琳琳哭著說，老師，我想看見你的笑臉。

唐琳琳一說完，林老師更是一臉的驚訝，徹底地呆住了，站起身，上前抱著唐琳琳，啥話都沒說，眼眶裡也慢慢地開始了濕潤。

其實，唐琳琳哪會知道，前不久，林老師的臉部肌肉神經受了傷後，早已經就不會笑了。

首次發表於《少男少女》二〇一〇年第九期。

8. 天橋上的歌聲

山裡的孩子，沒啥愛好，就喜歡唱歌。一年的支教時間，在孩子們的歌聲中，一晃就過了。想著朝夕相處了一年的孩子們，幾天來，我的心情久久不能平靜。

我支教的學校，是一所山村小學，建在一座大山的腳下。學校的對面，遠遠近近地散落著幾個村子。一座石砌的小橋，將學校和村子連為了一體。

這天是我離校的日子，早晨，天還沒有全亮，我正收拾東西時，敲門聲響起。開門一看，全班的三十多個學生，頂著晨風，排著隊靜靜地站在門外。孩子們臉上掛著淚痕，誰也沒說話，都怯生生地望著我。班長小慧紅著臉，站在最前面。

我愣了一會兒，走上前，摸著小慧的肩膀，問，你們有啥事嗎？你們咋了？

這時，小慧抬起頭，擦了擦眼睛，忽然就笑了，說，老師，我們知道您要走了，我們想請您去看看天橋。

小慧說完，孩子們全都抬起頭說，老師，我們請您去看天橋。

我傻了一下，天橋？啥天橋？

小慧伸手往外一指，說，就是那座石橋。

我一聽，摸了摸小慧的頭，看著孩子們，笑呵呵地說，那不是天天都看著嘛，有啥好看的？

小慧垂下頭，怯生生地說，我們想再為您唱首歌。這時，孩子們又望著我說，老師，我們想再為您唱首歌。

看著孩子們那一雙雙企盼的眼睛，我的心裡，忽然有了一種特別難受的感覺，眼眶一濕，咬了咬嘴唇，說，好，走，我們去看天橋，老師也想再聽聽你們的歌。

我剛說完，孩子們馬上就緊緊地圍在我身邊，拉著我就往橋上走。

幾分鐘後，我們來到了橋上。

孩子們看見天橋，一掃剛才的陰鬱，全都嘰嘰喳喳地跑開了。

走上天橋，我一下愣住了。橋面上，孩子們用帶著露水的鮮花，鋪了幾個大字：老師，我們永遠愛您！我怔在那裡，眼淚慢慢地又開始往外湧。

這時，一個男孩跑到我面前，拉住我的手問，老師，您知道這橋為什麼叫天橋嗎？

我搖搖頭，擦了下濕潤的眼眶，朝男孩笑了笑。

男孩說，這橋是村裡的順天爺爺帶領我們修的，所以我們叫天橋。還有，我爸說，這是通過山外的金橋，是村子富起來的致富橋，所以叫天橋。老師，我爸還說了，您就是我們山裡孩子的天橋。

男孩一說完，孩子們又全都圍了上來，異口同聲地說，老師，您就是我們的天橋。

我的心被重重地震了一下，忙俯下身子，抱著男孩，望著孩子們，心裡說不清是一種啥滋味，只是淚水立馬就在臉上婆娑了起來。

小慧走到我面前，指著橋面上的字說，老師，這是我們全班同學送給您的禮物，希望老師喜歡。老師，我們再給您唱首歌。說完，小慧不等我同意就開始唱了起來。剛唱了第一句，孩子們就跟著唱了起來：春天的花開了／老師，我們想您／您的恩澤如綿綿細雨滋潤我心田／夏天的蟬叫了／老師，我們想您／您的教誨似涼爽的風輕拂我耳際／老師，我們想您……

歌聲在橋上回蕩，在山裡迴盪。橋下的河水，帶著孩子們的歌聲，歡快地向山外流去。

我忙走進孩子們中間，拉著他們的手，一起唱了起來。

唱了一首又一首，後來，孩子們唱完了，唱累了，全都哽咽著說不出話來。我忙背過身子，走下橋頭，偷偷掏出手機，撥通了愛人的電話，剛說了幾句，愛人就長長地歎了一口氣，說，我知道你的意思，啥天橋不天橋的，你想留就留下吧！你放心，我和女兒會照顧好自己的。你要注意自己的身體，你那病不能太累了。說完，愛人就掛了電話。

聽著電話裡的嘟嘟聲，想起愛人和孩子，我的眼淚慢慢地又淌滿了臉龐。

首次發表於《青春》二〇一二年第四期。

9. 喜歡關水龍頭的孩子

胡揚是鎮中初一年級的學生。

胡揚的老家在一座高高的山上。父親去世後，胡揚和母親相依為命地生活。每次一想起父親，胡揚的心裡就酸酸地難受。

這天，吃過午飯，胡揚洗好碗後，站在宿舍門口的水槽前，看著白花花的自來水嘩嘩地流著，皺了皺眉，忽然又想起了父親。想起父親，胡揚的心裡嘎巴一聲脆響，那種酸酸的感覺一下就貫遍了全身。

胡揚的眼睛又慢慢地濕潤了起來。胡揚擦了擦濕潤的眼睛，轉過身，慢慢地就往樓下走。來到樓下，胡揚看了看四周。同學們三三倆倆地正在操場上打鬧。胡揚搖搖頭，穿過操場，直接就往學校伙食團走。

胡揚來到伙食團，又四處看了看，忽然看見幾個同學正在伙食團的空地上打羽毛球。胡揚呆了一下，停下腳步。胡揚站在那裡，想了想，最後，還是慢慢地走到了伙食團旁邊堆煤炭的小房間門口。

胡揚站在門口，再一次往四周看了看，然後慢慢地彎下身子，繫了繫鬆動的鞋帶，左右瞧了瞧，靠近旁邊自來水的總閘，慢慢地伸出雙手，抓住閘門，使勁地往順時針方向轉動。關好閘門，胡揚站起身，長長地鬆了一口氣。

這時，班裡的王昕忽然一下就衝到了胡揚的面前，一把抓住胡揚，說：「原來是你在關水龍頭！每次洗碗你都要關水龍頭，同學們早就懷疑是你了，今天讓我抓了個正著，現在還有啥話說的？走，到辦公室。」

王昕是班長。胡揚看著從天而降的王昕，一下就慌了神。胡揚做夢都沒想到王昕會跟蹤自己，會發現自己每天關水龍頭的秘密。胡揚紅著臉，站在那裡，不知所措。

王昕抓著胡揚的衣領，不管胡揚願不願意，生拉活拽地就把胡揚往辦公室拖。

打羽毛球的幾個同學全圍了過來。

胡揚看了看那些同學，一張臉漲得像熟透的蘋果。

胡揚害怕了，死死地站在那裡，更是不知咋說，說了半天，一句完整的囫圇話也沒說出口。

同學們看著胡揚的窘態，吹著口哨，開始了起哄。

王昕抓住胡揚，更是得意，臉上似笑非笑地看了一眼大家，拉著就走。

最後，胡揚沒轍了，只好緊跟在王昕的身後，雙腳擦著地面，慢慢地往辦公室挪動。

到了辦公室，老師一問原由，王昕就迫不及待地說了胡揚關水龍頭的事情。

老師聽完，轉過身，微笑著望著胡揚，問：「你說說，你咋就那麼喜歡關水龍頭呢？」

胡揚紅著臉，看著老師的眼神，心裡慢慢地踏實了下來。

胡揚慢慢地開始了述說。

原來，胡揚的老家是一個特別缺水的地方，乾旱的時候，只有到半邊岩去接泉水，半天都接不滿一桶。那時，除了吃水，誰也不敢亂用。一次，胡揚和村裡的同伴玩耍的時候，不小心打翻了鄰居的一桶水，父親知道了，狠揍了胡揚一頓。後來，父親去幫鄰居提水的時候，不小心滾下了山岩。

現在，胡揚一看見同學們經常用了水不關，或者慢慢地在那裡邊洗碗邊打鬧，整幢宿舍樓的水龍頭全都嘩嘩地流著時就會想起父親。一想起父親，胡揚的心就會痛，就會滴血樣的痛。那時，胡揚就想衝上去，關掉水龍頭。後來，胡揚就想到了伙食團旁邊的總閘。

最後，胡揚流著淚望著老師，說：「老師，對不起，我不想讓那些水白白地流走。」

老師走上前，緊緊地抱著胡揚，說：「孩子，謝謝你，謝謝你給我們上了一課。」

首次發表於《少男少女》二〇一一年第五期。

10. 不會說話的女生

林潔不會說話了。

早晨，孔林一到校，就到處宣揚這一驚人的消息。孔林說，今天在上學的路上，他忽然發覺林潔不會說話了。

林潔讀初二，和孔林是一個村的，但林潔的家窮，孔林的家富裕。林潔有一個長期生病的父親。母親走後，林潔和父親相依為命地生活。由於生活的原因，林潔平時在同學們面前就顯得少言寡語，有點自卑。

但誰也不會想到林潔一下子就不會說話了。同學們看著孔林，冷笑著搖搖頭，不信，認為孔林是吹牛。孔林這人平時就喜歡吹牛。

孔林看同學們不信，一下就慌了，漲紅著臉，賭咒發誓地說，這次我真的沒吹牛，不信你們就問問她去，看是不是真的！

於是，同學們一窩蜂地湧到林潔的面前，問林潔。誰知，還真如孔林所說，林潔對同學們的問話只知道搖頭，其餘啥都不說。同學們看林潔的樣子，都感到有點不可思議，好端端的人咋一下就不會說話了呢？

同學們圍在林潔的身邊，七嘴八舌地開始了議論。面對同學們的議論，林潔急得臉紅筋漲，不停地對同學們搖頭，不停地擺手。同學們不知道林潔到底發生了啥事，也愣在那裡不知所措。

這時，上課的鈴聲響了。老師來到了教室門口。

老師走上講臺，立馬就有同學向老師報告了林潔不會說話的事情。老師一聽，更是感到奇怪。老師帶著一臉的疑惑，走下講臺，來到了林潔的面前。

林潔看見老師，臉更是紅得像那熟透的蘋果。林潔低得頭，看著自己的腳尖，一臉的愧色。

老師問林潔，孩子，有啥事嗎？給老師說說！

林潔搖搖頭，啥話也沒說。

老師又問，你咋不說話呢？

林潔又搖搖頭，但馬上又點了點頭，隨後用手指了指講臺，滿臉的焦急。

看林潔始終只搖頭不說話，老師的心裡開始了打鼓，難道這孩子真的遇到了啥事情？老師想，必須把事情弄個水落石出。於是，老師拿起林潔書桌上的紙和筆，叫林潔用筆寫，寫出究竟是啥原因使她不能說話了。

林潔拿起筆，想了想，又放下，對老師搖搖頭，一臉的對不起。此時，淚水開始了在林潔的眼眶裡打轉。

老師看林潔要流淚，更是慌了神，這孩子咋了？撞啥邪了？好端端的，咋一下就不會說話了呢？是不是受了啥刺激？想到這裡，老師忙走上前抱著林潔，問，孩子，是不是病了？我帶你去醫院看看。

這時，林潔聽說去醫院，更是搖頭。老師看著林潔，苦笑了一下，最後回到了講臺。

那天，上完課後，老師給林潔的父親打了一個電話。

父親趕到學校時，第二節課已經下課。那時，林潔還是不會說話。

在辦公室，父親聽老師說完事情的經過後，一下驚在了那裡。一會兒，父親走進教室。林潔看見父親，一下就呆住了。林潔沒想到父親會來到學校。林潔本不想讓父親知道這件事情。

父親走到林潔面前，林潔緊緊地抱著父親。父親雙手捧著林潔的頭，問，孩子，你咋了？咋一下就不會說話了呢？

林潔抬頭望著父親，終於控制不住自己，「哇」地一聲哭了起來。林潔邊哭邊說出了事情的原委。

原來，學校要交五十元資料費，林潔沒錢，林潔也不想喊父親拿，於是，孔林就和林潔打賭，說只要林潔一天不說話，孔林就拿五十元錢給林潔。

聽完林潔的哭訴，父親緊緊地抱著林潔，說，傻孩子，你真是一個傻孩子！說完，父親臉上的淚水立馬就婆娑了起來。

首次發表於《少男少女》二〇一〇年第一期。

11. 賣雞

村子裡的雞剛叫頭遍的時候，李蘭就起了床。

昨晚，兒子又說要交六十元錢的資料費，李蘭說，沒事，你只管安心讀書，我明天就上街賣那隻老母雞，反正它也不生蛋光吃糧食，早就想賣它了，現在正好。說完，李蘭還對兒子露出了一絲淺淺的笑意。

兒子在鎮上讀高三，正是衝刺高考的關鍵時候。自從丈夫去世後，李蘭和兒子一直相依為命的生活。為了讓兒子考上一個好點的大學，李蘭不知吃了多少苦頭。

這天早晨，天邊還朦朦朧朧的一片混沌，李蘭就高一腳低一腳地走上了去鎮上的山路。李蘭的家，距鎮上有十幾里的山路。

李蘭到了雞市，問了問其他幾位賣主的價格，臉上立馬就佈滿了愁雲，但李蘭還是不甘心地找了一個靠牆的地方，把雞擺在了面前。

漸漸的，市上的人就多了起來，鬧哄哄的一片混亂。李蘭站在那裡，用腳踩著拴雞的繩子，兩手捧在一起，不停地用手呵著氣。那時，正是冬日，空氣凜冽得一哈氣就能結冰。此時，一陣寒風吹來，李蘭一頭花白的頭髮被風吹得東倒西歪。李蘭用手理理頭髮，然後馬上又將手放在嘴前呵了起來。

不一會就有人來問價了。李蘭說了要賣的價格。那人還的價卻低出了李蘭心目中的底線，李蘭搖搖頭，說不賣。

過了幾個買主，聽了李蘭的報價，都搖搖頭走了。那天，李蘭是特別的固執，別人還的價少一分李蘭都不賣。旁邊的人都勸李蘭賣了算了，免得在街上站著受凍受餓。

這時，又一陣寒風吹來，李蘭不禁打了一個冷顫，心裡的冷意更是嚴重。

時間過得很快，慢慢的，集市就開始散了。李蘭站在那裡，兩眼仍固執的望著遠方。李蘭知道不賣到心目中的價錢，兒子的資料費就不能保證。

眼看就到中午了，雞也開始了在腳下撲騰。這時，一個騎摩托車的中年人走了過來。中年人在李蘭的面前停了下來。李蘭忙拉住中年人說，你看看這雞，真正的本地土雞。中年人問了問價格，搖搖頭，說太貴了！值不了那麼多。李蘭忙說，值！這雞全是糧食餵的，沒餵一顆飼料。

那天，李蘭的話特多，不厭其煩的對中年人說著土雞的好處。中年人終於認認真真的把地上的雞拿起來看了看，說，雞是不錯！但價錢確實太貴了。又問李蘭價格是不是可以少點？李蘭搖搖頭，說，這個價錢不能再少了，再少兒子就買不回資料了。中年人一聽，感到有點驚奇，不知這價錢少點和她兒子買資料有啥關係？就一臉狐疑的望著李蘭。李蘭的臉一紅，朝中年人苦笑了一下，說，我兒子正讀高中，學校讓交六十元資料費，這雞不賣上六十元，兒子就得不到資料。

中年人一聽，一下就笑了起來，說，好，那我就出六十元把這雞買了。中年人邊說邊掏錢。李蘭忙不迭地彎下腰抱起了地上的雞。

拿著錢，李蘭帶著一臉能夠照見人影的喜氣，走到了兒子讀書的學校。在兒子的教室門口，李蘭看到了買雞的中年人。

李蘭站在那裡，傻了似的。

首次發表於二〇〇九年四月二十五日《農村新報》。

12. 娟娟的骨哨

清晨，太陽還沒有升起，壩子邊的小草上，覆蓋了一層晶瑩的露珠。早起的鳥兒在屋前的樹叢中飛來飛去。娟娟坐在壩子裡，嘴裡吹著骨哨，看著遠處黛青色的山巒，想著心事。

昨天，娟娟班裡一位女同學住進了醫院。女同學的家裡很窮。娟娟就想發動班上的同學搞一次愛心捐助。娟娟是班長，這些事娟娟應該承頭。但娟娟想，一捐款，肯定就得喊母親拿錢。娟娟知道家裡其實也很窮。父親去世後，娟娟一直和母親生活。

娟娟吹著骨哨，不知咋向母親開口。娟娟想著母親的艱辛，取下骨哨，重重地歎了口氣，然後，看著遠山，若有所思地坐在那裡，把玩著手中的骨哨。

娟娟平時沒事就愛把玩骨哨。娟娟的骨哨很美，是奶奶送的。娟娟的骨哨不但好看，還能吹出動聽的音樂。小時，娟娟就是在奶奶的骨哨聲中慢慢地長大，開始懂事。後來，作為對奶奶的懷念，娟娟對骨哨有了一種特別的感情。每次娟娟把骨哨放進嘴裡，就會想起奶奶。慢慢地，娟娟越發的喜歡上了骨哨。娟娟每天都把骨哨帶在身邊。有時，下課後，娟娟還會拿出來吹一小段。

娟娟吹骨哨的時候，班裡的同學總是圍在娟娟的身邊，聽著曲子，看著骨哨，都覺得很稀奇，都想看看。娟娟也從不掃大家的興，總是很慷慨地拿給大家把玩。偶爾也會讓那些喜歡音樂的人吹上幾曲。

但吹得最多的還是班裡一個男孩。那男孩也特別喜歡音樂，對娟娟的骨哨也是情有獨鍾，每次拿到骨哨總是吹個沒完，歸還的時候，總是遲遲疑疑，還有點捨不得的意思。一天，男孩終於鼓起勇氣，對娟娟說，他很喜歡骨哨，喜歡得連做夢都想，他問娟娟可不可以賣給他，還說，只要娟娟說個價，錢再多都無所謂。

娟娟知道，男孩的父親是包工頭，家裡很有錢。但娟娟不喜歡錢，只喜歡骨哨。娟娟就對男孩搖搖頭說不賣，說是奶奶送她的，再多錢她也不會賣。聽娟娟一說，男孩感到很失望。但男孩不死心，每天沒事就纏著娟娟。

現在把玩著骨哨，娟娟又想起了男孩。娟娟記得，昨天那男孩都還在纏她，要她把骨哨賣給他。

娟娟想，我咋會賣呢？這可是我奶奶留給我的唯一紀念。

這時，母親在廚房裡喊娟娟吃飯。娟娟再次看看手中的骨哨，答應母親後，把骨哨放進書包，走進了廚房。

那天上午，娟娟來到學校，請示老師後，就在班上發動學生捐錢。不一會兒，班上就捐了二〇〇多元。其中，娟娟捐得最多，一人就捐了二十元。

看著捐款名單上的金額，老師感到有點驚奇。老師知道，其實，娟娟的家裡也很窮。於是，老師就問娟娟，你咋捐那麼多？娟娟紅著臉看著老師，啥都沒說。老師說，我知道你家裡也不富裕。娟娟雙手絞著自己的辮子，低下了頭。看娟娟的樣子，老師也就沒有多問。

不過，從那次捐款後，娟娟好像變了個人似的，再也不唱歌，不吹骨哨了。同學們一直不知道娟娟發生了啥事。

幾天後的一個課間休息，教室裡忽然又傳出了骨哨的聲音。同學們循聲一望，吹骨哨的竟是那男孩。

娟娟聽見骨哨聲，一下就驚了，轉身看著男孩。

男孩看著娟娟，滿臉愧色地說，對不起，娟娟，我實在是忍不住了，就想拿出來吹吹！

首次發表於《文學少年》二〇〇八年第八期。

13. 特殊的禮物

林老師又感到耳朵裡有了一種嗡嗡嗡的聲音。這種聲音，已經在林老師的耳朵裡出現了多次。林老師習慣性地抬起雙手，在耳朵上按了按，又繼續上課。

林老師是鎮中學的一名老師。這段時間，林老師常常會突然覺得耳朵裡有嗡嗡嗡的聲音。林老師沒想太多，認為可能是睡眠不足引起的。林老師教初三年級兩個班的語文，並且還當著一個班的班主任，勞累是可想而知的。但林老師沒把自己的勞累放在心上，也沒把自己的身體放在心上，林老師只想讓學生在畢業時考出一個好的成績。

這時，林老師感到耳朵裡的嗡嗡聲越來越響了，並且，伴隨著嗡嗡聲，聽力也開始了下降。林老師又用手按了按，還是繼續上課。

幾分鐘後，林老師忽然又覺得鼻子裡發癢，有了一種堵的感覺，慢慢地，似乎還堵得叫人喘不過氣來。林老師張著嘴，猛吸了一口氣，覺得頭開始有點暈了，忙用雙手按在講桌上，支撐著自己的身體。過了好一會兒，林老師覺得好受些了，抽了一下鼻子，又繼續上課。

鼻子裡的堵塞越來越嚴重。林老師用手使勁地捏了捏鼻子，再次猛抽了幾下。這時，林老師的頭上開始冒出了虛汗。臉上出現了紅暈。

林老師認為可能是感冒的緣故，於是，繼續堅持上課。誰知，上完課後，耳朵裡的嗡嗡聲再次鮮活了起來，鼻子裡也越來越不舒服。林老師只好去了醫院。檢查後，醫生確診為鼻中隔彎曲，鼻架腫大，告訴林老師必須馬上動手術。

林老師一聽，呆住了。林老師做夢都沒有想到還要動手術，望著醫生，問，真有那麼嚴重？不動不行？

醫生寫著病歷，頭也沒抬，沒好氣地說，不行！必須馬上手術！

林老師沒轍了，又問，那手術後休息多少天能恢復？

醫生說，必須休息一個月以上。

聽說一個月，林老師想也沒想，立馬就說，那我不動手術了！學生馬上就要中考了，不能因為我的病而耽誤了孩子們的學習。

最後，在林老師的強烈要求下，醫生搖搖頭，重重地歎了一口氣，給林老師開好藥後，讓林老師離開了醫院。

半月後的一天，林老師終因病情惡化，昏倒在了教室裡。

林老師被迫躺上了手術臺。這一躺上手術臺，林老師就連做了鼻中隔彎曲切除、耳鼻通道穿刺、耳鼓膜穿刺三個手術。

手術那天，看著術後的林老師，學校的領導全都流下了眼淚。校長緊握著林老師的手，說，你就安心地養傷吧，不要牽掛著學生，上課的事我們會安排。

林老師看著校長，腦中又出現了學生們那一雙雙渴求知識的眼睛。很久很久，林老師終於苦笑了一下，朝校長點了點頭。

但誰知，校長一離開，林老師就在醫生「不安心治療，將會面癱」的警告下自行離開了醫院。

第二天，林老師戴著口罩走進教室的時候，全班同學齊刷刷地站了起來。

林老師走上講臺，發現講桌上放著滿滿的一籃雞蛋，其中，最上面的一層雞蛋上竟寫著一些紅字。

林老師站在講臺上，看了一眼雞蛋上的紅字，眼裡立馬就有了濕潤的感覺。

好一會兒，林老師抬起頭，看著講臺下淚流滿面的學生，一串淚珠，早已在臉上婆娑了起來。

那雞蛋上寫的是：老師！我們永遠愛您！

首次發表於二〇一〇年九月二日《茂名日報》。

14. 春天的微笑

那年，畢業分配的時候，小敏自己要求去了山裡。

得知小敏要去山裡的消息時，不但同學們全都愣了，就是小敏的男朋友也立馬就懵了，腦中瞬間就是一片空白。同學們衝進小敏的宿舍，圍在小敏身邊，七嘴八舌地說小敏是一個傻子，說憑她的勢力，和男朋友的關係，留在城裡絕對沒有問題。

小敏是一名來自農村的師範生，但小敏男朋友的父親卻是縣國土局的局長。小敏的男朋友叫胡勇。

小敏離校那天，胡勇把小敏約到了學校旁邊的竹林。坐在竹林裡的草地上，胡勇勸小敏再好好地想想。小敏看著胡勇，輕輕地搖搖頭，說，我早想好了。第一，我來自山裡，喜歡那些山裡的孩子。第二，我是一名黨員，我不去，誰去?說完，小敏倒在胡勇的懷裡，紅著臉，甜蜜地朝胡勇笑了一下。

後來，小敏背著行李獨自一人去了一個叫月亮村的鄉村小學。

小敏這一去就是兩年。兩年，胡勇的心漸漸地冷了下來。

這天，胡勇正在上課的時候，突然接到了小敏學校的電話。接完電話，胡勇愣了一下，想了想，長歎了一口氣，然後站起身就去了車站。

胡勇趕到鎮上時，天已經快黑了。胡勇剛一下車，幾個賣花的小姑娘就圍了上來。胡勇還沒反應過來，一個小姑娘拉著胡勇，說，叔叔，您喜歡花嗎？買支花吧！

胡勇看了看小姑娘手中的野花，心裡動了動，但看著她們一身山裡孩子的打扮，想起一直不聽勸說的小敏，心裡的火氣「騰」的一下冒了出來，推開面前的小姑娘，邊走邊說，對不起，我不買花。

幾個小姑娘卻不依不饒，拉著胡勇，七嘴八舌地說，叔叔，我們知道你喜歡花。叔叔，買一支吧！叔叔，這些花都是我們自己去山上摘的，全是天然的，野花，漂亮著呢，香著呢，叔叔，買一支吧。叔叔，我們已經賣了好多了。但我們不是為了我們自己，是為了我們的老師。昨天，我們老師到鷹嘴崖接我們的時候，因為下雨，路滑，小不心跌到了山下，跌斷了腿。我們想去看看老師，但沒有錢買禮物。叔叔，您幫幫我們吧！叔叔，您不要馬著臉好不好？叔叔，我們送您一束花吧。這花的名字就叫春天的微笑，我們班的同學取的。我們老師的微笑就像這花兒一樣，我們特別喜歡。叔叔，您不曉得，我們老師特別喜歡笑了。我們老師笑起來特好看。

說完，幾個小姑娘把手裡的野花舉到胡勇面前，望著胡勇，眼裡蓄滿了淚水。

胡勇站住了。心，開始了酸痛。胡勇看了看幾位小姑娘，蹲下身子，拉著幾位小姑娘的手，慢慢的，淚水也開始在眼眶裡滾動了起來。胡勇忙掏出錢，把幾位小姑娘手中的野花全買了下來。

幾位小姑娘拿著錢，全都紅著臉，對胡勇說了一聲謝謝，然後轉身就跑開了。

胡勇望著小姑娘們跑開的身影，心裡的酸痛，更是如泡漲的豆子，軟軟地堵在心口，讓人喘不過氣來。

站了一會兒，胡勇擦了擦臉上的淚水，抱著花，慢慢地朝鎮醫院走去。

胡勇走進醫院，走進病房，一眼就看見了那幾位賣花的小姑娘。一個紮著小辮的小姑娘，正用小刀削著梨子，一片一片地餵入病人的口中。

胡勇捧著鮮花，站在門口，眼裡立馬就濕潤了起來。

幾位小姑娘看見胡勇，一下就愣住了，臉立馬就紅了，忙對床上躺著的小敏說，老師，就是這位叔叔買了我們的花。

小敏抬頭看見胡勇，怔了一下，臉紅了紅，欠了欠身子，露出一個甜蜜的笑容，說：「你來了！」

胡勇點點頭，微笑著走到小敏面前，把花輕輕地放在了小敏的床頭，坐在床邊，伸手抓住小敏的手，緊緊地握在了手裡。

首次發表於《幽默諷刺精短小說》二〇一一年第八期。

15. 一個都不能少

深夜。窗外的雨嘩嘩地下著。風嗚嗚地吹。一道耀眼的閃電過後，雷聲緊跟著就趕了過來。「喀嚓」一聲，小楊被驚醒了。轟隆隆的響聲從背後的山上滾下來。小楊一個激靈，猛地從床上坐起來，推醒旁邊的妻子，兩人衝下樓，跌跌撞撞地就往學生宿舍跑。

小楊和妻子都是月亮岩村小學的老師。學校在一個窪地裡，四面都是大山。平時，除了小楊一家，學校裡還住著二十多個家距學校較遠的學生。

這天，兩人跑到宿舍前，立馬就驚呆了。宿舍背後的山上，轟隆隆的山水，夾著泥沙，裹著石頭，猶如下山的猛虎，狂吼著朝山下猛衝了下來。那滾動聲，像是幾千隻老虎在咆哮。雷聲也湊著熱鬧，在頭頂轟鳴。大地被震得顫抖。天彷彿要塌下來似的。一股令人恐怖的涼意，從小楊的大腿，一下直傳到了心裡。小楊大喊了一聲：「泥石流，大家起床快跑。」喊完，咣咣咣地擂打著宿舍的大門。

學生們全跑了出來。站在門口，看著滾滾而來的狂流，一個個都嚇傻了，瞬間就亂了陣腳，猶如那無頭的蒼蠅，到處亂躥。小楊狂吼道：「誰都不要亂動，聽指揮，往對面的山上跑。」一吼完，小楊就和妻子站在雨中，指揮大家往對面的山上狂奔。

剛跑進操場，一個閃電，校園就亮如白晝。緊接著，雷聲在頭項炸響。驚恐萬狀的學生，一下又亂了套。膽小的女生，癱在地上，嗚嗚地哭了起來。小楊又開始了狂吼，邊吼邊四處尋找那些跑散的學生。

此時，雨越來越大。風也怒吼了起來。

不久，學生們又聚在了一起。小楊來不及清點人數，和妻子一起帶領著學生，艱難地往山上爬。爬上半山腰的一個平地，學生們全都散了架似的，一下就癱了。小楊和妻子也累倒在了地上。小楊剛躺下，猛地又站了起來。小楊倚在一棵樹上，彷彿掛在上面的一個紙人兒，不停地蕩來蕩去。小楊打了一個冷顫，緊了緊衣服。這時，妻子也站了起來。小楊和妻子開始清點人數。

小楊從左數到右。妻子從右數到左。數完，小楊一下就驚在原地，望著妻子。妻了也驚了。

小楊狂吼了一聲：「再數。」

小楊和妻子又重新數了一遍。數完，小楊圓睜著雙眼，死盯著學生，吼道：「大家給我看看，誰少了？咋會少了一個？看看，是誰？」

學生們全都嚇傻了，木在那裡，反應過來，看了看左右，忽然有人說：「報告老師，胡傑沒在。」

小楊望著學生，問：「胡傑在沒？誰看見胡傑了？上山的時候看見他沒？」

這時，又有人說：「沒看見，好像我們出門的時候胡傑還睡著。」

小楊一聽，眉毛一立，罵了一句：「亂彈琴！」轉身就向山下衝去。

小楊衝進宿舍，聽見胡傑正爬在地上嗚嗚地哭著，上前一把抓起，拖著就往山上跑。雨更大了。路也越來越難走。每往上一步，小楊的雙腳都要死死地咬緊地面。在一個陡坡前，胡傑忽然滑了下去。小楊伸手抓住胡傑，腳死死地踩在一砣石頭上。胡傑又嗚嗚地哭了起來。小楊罵道：「哭個屁，抓緊！」猛一使勁，胡傑被拉了上來。小楊腳下一鬆，頭重重地在石頭上磕了一下。小楊站起身，拉著胡傑就往山上爬。

爬到半山腰，小楊長長地鬆了一口氣，躺在地上，喘著氣對妻子說：「數數，你再數數。」

妻子從左到右數了一遍，又從右到左數了一遍，一個都沒少。小楊不放心，爬起來，走到學生面前，又一個一個地數了一遍。數完，小楊放心了。

這時，借助閃電的亮光，小楊忽然看見對面的學生宿舍已淹沒在了一片汪洋之中。小楊心裡一顫，上前抱著妻子，說了一聲好險。

妻子捋了一下頭髮，站在那裡，靜靜地望著山下。忽然，妻子推開小楊，朝山下狂奔而去。

小楊愣了一下，猛醒過來，大喊了一聲：「兒子！」

首次發表於《中國鐵路文藝》二〇一二年第三期。

16.新來的「馬大哈」老師

那天，老師走進教室的時候我正在睡覺。

其實，我不知道是誰走進來了，我也不管是誰，我只喜歡睡覺。迷迷糊糊中，好像有人在我身上推了一下。我睜開眼，在同學們的哄笑聲中，看清推我的是一個老頭。

那時，我還不知道老頭是誰。

我望著老頭，昏昏沉沉的，一片茫然。

老頭說，馬上就要上課了，坐正。說完，走上講臺。

這時，我才知道老頭是新來的班主任老師。

前幾天就聽說我們的班主任換，我還有點不相信。因為中途換班主任的事情，在學校是很少見的。現在看見新老師，才知道傳言已經成真了。不過，換不換班主任對我來說都無所謂。在班上，我早就是一個爹不親娘不愛姥姥不喜歡的角色。

我看了看手機，還差五分鐘才上課，這新老師，啥意思？早早地把我整醒幹啥？有病嗎？

新老師看著我，忽然叫出了我的名字。老師說，林強，你馬上到辦公室去幫我拿一盒粉筆。你看我這人，咋這麼笨呢？第一次給你們上課就丟三落四的。說完，老師還呵呵笑了兩聲。

我一下就驚了，睡意瞬間就飛到了九霄雲外。

我忙站了起來。

老師看著我，朝我點了點頭。

我第一次紅著臉，在同學們的注視下，走出了教室。

回到教室，把粉筆交給老師後，老師伸出手在我的頭頭摸了摸，說，謝謝！

我臉又是一紅，埋著頭，沒說話，回到座位，心裡竟破天荒的有了一種甜甜的感覺。

上課後，老師自我介紹說他姓李，說從現在開始他就是我們的班主任了，說希望大家遵守紀律，努力學習，做一個對社會有用的人。說完，老師開始講課。

那天，老師的課講得很精采。看著老師，想起拿粉筆的事情，我也是上初中兩年以來聽得最認真的一次。

後來，每次老師上課總是提前幾分鐘就到教室，但奇怪的是，老師總是丟三落四，不是忘了這，就是忘了那。站在講臺上，老師看著我，搖搖頭，微微一笑，用手指著我說，你去幫我拿。

拿了幾次，我對老師漸漸地有了興趣，這老師咋就那麼笨呢？是不是年齡大了的緣故？我開始注意老師，上課也慢慢地認真了起來。還別說，這一認真，我發覺自己真的還不笨。

昨天上午，最後一節課，我的思想正開小差，老師忽然問，你們誰看到黑板擦了，我怎麼找不到呢？

我一驚，抬頭一看，這老師真怪！真是笨到家了，那黑板擦不是放在講桌上的嗎？

我剛想告訴老師，同學們哄的一聲笑了起來。

老師沒笑，一本正經地站著。

老師指著我，說，林強，你上來幫我找找！

我微笑了一下，走上講臺，把黑板擦拿給了老師。

老師拿過黑板擦，拍了拍我的肩膀。

下課後，老師把我留了下來。我跟在老師後面去了他的宿舍。

走進宿舍，老師的愛人已經把飯菜擺在了桌上。另外，桌上還放著一盒蛋糕。蛋糕上插著十四支紅色的小蠟燭。

看見那些蠟燭，我是徹底的驚了，我都忘了的生日，老師咋會知道？

老師把蠟燭點燃，說，來，林強，許個願！

我走到蠟燭前，眼裡的淚水立馬就滾了出來。

許完願，淚水早已鋪滿臉龐。我流著淚，走到老師面前，剛要跪下去，老師伸手把我扶了起來，說，孩子，別這樣！我知道你的情況，以後，我就是你的父親。說完，老師指了指旁邊的愛人，又說，她就是你的母親。你有啥困難，儘管找我們就是。

我朝老師點點頭，淚水更是如斷線的珠子，不停地往地上掉落。

老師拍了拍我的肩，說，其實，老師每次上課故意早進教室，然後叫你去拿東西，就是想讓你知道，老師沒有忘記你，也喜歡你，重視你，希望你振作起來，認真學習。

我看著老師，含著淚，重重地點了點頭。

首次發表於《少男少女》二〇一〇年第十期。

17. 一九七二年的紅薯

隨著母親「咚」的一聲跪下，一九七二年那帶著泥土味的半背筦紅薯，一下就定格在了我的腦中。

那年，我只有五歲，整天沒事就跟在母親後面到山上瘋玩。那是一個秋日的午後，母親帶著我背著背筦又去了鄰隊的山上。母親打兔草，我就在旁邊刨泥土。忽然，我刨出了一個拳頭大的紅薯。我舉著紅薯，叫了一聲母親。母親抬起頭，看見紅薯，先是一驚，瞬間，就是一臉的喜色，忙問在哪裡拿的。我說在地裡刨的。母親一聽，幾步竄到我面前，用手中的鐮刀在剛挖了紅薯的地裡不停地刨了起來。不一會兒，母親又刨出了一個紅薯。母親拿著紅薯，邊看邊笑，笑完，吞了一泡口水，繼續在地裡刨。

那天，母親忘了時間，忘了饑餓，把那塊地又重新刨了一遍，一直刨到天上不見了太陽母親才直起腰，背著背筦，牽著我往山下走。

走了一會兒，我實在是走不動了，就一屁股坐在了地上。母親見我累了，心疼地彎下身子，把我抱來放到背筦裡背在了背上。我坐在背筦裡，忍不住從屁股底下拿起一個紅薯，看了看，嘴裡開始了流口水。

母親聽見我吞咽口水的聲音，轉過頭，看我一眼，笑笑，說，餓了嗎？餓了就吃。母親一說完，我忙把紅薯在身上擦了擦，立馬就塞入了嘴裡。母親緊了一下背上的繩子，笑罵了一句：饞嘴！

母親剛罵完，一個瘦男人從路邊的小屋裡冒了出來。瘦男人看了一眼我手中的紅薯，問母親是哪來的。母親臉一紅，說是撿的。瘦男人冷哼了一聲，叫母親放下了背篼。瘦男人發現了背篼裡的紅薯，一口咬定說是偷的。母親說我們真的是在土裡撿的，不是偷的，不信，你問我兒子。說完，母親指了指我，又擰出半臉討好的笑容，看著瘦男人。

瘦男人嘴裡叼著煙，目光嗖嗖的在母親的身上亂竄，竄了一會兒，再次冷哼一聲，說，撿的？哪裡撿的？知道不？我就是這隊的隊長，我們隊上的土地你可以隨便去撿嗎？今天你不老實交待清楚就別想離開！

母親聽說面前的瘦男人是隊長，身子僵了僵，呆呆地站在那裡，不說話。

瘦男人走到母親面前，陰陰地對母親說，不交待嗎？不交待也可以，跪下認個錯，認個錯你就可以走，但紅薯必須留下。

母親抬起頭，看了一眼瘦男人，乾裂的嘴唇翕動了兩下，搖搖頭，還是啥話也沒說。

瘦男人看母親不說話，就進屋端張凳子坐在旁邊守著我們。

這時，四周開始起霧了，夜風慢慢地襲了過來，不知是誰家愛管閒事的狗，竟汪汪地叫了幾聲。伴隨著狗叫聲，天色迅速的黑了下來。瘦男人拿起一個紅薯猛地啃了一口，隨手就朝狗叫的方向扔了出去。

看著飛出去的紅薯，再加上瘦男人嘴裡咀嚼的聲音，我的胃裡立馬就像有隻巨大的蟲子在翻騰，饑餓感不停地往上湧，一會兒便洪水猛獸般的勢不可擋。我一下哭了起來，緊緊地抱著母親，頭死死地埋在母親懷裡，邊哭邊說，媽，我餓！我餓！我要回家！我不在這裡，我要回家！我一說完，母親緊緊地抱著我，替我擦了一下淚水，抬起頭，看了一眼坐在旁邊的瘦男人，慢慢地跪了下去……

從此，一九七二年那散放著泥土味的半背篼紅薯，伴隨著母親下跪的聲音，徹底地留在了我的記憶深處。

首次發表於《金秋》二〇一〇年第十二期。

18. 一張帶血漬的錢

中午，宇收到母親讓人帶來的一百元錢後，就和幾位同學到外面的熟食攤買了一些熟食和啤酒。

宇在城裡讀高中。宇的父親早就去世了。宇和母親一直相依為命。

前天，宇的遊戲級別終於升到了二十級，同宿舍的幾位同學大呼小叫的讓他請客。看著同學們的高興勁，宇也很興奮，於是就打電話給母親說學校要交一百元資料費。

等宇和同學把東西拿回宿舍的時候，同宿舍的另一些同學早就做好了一切準備。一頓海吃海喝，折騰了近兩個小時，買的東西被他們吃得精光。吃完後，大家都是東倒西歪。宇也喝得有點多了，就爬上床胡亂地扯過被子睡了。此時，宿舍裡一片狼籍，卻誰也不願打掃。下午學校要進行衛生大檢查。一同學就建議請鐘點工，並說，長期在他們家幹的那位鐘點工很不錯。那同學看看手機上的時間，又說，那位鐘點工現在肯定在他家。於是，那同學一個電話就打到了家裡。

不一會兒，一個農村婦人來到了宇的宿舍。那婦人看了看亂七八糟的宿舍，皺了皺眉。睡在床上的宇看見婦人進了屋，轉身把臉朝向了牆壁。

打電話那同學和婦人說了價錢後，那婦人就開始了有條不紊地打掃。趁那婦人背對著自己的時候，宇摸出了一張有血漬的錢，並示意另一位同學把它放在了宿舍內的書桌上。因為婦人來之前同學們就說好了打掃的錢也由宇出。

慢慢地，婦人打掃完了。那同學把錢交到了婦人的手中。那婦人看見錢上的血漬，身子抖了一下，臉色也一下變了，忙抬起頭在宿舍內四處看，就看到了睡在上鋪的面朝牆壁的宇的背部。

那婦人走到了宇的床邊，手伸了過去。

同學們不知道那婦人要幹啥，都眼睜睜地看著。

最後，那婦人只用手輕輕地把被子朝上牽了牽，蓋住了宇露在外面的肩部，並說，小夥子，喝多了酒更要蓋好被子，不要著涼了，感冒了影響學習不說，身體也吃虧。

說完，那婦人輕輕歎了口氣就朝門口走去。忽然，睡在床上的宇翻身起來，跳下床，「咚」的一聲就跪在了那婦人的面前，手緊緊地抱著婦人的大腿，說，媽，我錯了！我錯了！我騙了你，那一百元沒有買資料，是用來請客去了。媽，你就打我一頓吧。你打我一頓我心裡還好受些。媽！此時的宇，已經是淚流滿面。

看著這一幕，同學們全都驚呆了，傻愣愣地站在那裡。

那婦人慢慢地轉過身，眼睛裡有淚花在閃爍，用手摸著宇的頭說，孩子，知道錯了就行了，起來吧！媽也不想多說你。你也大了，也應該懂事了。說完，那女人把手中的二十元錢放在了宇的手上，又說，這錢你還是拿去，你現在是長身體的時候，不要虧了自己，該用的還得用。

聽完母親的話，淚流滿面的宇，手中拿著那張帶血漬的鈔票，心裡面不知是一種什麼滋味。

首次發表於二〇〇七年四月八日《新課程報語文導刊》。

19. 站在雪地裡的父親

星期天，因為下雪，我沒有回家，早晨吃飯的時候，忽然接到了母親的電話。母親在電話裡哭著對我說父親不見了，說不知父親去了哪兒，村裡到處找遍了也沒看到父親的影子。我拿著電話，臉成了過夜的白菜幫子，心裡的恐慌立馬就活蹦亂跳地冒了出來。想著父親的病和村前的小河，我不禁打了一個冷顫。

父親在村人的眼裡是一個瘋子。

父親是從去年我考上中學報名那天開始瘋的。

那天，在送我上學的途中，因為車禍，也因為救我，父親成了瘋子。

父親得病後，並不像其他瘋子那樣亂打人，亂罵人，亂砸東西。父親正常時，只是顯得木訥老實，脾氣極好，所以，即使瘋了，父親也從不作違背他本性的事情。但父親一犯病就控制不了自己狂躁的情緒，就會像上了弦的木偶，架著胳膊下的拐杖向門外走去。不論是白天還是黑夜，父親總是控制不了自己，沒黑沒白的往外跑。

後年，父親的病越來越嚴重。父親的記憶開始減退，慢慢的，開始找不到回家的路了。從此，只要父親一往外跑，母親就會緊跟在父親的身後。

那天，我回到家裡的時候，母親已經哭成了一個淚人。母親站在門口，苦著臉，像一朵被風霜揉搓過的苦菜花。母親看見我，哭著說父親一起床站在門口看見滿天的雪花，先是皺了皺眉頭，自言自語地嘀咕了好一陣。後來，父親就不見了。

我走到母親面前，母親的嘴裡，像祥林嫂一樣還在不停地念著：你說，你父親會去了哪裡？你說，咋就找不到呢？

我抱著母親，安慰了一陣母親，然後就和母親分頭找了起來。

此時，紛紛揚揚的雪花，鋪天蓋地地下著，不一會兒就鋪滿了小路。風一刮，雪花直往人臉上撲，更讓人心裡有了一股寒意。

我和母親在村裡一直找到下午六點也沒有看見父親的蹤影。回到家裡，母親面容憔悴，掛著雪水的臉上，沒有了一點兒肌膚應有的光澤。母親抬了抬眼皮，過度的擔憂使她眼窩裡的潮濕越來越凝重。母親看看天，歎了一口氣，讓我先回學校，說父親以前也有走丟的時候，第二天總會被好心人送回家中。

我看著母親的眼神。母親的眼神裡有一種不容我違背的堅毅。最後，想著晚上的自習，我只好含淚離開了母親。

走回學校，剛到宿舍樓下，我看到一個熟悉的身影站在那裡。我心裡一個激靈，有了某種預感，忙幾步跑了過去。

跑到宿舍樓前，我心裡的痛楚鋪天蓋地地湧了出來。父親站在雪地裡，懷抱著一件羽絨服，顫抖著身子，眼睛緊盯著宿舍樓。

父親看見我，木訥的臉上竟露出了那種菊花盛開般的燦爛笑容。笑容過後，隨之而起的，就是一臉的幸福。父親朝我嘿嘿地傻笑兩聲，遞過手中的羽絨服，說，來，兒子，下雪了，快穿上。父親把羽絨服給我披在身上，看著我，目光裡竟是那種貼心貼肺的親切。我上前緊緊地抱著父親，忙拽過父親的雙手，撫著父親的手背，望著父親那早已凍得通紅的臉膛，一串淚珠，在我的臉上，立馬就落雨一樣地婆娑了起來。

首次發表於二〇一〇年三月二十六日《承德晚報》。

20. 父親回家

幾年了，山娃的父親一直在外地打工。

山娃今年剛滿十四歲，讀初中二年級。

在山娃的記憶中，除了春節，父親很少回家。每次在電話裡，山娃問父親啥時回家，父親總是說沒時間，並且要花錢。

山娃知道，父親捨不得花錢。山娃的家很窮。母親去世後，再加上奶奶長期有病，家裡的經濟更是捉襟見肘。

父親不回家，山娃就只能在電話裡聽聽父親說話的聲音。每次，聽見聲音，山娃更想父親。山娃一直想父親。山娃做夢都想。有天晚上，山娃做夢真的就夢到了父親。山娃在夢中和父親說了好多好多的話。父親還帶山娃到自貢恐龍館去看了恐龍。山娃在夢裡好開心！好開心！

第二天，山娃回家的時候，真的看見父親正在門前的菜地裡忙碌。山娃不相信自己的眼睛，愣了，仔細看了一下，真是父親。山娃忙跑了上去，一把抱著父親。山娃的淚流了出來。父親彎下身子，用手撫摸著山娃的頭，說，哭啥？你已經是大人了，咋還像個小孩子？山娃抬起頭，擦了擦眼，問，爸爸，你咋回來了？父親說，廠裡停了產。山娃又問，放多久？父親說不曉得，可能要放一段時間！山娃一聽，高興了，臉上鋪滿笑意，歪著頭看著父親，說，這夢真靈。父親看著長高的山娃，心裡也像喝了蜜水似的，渾身都有一股舒心的感覺。父親問山娃啥夢？山娃忙跟父親說了頭晚做夢的事情。聽完，父親也覺得自己欠山娃太多。星期六，父親真的帶山娃去了自貢，先到西山公園，後到恐龍館。

那天，山娃在恐龍館裡玩得特別開心。山娃就想要是每個星期父親都能陪陪自己才好！

誰知，父親在家剛待了半個月就接到了廠裡的通知。父親對山娃說他又要去上班了。山娃一聽，傻了，站在父親面前，啥話都不說。山娃的眼裡開始了濕潤。山娃流著淚，說，爸爸，我想你！你就在家裡行不？父親慈愛的看著山娃，用手撫著山娃的頭，說，傻孩子，盡說傻話！你要讀書，你奶奶要治病，我不去打工找點錢，咋行？孩子聽話，等爸爸找到了你讀書的錢就回來陪你。

說完，父親轉身開始收拾東西。

山娃流著淚進了自己的房間。

第二天，父親早早地起了床。父親走到山娃的房間，看了看山娃那張熟睡的還帶著淚痕的臉，不忍心驚動山娃，俯下身子在山娃臉頰上親了一下，然後輕手輕腳地走了出去。

父親拿包出門時，忽然發現少了一個小包。小包裡裝著出門要用的所有證件，並且還有頭天預訂的火車票。父親慌了神。父親記得昨天收拾好後就放在了這裡。父親開始尋找。最後，父親在山娃的床上找到了小包。山娃把小包緊緊地抱在懷裡。父親輕輕地把小包拿了過來。拿著小包，父親的心裡極不好受，看了看山娃，再次用手摸了摸山娃的臉蛋。這時，父親忽然看見山娃的眼角滾下了一滴淚珠。父親的眼睛也開始了酸。父親忍了忍，退了出去。

在堂屋裡，父親拉開小包，想最後檢查一下包裡的證件是否齊全？一拉開，父親看見包內有一張小紙條，父親拿起紙條，只見紙條上寫著：爸爸，我不要錢，我要你一直陪我！

父親拿著紙條，呆站著，淚水一下就盈滿了眼眶。

首次發表於二〇〇九年四月九日《包頭晚報》。

21. 家長會

這幾天，小玉的心裡一直不舒服，總是毛焦焦的提不起精神。小玉知道這一切都是因為期中考試造成的。

幾天前，學校進行了期中考試。按照慣例，每次期中考試後學校都要開家長會。小玉害怕開家長會。但小玉並不是因為成績不好而害怕。小玉的成績在班上是中等偏上，何況這次小玉還考得比較理想，考了全班的第三名。小玉現在讀初三，每一次考試都有特別重要的意義。小玉想，自己以後更要努力，如果能夠穩住這個名次，考上重點高中是應該沒有問題的。小玉的目標就是考上重點高中，以後考大學，考上大學後好更好地照顧母親。

小玉的母親在小玉十三歲的時候生了一場大病，然後全身癱瘓，一直躺在了床上。因為母親，家裡欠了一屁股的債，父親只好去市里打工。父親一走，照顧母親的重任就落在了小玉的身上。小玉每天都是忙到深夜才能休息。這次考試後，成績一出來，看到小玉的進步，老師很高興，特別囑咐小玉，說開家長會的時候讓她的爸爸一定要去，說老師找他有事。

那天晚上，小玉忙完了家務後給父親打了一個電話。小玉先問了父親的情況，父親說工作很忙，經常加班也不能完成任務。小玉叫父親注意身體，不要把身體累壞了。後來，父親聽說小玉考了第三名，顯得很興奮，不停地表揚小玉，問小玉學習上需要啥東西，說春節回來一定給小玉買。聽父親的語氣，小玉彷彿看到了父親那一臉燦爛的笑容。最後，小玉遲疑了好一會才吞吞吐吐地說出了下週二開家長會老師叫父親去的事情。電話那頭，父親停了一會，說，現在任務比較緊，不好請假，並且，走一天就是一百多元。還說，如果不請假就走的話，以後回來重新找工作很難。說完，父親歎了一口氣。

小玉聽到父親的歎氣聲，啥話都沒說，輕輕地把電話掛了。小玉理解父親，知道父親的難處，小玉也不想難為父親。

從此，小玉每天走進學校心裡總是忐忑不安，生怕老師問她請家長的事。還好，那幾天老師可能忙於家長會的籌備工作，一直沒有問小玉。

時間過得好快，轉眼就到了開家長會的日子。

那天，小玉早早地就去了學校。小玉幫老師佈置好教室後就去了學校的小河邊。小玉平時讀書的時候就愛到小河邊看書，小玉覺得那裡不但環境好，空氣也好，總給人一種神清氣爽的感覺。

小玉手裡拿著一本書，孤獨的坐在那裡，看著小河裡的流水，靜靜地想著心事。

上課鈴響了。小玉知道家長會開始了。小玉想著父親沒來，覺得對不起老師。老師對小玉一直很關心。小玉的眼睛有了一些酸酸的感覺。

一會兒，一個同學跑到河邊來叫小玉，說老師叫她馬上上去。因為父親沒來，小玉覺得自己不好意思面對老師。小玉在同學的催促下，慢吞吞地走到教室。小玉走到教室門口的時候，老師微笑著對小玉點了點頭。

小玉紅著臉，埋著頭，走進了教室。小玉走到自己座位面前的瞬間，一下就呆住了。小玉看見自己的座位上坐著風塵僕僕的父親。

小玉俯下身子，抱著父親，淚水馬上就流了出來，不一會兒就淌滿了整個臉龐。

首次發表於《幽默諷刺精短小說》二〇〇九年第四期。

22. 幫媽媽賣菜

前不久，李林的媽媽下了崗。

李林是鎮中學初二年級的學生。父親去世後，李林一直和媽媽相依為命地生活。李林的媽媽原是市城廠的職工，由於金融風暴的影響，城廠資不抵債，破了產。媽媽下崗後，四處找工作未果，最後，只好在街邊擺了一個賣小菜的攤子。

從此，李林每天回家都要到菜攤幫忙。也不知啥原因，媽媽的生意一直不是很好。每天收攤時，看著面前的一大堆剩菜，李林的心，都會冷到欲哭無淚的地步。

那時，正是冬天，看著站在寒風裡兩手凍得通紅的媽媽，李林的淚水開始在眼眶裡打轉。李林暗下決心，一定要幫媽媽。

後來，天氣越來越冷了，媽媽怕凍著李林，死活不要李林再幫忙了。李林再到媽媽的攤前，媽媽總要趕李林走。李林不想違背媽媽的意思，只好哭著離開了媽媽。

那幾天，李林回到家裡，打開書，腦子裡卻全是媽媽在菜攤前忙碌的身影。李林無法看書。李林長歎了一口氣，坐在那裡，想著心事。

幾天後，媽媽的生意出奇的好了起來。有一個中年人每天都會來到菜攤前，把攤子上的菜全部買掉，並且給的價格往往還是市場上的最高價。媽媽不知中年人是啥意思。媽媽也不去多想。每天看著手中的鈔票，媽媽的心情慢慢地開朗了起來。媽媽的臉上又露出了笑容。

但讓媽媽擔心的是，李林回家卻越來越晚了。媽媽不知李林在學校發生了啥事。一天，媽媽問李林。李林面對媽媽，臉上一紅，說是被老師留起來了。媽媽看著李林躲閃的目光，知道李林在撒謊。媽媽上前抱著李林，眼裡灌滿慈愛，問，兒子，有啥事你一定要給媽說實話！李林不敢面對媽媽的眼神，低著頭，看著自己的腳尖，吞吞吐吐地說，媽，您放心！我沒事！媽媽搖搖頭，長歎了一口氣。

第二天，賣完菜後，媽媽沒有急著回家，而是去了李林讀書的學校。

媽媽先找到了班主任老師。老師說李林這段時間在學校的表現一直很好，自己也從來沒有留過李林。聽老師說完，聯想到現在的學生喜歡在網吧上網的事，媽媽的心一下沉了下去。

媽媽拖著沉重的雙腿來到操場。操場上到處都是學生在鍛鍊。媽媽四處看了看，沒看見李林。媽媽不知李林去了哪裡？媽媽的心裡越來越焦急。

過了一會兒，媽媽想了想又去了教室。教室裡有幾位同學正在掃地。媽媽還是沒有看見李林。媽媽問掃地的同學知不知道李林去了哪裡？這時，一個掃地的同學說，李林在學校伙食團幫忙。媽媽一聽，有點不相信自己的耳朵，這孩子不回家到伙食團幫啥忙？媽媽忙去了伙食團。

媽媽一走進伙食團，整個屋子裡的熱氣、蒸氣、汗氣，全一古腦兒地朝她襲了過來。媽媽忙揮了揮手。透過霧濛濛的蒸氣，媽媽終於看見了李林。此時，李林亂糟糟的頭髮上沾滿了菜葉和麵粉。在這大冷的天裡，臉上居然橫七豎八地佈滿了髒兮兮的汗漬。

李林這時也看見了媽媽。李林先是一驚，隨後，一雙髒手立馬就在臉上亂抹。李林想抹去那些橫七豎八的道道，誰知，越抹越花，越抹越糟糕，最後竟抹成了一個大花臉。

看著兒子的大花臉，媽媽的心一下痛了起來。媽媽忙上前抱著兒子。這時，媽媽看見了那買菜的中年人。

首次發表於《少男少女》二〇一〇年第二期。

23. 王老師

王老師叫王博古，是我們學校的一名老教師。王老師的父親也是老師，因為喜歡古文，父親就給他取名叫博古。

父親去世後，王老師接過父親手中的教鞭，也成了一名孩子王。

王老師這一接過教鞭就是四十年。四十年如一日，王老師帶出了一批又一批的學生。因為從小受父親的薰陶，王老師也和父親一樣，喜歡古文。當了教師後，王老師班上的學生，古文功底都十分了得。

那天，王老師正跟學生講〈曹劌論戰〉的時候，倒在了課堂上。

王老師被送到醫院，一檢查，醫生把校長拉到門外，搖搖頭對校長說，肝癌晚期，最多還有一個月。校長一聽，驚呆了，過了好久，校長才醒過神來，緊緊地抓住醫生的手說，醫生，你一定要想辦法，一定要想辦法醫好王老師，我求求你了！校長那天不像個男人，邊說眼淚水邊就流了下來，一會兒就是淚流滿面。結果，那天送王老師到醫院的老師全都流了淚。

後來，不知咋的，王老師也知道了自己得的是癌症，就對醫生說不想醫，想回家，說在醫院裡也沒有啥意思了，純粹是醫錢，沒用！不如回家好好的休息幾天。醫生知道王老師說的是實話，就徵求家屬的意見。王老師的老伴早已去世，身邊就是兒子和兒媳。兒子看父親的樣子，也只好含淚點了點頭。

王老師回家的第二個星期天，我和校長去看望。在王老師家裡，王老師躺在一張掉了邊的木床上，身體瘦來完全成了皮包骨頭。床邊放著一個痰盂。看見我們，王老師想起身，剛一用力，就像一隻破風箱似的艱難地喘息著。屋裡氤氳著一股中藥的味道。王老師的兒子忙伸手拉燃了一盞昏黃的電燈。我估計那盞燈泡最多不會超過十五瓦。燈一亮，我們看見屋內的牆壁上，貼在高處的一張張「優秀教師」的獎狀，在證明著王老師當年的輝煌。校長抽了一下鼻子，俯下身，對著王老師的耳朵，說，王老，我們看你來了！王老師費力地轉過頭，睜著一雙灰濛濛的眼睛，看了看校長，嘴巴張了張，卻沒有發出任何聲音。

我和校長站在旁邊，心裡酸酸的，不是滋味。

王老師的兒子忙俯下身，將耳朵緊緊地貼在王老師的嘴邊。此時，王老師終於發出了一絲絲微弱的聲音。兒子聽了一會兒，點點頭說，爸，好，我跟校長說說。

兒子站起身，對校長說，他爸想聽聽〈曹劌論戰〉。

校長一聽，忙說好好！馬上就讀給他聽，說完，校長轉身看著我。我知道校長的意思，我問王老師的兒子，家裡有書嗎？

兒子說有。不一會就拿來了一本高中課本。我翻到〈曹劌論戰〉那一課，看看王老師，然後，俯下身，就著那昏黃的燈光，我開始用普通話慢慢地朗讀：

魯莊公十年春，齊師伐我，公將戰。曹劌請見。其鄉人曰：「肉食者謀之，又何間焉？」劌曰：「肉食者鄙，未能遠謀。」遂入見。

……

讀著讀著，我看見隨著那抑揚頓挫的旋律，王老師的眼睛裡慢慢地有了一絲光亮，一點一點地，越來越亮，終於，那枯井似的眼眶裡，竟有了一些晶瑩，那眼中的晶瑩慢慢地變大，隨後，順著王老師那乾瘦的臉頰流了下來，王老師的嘴唇也開始了蠕動，雖說很吃力，但此時卻能發出一些含糊不清的話語，像腐爛的沼澤裡不停地往外冒出的一串串氣泡，我邊讀邊把耳朵貼在王老師的嘴邊。這次，我終於聽清了，王老師問學校裡的情況如何？說他還想回去給學生上堂課。聽完王老師的話語，我控制不住自己，淚水不自覺地流了出來。此時的校長站在旁邊，也是一臉的淚水。

我哭著讀完了〈曹劌論戰〉。

此時，在昏黃的燈光下，王老師的臉上竟有了一些紅潤，然後，目光固定在了牆壁上的那一排獎狀上，好一會兒，王老師的嘴裡「哏」一聲，頭一偏，眼睛慢慢地失去了光澤，靜靜地躺在床上，彷彿進入了一個恬靜的回憶。

四周一下靜止了。忽然，王老師的兒子「咚」一聲跪在了床前，並發出了撕心裂肺的一聲大喊：「爸！」

隨著那聲撕心裂肺的大喊，我和校長也情不自禁地，淚流滿面地跪了下去。

首次發表於《新課程報語文導刊》第三十三期。

24. 借分數的學生

林強拿到成績的瞬間，腦中立馬變成了一片空白。

林強是鎮中學初三年級的學生，馬上就要參加中考，這次是中考前的最後一次模擬考。林強的成績，在班上一直名列前茅。

放學後，林強在校園裡，先是磨磨蹭蹭的不想回家。後來，在回家的路上，林強一會兒想著父親，一會兒想著母親。想著母親，林強的心裡越發的難受。父親去世後，林強和母親一直相依為命的生活。前幾天，林強的母親上山時跌下了山岩，現在還躺在床上。

林強不知這次咋面對母親。

那天，林強回到家，母親迫不及待地問林強這次考得如何？林強站在母親的床前，看了看母親，臉一下就無緣無故的紅了。林強沒說話，許久，才慢騰騰地從書包裡拿出成績單。

母親接過成績單，看了一眼上面的總分，臉上一掃平時的陰霾，馬上就呈現出一片喜色，抬頭看著林強，說，不錯嘛！五百八十八分！說完，母親臉上的燦爛更是濃烈，伸出手，摸著林強，說，乖兒子，這次不錯！考重點高中肯定沒問題。

林強依偎在母親身上，看著母親，含淚點了點頭。

母親撫摸著林強的手久久沒有放下，隔了一會兒，母親卻歎口氣，又說，這段時間真是苦了你喲，兒子。

林強看見，母親的眼中，有了淚花滾動。林強伸出手，幫母親擦去淚水。怕再次引起母親的傷心，林強忙起身去了廚房。這時，林強看見了他的班主任老師。林強一驚，忘了向老師問好，竟傻愣愣地呆在了那裡！林強做夢都沒有想到老師會來到他的家裡。

老師朝林強笑笑，問林強，做飯了？

聽到老師的問話，林強一下反應過來，機械地點點頭，不好意思地朝老師笑笑，忙喊老師進屋坐。

老師進屋的時候，林強的母親抬了抬身子，想坐正一點。林強忙上前扶著母親。老師一臉疑惑地望著林強，問，你母親病了？林強輕輕地點了一下頭。這時，林強的母親欠了欠身子，滿面笑容地讓老師坐。並轉過頭叫林強快給老師端開水。

老師剛坐下，林強的母親就拿著手中的成績單，抖了抖，一臉喜色地對老師說，這次林強能考到這個成績，應該好好地謝謝老師。

母親邊說邊把成績單遞了過去。

老師坐在那裡，接過成績單，看著林強的母親，又轉頭看了看林強，一臉的茫然。

此時，林強站在旁邊，一張臉刹時就紅得像那熟透的蘋果。

老師看了一眼成績，然後，抬起頭，一臉疑問地望著林強。

林強不敢面對老師的眼神，低著頭，看著自己的腳尖。臉更是紅到了極致。

老師看看林強的母親，再看看林強，慢慢的，臉色恢復了正常，說，就是，這孩子不錯，聽話，成績也好，如果不出意外，考重點高中應該沒有問題！說完，老師又抬頭看了看林強。

那天，老師走的時候，林強送到了壩子邊。老師對林強說，孩子，我理解你，你是不想讓母親擔心，想讓母親的病儘快好起來，出發點是好的，但弄虛作假總是錯的。頓了一下，老師又說，這次我把分數借給了你，希望你下次真正中考的時候考出一個好成績來還老師，行不？

林強望著老師，含淚點了點頭。

首次發表於《少男少女》二〇〇九年第七期。

25. 上網吧的男孩

傍晚，暮色四合，母親站在壩子邊，兩眼焦急地望著山下越來越模糊的小路。兒子林潔還沒有回家。林潔在鎮上讀初二。以往這個時候，林潔早就到家並已煮好了晚飯。沒有看見兒子的身影，母親的心裡開始了擔憂。母親想了想，拄著拐杖，蹣跚著去了村裡老五的家裡。老五的兒子和林潔一個班。母親想去問問。

在老五家，母親聽說林潔去了鎮上的網吧，一下就驚在了那裡。母親看著老五的兒子，搖搖頭，不相信。在母親的心目中，林潔是世界上最聽話最懂事的孩子。每天放學後，林潔總是早早地回家照顧生病的母親。母親無論如何都不相信林潔會去網吧。

母親端張凳子，又靜靜地坐在了壩子邊。母親每天都會端張凳子，靜靜地坐在壩子邊目不轉睛地盯著山下的那一條小路。

天色慢慢的越來越暗。還沒有看見林潔的身影，母親心中的擔憂又多了幾分。母親一會兒站起，一會兒坐下。漸漸的，母親渾身的疼痛又開始了。從去年開始，母親就得了一種渾身疼痛的怪病。母親斷斷續續地治療了一年多，誰知，不但沒有效果，反而還越來越嚴重。

此刻，母親強忍著身體的疼痛，兩眼望著山下，眼神裡滿是焦急。

終於，一個小黑點從山下冒了出來。
母親一下站直身子，大聲地喊了起來：林潔，林潔，是林潔嗎？
聽到喊聲，那小黑點愣了一下，然後，立馬就往山上跑了起來，邊跑邊喊著媽媽。
母親邁動沉重的雙腿，也跌跌撞撞地往山下走。
林潔跑到母親面前，緊緊地抱著母親，瞬間，眼裡就有了一絲濕潤的感覺，抬頭望著母親，問，媽媽，你咋出來了？你的腿，不痛嗎？
母親看著林潔，伸出雙手也緊緊抱住了他，生怕別人搶去了似的。母親的眼睛，一動不動地看著林潔，臉上漸漸地露出了笑容，沒有回答林潔。
一會兒，母親想起了上網吧的事情，臉上的笑容立馬就暗了下來。母親沒有直接問林潔上網的事情，只是輕聲地問了問林潔為啥這麼晚才回。
林潔看看母親，臉紅了紅，低下頭，躲閃著母親的眼神，吞吞吐吐地說是學校老師留他幫忙改作業。
母親看著林潔紅紅的小臉，再看看林潔的眼神，心裡的疼痛一下就加劇了。母親知道林潔在撒謊。母親相信了老五兒子說的話。母親搖搖頭，摸著林潔的頭，眼中慢慢地開始了酸楚，旋即，母親的眼中也有了淚花閃爍。
看著母親眼中的淚花，林潔不知發生了啥事，抱著母親，不停地問，媽媽，你咋了？兒子是不是惹你生氣了？
母親看著林潔，說，兒子，你說實話，你今天究竟幹啥去了？

林潔望著母親，愣了一下，臉又一次紅了，終於，鼓起勇氣，說，媽媽，對不起，我剛才騙了你。我沒有幫老師改作業。我去了網吧！

原來兒子真的去了網吧！母親看著林潔，一臉的驚愕。母親做夢都沒想到兒子會去網吧。母親鬆開了抱著兒子的雙手，一屁股跌坐在了地上。

林潔一下跪在了母親的面前，抱著母親，不停地對母親說，媽媽，對不起！媽媽，對不起！說著說著，林潔的淚水，也不爭氣地流了出來。林潔流著淚，拖過身後的書包，拿出一個本子遞給母親，哽咽著又說，媽媽，我，我只是想，查一下，怎樣才能，讓你的病早點好起來！說完，林潔的淚，一下就鋪滿了臉龐。

母親翻開本子，看著上面密密麻麻的記錄，一下愣在了那裡。

母親俯下身子，流著淚，緊緊地抱著林潔的頭，說，兒子，苦了你了！我的乖兒子，答應媽媽，以後再也不要去網吧了！

林潔望著母親，含淚點了點頭。

首次發表於《小小說月刊》二〇〇九年第八期。

26. 想打電話的男孩

上午課間操時，羅剛在操場邊躊躇了半天，想打電話的念頭又活蹦亂跳地冒了出來。羅剛找到李林，說想借他的手機打個電話。羅剛和李林是同學。李林看了一眼羅剛，轉過頭，看著遠處飛翔的鳥兒，沒理羅剛。羅剛知道這是因為上次考試沒讓李林抄卷子的緣故。羅剛站在那裡，苦笑了一下，一臉的尷尬。

過了一會兒，李林見羅剛還站在旁邊，想了想，偏過頭說，我可以借給你，但你必須幫我辦件事。聽李林一說，羅剛的心裡一下就高興了起來，看著李林，瞬間就是一臉的笑意。李林說，你幫我把今天的作業做了我就讓你打一個電話。羅剛說，其他事不行嗎？李林搖搖頭，皮笑肉不笑地說，其他事不行。羅剛站在旁邊，想了很久，最後，看著李林，搖搖頭，輕輕地歎了口氣，離開了。

羅剛一直在校園裡徘徊。

上課的鈴聲響了，羅剛走進了教室。

那天，一直到吃午飯，羅剛的腦中，始終想著打電話的事情。羅剛吃著從家裡帶來的鹹菜，想打電話的念頭更是強烈。羅剛實在是控制不住了，飯也不吃了，放下飯碗，去了教師樓。

羅剛站在班主任老師的辦公室門口，幾次想推門進去，幾次又把手縮了回來。羅剛推開門時，班主任正趴在辦公桌睡覺。羅剛站在那裡，進也不是，退也不是。羅剛想喊醒老師，但話到嘴邊又忍了忍，最後搖搖頭，悵然若失地離開了。

羅剛走到樓下，想了想，去了學校的小賣部。羅剛知道在小賣部打一次電話一元錢。羅剛沒錢。羅剛早晨從家裡走的時候父親一分錢都沒有拿給羅剛。羅剛家裡窮。

在小賣部門口，羅剛看見小賣部的老闆正在削土豆。羅剛走上前去，站在老闆面前。

老闆抬頭看著羅剛，問羅剛是否要買東西。羅剛看了看老闆手中的土豆，臉上溢出一絲不易察覺的潮紅，搖搖頭。

老闆不知羅剛啥意思，看著羅剛，一臉狐疑。

過了好一會兒，老闆看羅剛還沒有走的意思，就問，你有啥事嗎？咋不去睡午覺？羅剛看著老闆，說，叔叔，我可以幫你削土豆嗎？

幫我削土豆？老闆一個激靈，以後自己聽錯了，抬頭望著羅剛，問，你說啥？

羅剛望著老闆，說，我想幫你削土豆。

老闆一聽，有點不相信自己的耳朵，望著羅剛，又問，你是說幫我削土豆？

羅剛點了點頭。

老闆看羅剛點頭，更是丈二的和尚摸不到頭腦，這孩子咋會無緣無故幫自己削土豆，是不是腦殼出了啥問題。老闆想了想，說，你先說說你為啥要幫我。

羅剛低著頭，停了好一會兒，才吞吞吐吐地說，叔叔，我幫你削一個中午的土豆，然後你讓我打個電話，行不？

老闆問，你想打個電話？

羅剛又點了點頭。

老闆問，你想打給誰？

羅剛說，我想給我父親打個電話。我父親生病了，家裡沒人照顧，我想打個電話問一下。

聽到這裡，老闆明白了。老闆站起身，走到羅剛面前，摸了摸羅剛的頭，說，乖孩子，你打吧，不用幫我削土豆，你儘管打就是。

老闆一說完，羅剛的眉宇間擠滿了感激，對老闆說了聲謝謝後，忙走到電話機旁，撥通了家裡的電話。當話筒裡傳來父親的聲音時，羅剛的臉上，一串淚珠，立馬就落雨一樣地婆娑了起來。

首次發表於《少男少女》二〇〇九年第十期。

27. 想讀書的女孩

得到父親出事的消息時，羅霞正在上課。當時，那消息就猶如一把帶鉤的刀子，在羅霞的心窩上重重地旋了一下。瞬間，羅霞驚在了座位上。

羅霞是鎮中學初二年級的一位女生。父親是村裡的石匠。母親因肺癌去世後，家裡的重擔全壓在了父親的身上。在羅霞的心中，父親就是一座大山。羅霞做夢都沒想到父親這座大山也會有倒的時候。

羅霞哭著跑回家時，父親已靜靜地躺在了床上。父親開山時被砸傷了雙腿。羅霞撲到床前，雙手撫摸著父親的傷腿，心如刀絞。看著父親的傷腿，羅霞無奈地做出輟學照顧父親的決定。

羅霞對父親說了自己的打算。父親的臉上立馬就變了顏色。父親知道，羅霞很喜歡讀書，羅霞的理想就是考上大學。父親不想因為自己而誤了羅霞的學習。父親不同意。羅霞哭著跪在了父親的面前。父親緊緊地抱著羅霞，將一張鬍子拉叉的老臉搖得淚水四濺，最後，長長地歎了一口氣，啥話都沒說。

羅霞開始了忙碌。但羅霞在照顧父親的同時，總會抽出時間拿出書本看看書，寫寫作業。羅霞的內心裡始終丟不下讀書的念頭。

下午，到了上學的時間，羅霞忍不住早早地站在了門口。羅霞看著村裡上學的同學，眼裡充滿了眼氣和羨慕。羅霞想讀書的念頭更是強烈。羅霞眼巴巴地望著那些同學走過門前的小路。羅霞歎口氣，悵然若失地進屋陪在了父親的床前。

看著羅霞的神態，父親的心裡，灌滿的全是內疚和悔恨。父親覺得自己拖累了女兒。父親躺在床上，用手拍打著床板，不停地歎息。

第二天，羅霞早早地起了床。羅霞安頓好父親後，看著門前走過的同學，想讀書的念頭再一次在身體裡鮮活了起來。羅霞實在是控制不住了。羅霞進屋跟父親說了幾句話，背著書包，一路小跑就去了學校。

羅霞又坐在了教室裡。上了兩節課，羅霞始終想著父親的傷腿。羅霞搖搖頭，和老師說了一聲，立馬又跑回了家裡。

傍晚，羅霞正在給父親擦洗身子的時候，羅霞的班主任走進了家中。看見老師，羅霞先是一驚，隨後，臉上一紅，忙放下手中的毛巾，站起身，說了聲老師好，然後端了一張凳子讓老師坐。

父親看見老師，忙用手按著床板，欠了欠身子，說老師快請坐。說完，父親的臉上，一掃往日的陰霾，滿臉的褶子一下就打開了，腦門上也露出了幾天來少有的笑意。

老師問了問羅霞父親的傷勢，叫他安心養傷，不要擔心羅霞的學習，說老師們會想辦法幫羅霞補課。說完，老師流著淚，拿出了課本。

聽完老師的話，羅霞先是一愣，隨後，一串淚珠就落雨一樣地在臉上婆娑了起來。羅霞忙拿過書包，掏出課本，畢恭畢敬地坐在了老師面前。

書聲開始在屋子裡迴盪。整個屋子一下就有了溫暖的氣息。

聽著朗朗的書聲，看著羅霞的老師，父親的目光裡，灌滿的全是感激。慢慢的，父親的臉上，也如菊花盛開般的燦爛。

暮色四合的時候，老師離開了羅霞的家。老師站在門口，流著淚，摸了摸羅霞的頭，說，孩子，安心照顧父親，從今天開始，我會叫老師們每天來給你補課。說完，老師從身上摸出僅有的兩百元錢，硬塞給了羅霞。

羅霞站在門口，目送著老師離去的背影，淚流滿面。

首次發表於《幽默諷刺精短小說》二〇〇九年第九期。

28. 借錢的母親

那晚，當母親拖著疲憊的身子回到家的時候，天，已經完全黑盡。

母親草草地吃了幾口冷飯，然後，走進了父親的屋裡。看見母親進來，躺在床上的父親，馬上抬起他那黃腫泡泡的眼睛，滿懷希望地望著母親。母親走到床邊，用手幫父親牽了牽被子，看著父親的眼神，無奈地搖了搖頭。

母親是繼母，前年才帶著兩個兒子嫁給了父親。母親的老家很窮，本想嫁過來過幾天舒心的日子，哪知道嫁過來沒兩年父親就得了重病。父親得病之後，母親就成了家裡的頂樑柱。為了給父親治病和湊三個孩子的學費，才四十歲的母親，頭上早就是花白一片。

此時，母親站在父親的床前，說，大娃等幾天就要走了，這學費錢還沒著落，你說咋辦喲？

父親把身子往上抬了抬，想說點啥，誰知還沒開口，臉卻憋得通紅，不停地咳嗽。母親忙俯下身子，一隻手把父親抱在懷裡，另一隻手不停地在父親胸前揉摸。慢慢地，父親的臉色稍有好轉。看看母親，父親還是什麼話都沒有說，只重重地歎了口氣。

聽著父親的歎氣，母親說，要不，明天我再出去看看，多走幾家，或許就會借到。父親沒吱聲。好一會兒，父親好像下了很大的決心，看著母親，說，要不這樣，大娃就不讀了，反正孩子也那麼大了，可以出去打工了。母親聽完，靜靜地看了父親好一會，說，孩他爹，不要那樣說，孩子讀得書是好事，考起大學更是好事，你看看我們村上還有那個考起的，就只有大娃。不讓大娃讀，我們會毀了他一輩子。他以後也會埋怨我們。父親說，但你看看，看看我們現在的家，唉，全是怪我。說完，父親又一次重重地歎了口氣。

一會兒，母親也歎了口氣，說，算了，不說了，早點睡，我想，天無絕人之路。我明天再去想想辦法。

第二天，母親起床做好早飯後早早地就出了門。晚上母親回來的時候，蒼白的臉上卻滿是汗水。母親走進屋，顧不上擦擦臉上的汗，馬上用水瓢在水缸裡舀了一瓢冷水，咕嚕咕嚕地就灌進了嘴裡。喝完冷水，母親才用手背擦了擦嘴，說，今天還好，借到了幾百元錢。然後衝我們笑了笑，走進了父親的屋裡。

我們不知母親又到哪裡借的。雖說我們知道母親借錢的艱辛，但看著母親的笑臉，我們的心裡也好受些。

那以後，每隔幾天母親就要出去借一次錢，每次都能借到幾百元。不知道母親究竟找了哪些親朋好友。在我的印象中，我們在當地沒有多少有錢的親戚。母親的身體越來越虛弱。一次，看著母親勞累的樣子，我說和她一起出去借，母親卻死活不同意，只叫我在家帶好弟妹，照顧好父親。看著母親越來越消瘦的身子和越來越蒼白的臉頰，我的心裡一直不是滋味。

我想跟母親說，我不讀了，我出去打工。但看著母親那堅毅的神色，我終於沒有把心底的想法說出口。

後來，母親終於借夠了我們三兄妹的學費。我走的那天，母親把一疊厚厚的、用塑膠口袋包紮得緊緊實實的鈔票打進了我的背包，然後赤著一雙開著口子的大腳，背著我的行李，把我送上了火車。火車起動的瞬間，母親隨著火車跑動了起來，邊跑邊向我招手，並且不停地朝我喊：大娃，到了學校就寫信回來，讓你爸爸放心！此時，看著在秋風中赤著腳跑動的母親，我的眼淚一下就流了出來。

為了不讓父母擔心，我到校馬上就寫了信回家。不久，我就收到了家裡的回信。信是父親寫的。看著信，我的眼淚不爭氣地一下就流了出來。淚流滿面的我，在心裡不停地說：母親，您是我今生今世永遠的母親！

父親在信上說，為了我的學費，母親假期裡竟到縣城去賣了五次血！

首次發表於二〇〇八年六月三日《新課程報語文導刊》。

29. 賣柚子

星期天，村子裡的雞剛叫頭遍，父親就起了床。

父親的心裡一直記著昨晚兒子說的交資料費的事情。兒子在鎮上讀高三，正是衝刺高考的關鍵時候。愛人去世後，兒子就成了他生活的全部。為了讓兒子考一個好點的大學，父親不知吃了多少苦頭。但做為一個殘疾人，父親卻從沒在兒子的面前流露出半點的愁容。

父親雖說瘸著一條腿，幹啥都不方便，但父親卻是村子裡種柚子的高手。父親種的早香柚不但個大、味甜，而且還早熟。

這天，父親把早飯煮好後，看了看熟睡中的兒子，背著背篼，一個人蹣跚著一瘸一拐地走進了柚子園。

一進園子，父親的心裡就開始了搖盪。父親摸摸這個，又摸摸那個。最後，父親歎了一口氣，狠下心，借助熹微的晨光，看了看，伸手抓住一個柚子，摘了下來。

吃過早飯，父親背著柚子剛要出門的時候，兒子追了上來。兒子接過父親的背篼背在了背上。父親看著兒子，張了張嘴，沒說話。父子倆就高一腳低一腳地走上了去鎮里的山路。

到了鎮上，天終於慢慢地亮開了。

父親到處看了看，然後找了一個靠牆的地方，拿出一張塑膠布，鋪開，把柚子一個個地擺在了上面。

擺好後，父親把背兜放倒，坐在背兜上，就開始了吆喝。兒子站在旁邊，擦了擦臉上的汗水，兩眼看著街上冷冷清清的鋪子，面無表情。

漸漸的，市上的人就多了起來，鬧哄哄的一片混亂。

這時，起風了，父親的一頭花白頭髮被風吹得東倒西歪。父親用手理了理頭髮。

不一會就有人來問價了。父親忙一臉討好地說了要賣的價格。那人看了看地上的柚子，拿起來，掂了掂，笑笑，說柚子還沒熟，值不了那麼多。

父親忙說，這柚子沒熟也甜，不信你試試！

那人笑笑，看了一眼父親，搖了搖頭，離開了攤位。

後來，又來了幾個買主，但聽了父親的報價，再看看擺在地上的柚子，價都沒還就搖搖頭走了。

時間過得很快，慢慢的就到了中午。集市也開始散了。柚子還一個都沒賣掉。父親竊著腿，忽然站了起來，兩眼望著街上的行人，一臉的無奈。父親知道，這柚子不賣掉，兒子的資料費就沒希望了。

父親又開始了吆喝。

兒子看看父親，說，爸，我們回去吧！這次的資料就不買了！

父親看了一眼兒子，說，咋會不買了？現在沒資料咋行？說完，父親眼望著空蕩蕩的街道，重重地歎了一口氣。

父親從身上摸出皺巴巴的兩元錢，遞給兒子說，要不，你先去吃點啥？

兒子說，我不餓！

父親說，孩子，拿去，叫你拿你就拿著，我知道你餓了，到了中午，咋會不餓？

兒子埋著頭，說，不餓，真的不餓！

父親又歎了一口氣，說，兒子，要不，你先吃一個柚子，墊墊肚，等會兒賣完了我們再回家吃。說完，父親在地上拿了一個又青又小的柚子遞到了兒子手上。

兒子抬起頭，望著父親，不接。

父親瞪了兒子一眼，說，拿著，叫你拿著就拿著！

兒子拿過柚子，眼裡慢慢地開始了濕潤。

兒子把柚子剖開後，遞了一半給父親，說，爸，你也吃！

父親看了一眼兒子，笑笑，說，兒子，你吃！我不吃。我吃這東西拉肚子。

兒子拿著柚子，怔了一下。

父親說，快吃，破開了就吃了，還等啥？

兒子拿起柚子，開始慢慢地吃了起來。

吃了幾口，兒子覺得那柚子實在有點生，不但不甜，還酸酸的，難吃。兒子就吃得很潦草，匆匆忙忙就打發完了。扔掉的柚子皮上還帶著一些零零散散的果肉。

父親看了看兒子丟在地上的柚子皮，皺了皺眉，沒說話。

這時，兒子覺得有點內急就去了旁邊的廁所。

兒子從廁所裡出來的時候，忽然看見父親把地上的柚子皮一塊一塊地撿起來，用手擦了擦上面的沙土，隨後，放進嘴裡，慢慢地咀嚼了起來。

兒子立馬就呆住了，瞬間，淚水鋪天蓋地地淌了下來。

首次發表於二〇一〇年十一月二十九日《京郊日報》。

30. 黑色的康乃馨

這天是感恩節。上午剛一放學，幾位要好的同學就把李潔拖到了街上。李潔知道他們的意思，還不就是商量著想給母親買件禮物。前兩年的感恩節李潔都給母親買了禮物。

父親去世後，李潔一直和母親相依為命地生活。李潔在鎮中學讀初二。在母親的眼裡，李潔就是一個乖孩子。母親很愛李潔。李潔也想給母親買件禮物。但一走進禮品店，李潔的心裡卻有了一絲猶豫。那股淡淡的恨意，漸漸地又從李潔那最柔軟的部位裡浮了出來。李潔看了看幾位同學，悄悄地走出店門，站在街邊，面對著街上忙忙碌碌的人流，李潔輕輕地歎了一口氣，臉上竟有了一絲火辣辣的疼痛。

臉上的疼痛，緣於那支玉鐲。昨天，李潔不小心把母親放在床頭櫃上的一支玉鐲弄到了地上。隨著「叭」的一聲脆響，玉鐲斷為了兩節。聽到響聲，母親走進屋內。看見地上的玉鐲，母親的臉色立馬就變了，先是驚愕，後是憤怒。母親重重地打了李潔一巴掌。想著那一巴掌，李潔就沒了買禮物的念頭。

最後的結果，是同學們幫李潔買了一支紅色的康乃馨。拿著康乃馨，李潔的心裡說不出是種啥滋味。

李潔回到家裡，母親正在廚房裡忙碌。聽見門響，母親轉過頭，問了一聲：回來了。李潔點點頭，算是回答。李潔沒有直接把花拿給母親。李潔走進了自己的臥室。

那天中午，母親炒了李潔最喜歡吃的肉絲。李潔坐在桌上，看著母親，卻沒有胃口。母親不停地給李潔夾菜。李潔的碗裡，不一會兒就堆成了一座小山。李潔看著母親，眼裡的淚水開始了打滾。李潔張了幾次嘴，但最後什麼也沒說。李潔放下碗，含著淚水走進了自己的臥室。

母親不知李潔發生了啥事，忙趕了進來。母親坐在李潔的身邊，抱著李潔，一臉的擔心，問李潔有啥事，是不是在學校有同學欺負了她。

李潔看著母親，搖了搖頭。

那天，李潔離開家的時候，母親硬塞了兩個蘋果進李潔的書包。

李潔走到樓下，站了下來。李潔拿出書包裡的康乃馨，看了看，眼裡又有了淚花閃爍。李潔返身走上樓梯。走到半路，李潔退了下來。李潔幾次走上樓梯，又幾次退了下來。每次退下來李潔都要望一望三樓的那個窗口。李潔知道，母親此時一定站在窗口。每次李潔離家，母親都會站到視窗前看著李潔。李潔不想讓母親看見自已，李潔一屁股坐在了樓梯口的一個轉角。坐在那裡，李潔再一次看了看手中的康乃馨，送也不是，不送也不是，李潔的心裡顯得十分的矛盾。

李潔就那樣傻傻地坐在那裡。不一會兒，李潔看見了一個小男孩。看見男孩，李潔的心裡一下有了主意。李潔叫過小男孩。李潔給男孩交待了幾句後，小男孩拿著康乃馨，活蹦亂跳地就往樓上奔去。

男孩一上樓，李潔就一路小跑到了學校。

誰知，李潔剛一到校，母親就趕了過來。

母親找到李潔。李潔看見母親手中拿著那支黑色的康乃馨，臉一下就漲得通紅。李潔站在那裡，低著頭，不敢看母親。母親俯下身子，抱著李潔，輕聲地說，孩子，謝謝你送花給媽媽。我知道你心裡還恨媽媽。媽媽對不起你。媽媽不該打你。媽媽從沒打過你。媽媽也不想打你。但你知道不？孩子，你打爛的玉鐲，那可是你爸爸留給媽媽的唯一紀念。說完，母親的淚水早就淌滿了臉膛。

李潔抱著媽媽，淚水也淌了下來。李潔流著淚，在心裡暗暗的決定，下午一定重新給母親買一支紅色的康乃馨，並且再也不做用墨水把康乃馨塗黑的傻事了。

首次發表於《少男少女》二〇一〇年第三期。

31. 讓我上堂課

那天，校長正在辦公室埋頭看文件，李林闖了進來。

李林原是學校的老師，前幾年，受經濟大潮的影響，主動辭職下了海。

李林丟支煙給校長，然後一屁股坐在了校長的對面。校長抬頭看見是李林，忙伸出手，說，李老師，啥風又把你吹回來了？有事嗎？李林說，校長，我想給學生上堂課。校長一聽，有點不相信自己的耳朵，滿腹狐疑地望著李林，問，啥？你想上課？李林點點頭。校長盯著李林看了好一會兒，說，不行，你不是教師，沒有教師資格證了。李林說，我以前的不行嗎，校長說，不行，這麼多年了，教材教法都在變，你那資格證已經過期了，必須重新考核後才行。李林說，我那有時間去考，你就讓我上一堂課嘛，我現在真的心裡悶得慌，就想回校上堂課。校長說，現在想上課了，那你以前為啥不想，以前想啥去了？只想找錢，你死活找我要辭職，要下海，要去找大錢，現在有錢了，想幹啥就幹啥了，那不行。校長搖搖頭。李林說，校長，我錯了，你就讓我上一堂嘛。校長不管李林怎樣哀求，還是說不行。李林說，我出錢把學校的操場重新用水泥打過，你就讓我上一堂課，行不？聽李林一說，校長想起了下雨天操場上泥濘一片的情景，說，那等我和其他幾位領導商量一下，如何？李林說，可以。

隨後，校長又問了問李林現在的一些情況。李林說，他辭職出去後，辦了一家公司，經過幾年的打拼，現在有錢了。但有錢後，自己卻覺得生活越來越空虛，日子過得越來越無聊。或許是因為當過教師的緣故，李林有錢後，不像其他的老闆，不是賭，就是嫖，李林是一樣都不喜歡。李林實在無聊的時候就愛往旁邊的學校跑。李林住的旁邊就有所學校。李林總覺得自己的內心裡還是喜歡那些孩子，慢慢地，李林的心裡又有了上課的念頭。

有了給學生上課的念頭，李林的心裡特別苦悶，幹啥都沒了勁頭，慢慢地，連公司裡的事情也日漸打理得少了，全丟給了愛人。看李林的樣子，愛人給李林出主意說，你這樣也不是辦法，你不如回去找找校長，上堂課。於是，李林就回到了學校。

那天，李林走時，緊握著校長的手說，校長，你一定要幫這個忙，這次我求你了。

幾天後，校長通知李林，說經過校委會研究，同意李林跟學生上堂課，但不是在教室裡，是在學校的操場上，上大課，全校的學生都來，讓李林講人生與理想。校長還說，如果李林願意，就請李林做好講課的準備。

李林一聽，心情一下就舒暢多了，忙給校長回話說願意願意，並說，只要能跟學生上課，不管在哪裡都行，講啥都可以。

幾天後，一個陽光燦爛的上午，李林坐著小車來到了學校。李林在校委會的安排下，走向臨時搭的檯子，面對台下的兩千多名學生，李林一下就找到了那久違了的感覺。校長講了幾句開場白後，李林翻開自己的筆記本，開始了講課：

「如果說，人生是一場戲，那麼理想就是他的開場白，人活在這個世上不能沒有理想，理想是你前進的動力，是你對人生的追求……」

隨著李林那抑揚頓挫的聲音，台下孩子們嘰嘰喳喳的講話聲，慢慢地消失了。不一會兒，整個操場除了李林的講課聲，就鴉雀無聲了。孩子們眼望著李林，靜靜地端坐在小凳子上。看著孩子們的樣子，李林的心裡特感動。

孩子們就那樣坐著，頂著頭上的烈日，端端地，正正地。講著講著，李林的眼睛濕潤了。李林流著淚講完了那天的內容。最後，李林哽咽著離開了學校。

第二天，李林把一張五萬元的支票拿給了校長，問，校長，假如我重新考了教師資格證，你還要我嗎？

校長看看李林，點了點頭。

首次發表於二〇〇六年十月十六日《新課程報語文導刊》。

32. 喜歡捉鳥的學生

立秋過後，連續幾天的陰雨，把人的心情都落霉了。請調報告交上去幾個月了，一直沒有結果。每天面對那些山區孩子，我的心情變得越來越煩躁。

這天是星期天，因為沒課，我躺在床上，靜靜地聽著屋頂上雨水的滴答聲，想著門外的一片泥濘，胸口的疼痛，一陣一陣地，又在全身開始了漫延。

這段時間，胸口時不時的疼痛。並且一生氣，疼痛更是加重。這不，現在的疼痛，就是因為昨天生氣的結果。

昨天下午，上課的時候，班上的李林又在課堂上調皮搗蛋。李林是一名最讓我頭痛的學生。當時，我正講到高潮處，課堂上突然傳出了幾聲鳥兒的叫聲。隨著鳥兒的鳴叫，瞬間，整個課堂就猶如剛燒開的紅苕稀飯，一下就沸騰了起來。我朝下面一看，看見李林的手中，握著一隻青綠色的鳥兒。此時，那鳥兒的頭還在一伸一縮地擺動。我忙走下講臺，走到李林的面前。看著小鳥，再加上心情的煩躁，我心中的火氣，一下就冒了出來。上課耍鳥，這成何體統！我上前抓住李林的衣領，把他從座位上提了起來，並把他推到了教室外面。最後，李林在教室外站著聽了一節課。

此時，想著昨天的事情，我的心情又開始了煩躁，胸口又開始疼痛了起來。

我朝左邊側了側身子，繼續躺著。

這時，透過雨水的滴答聲，我聽到了幾聲怯生生的敲門聲。

我不知誰會在這時候敲門。學校遠離城區。星期天，附近的老師們全回了家。空蕩蕩的校園裡，就只有我一個人孤伶伶地守著。

我翻了個身，懶洋洋地問了一聲，誰？

老師，是我！門外的聲音還是怯生生的。

我沒聽出是誰的聲音，但我知道是學生。我忙起身打開了門。

門一打開，我一激愣。李林站在門口，光著頭，一臉的血污，且渾身透濕。

看李林的樣子，我心中一驚，不知發生了啥事，忙問，你咋啦？

李林朝我笑笑，用手抹了一把臉上的雨水，沒說話。

我不知他來幹啥？我知道這孩子野得很，啥事都幹得出來。想著昨天的事，我心裡咚咚地打鼓，生怕他幹出啥反常的事來。但看他口唇冷得烏黑，我也顧不了那麼多，忙把他讓進了屋，並拿出一條毛巾讓他擦擦。

李林進屋後，沒接我的毛巾，用自已的衣袖在臉上擦了擦，然後，從貼身的衣服裡拿出一個塑膠袋。我一瞧，塑膠袋裡竟裝著兩隻綠色的小鳥。李林看了看我，低著頭，還是怯生生地說：老師，我找到了您治病的偏方。我爺爺說，用兩隻相思鳥兒，烤焦，磨成粉，調麻油吃，就能治好老師胸口痛的毛病。昨天我只抓住一隻，今天我又去抓了一隻。說完，抬起頭，看著我，舉了舉手中的鳥兒，露出一臉的憨笑。

聽完他的話，想起昨天上課時的情景，我心頭是猛的一震，站在那裡，一臉的愧疚。

這時，李林把裝鳥兒的塑膠袋放到我的手裡，望著我，又是怯生生地說，老師，求你別走了！一直教我們，好嗎？

看著李林那乞求的眼神和滿臉的血污，我走上前，緊緊地抱著李林，情不自禁地朝他點了點頭。淚水，立馬就在我的臉上婆娑了起來。

此時，門外的雨，還在淅淅瀝瀝地下著。

首次發表於《幽默諷刺精短小說》二〇一〇年第一期。

第二輯

愛情・家庭篇

1. 你看你看你又哭了

中午，老楊抱著妻子從醫院住院部的二樓走下來時，太陽正紅彤彤地掛在天上。

老楊蹣跚著腿，一步一步地把妻子抱到了租來的架車上。老楊扯過一床棉絮，鋪在妻子身下。安頓好妻子後，老楊用手捶了捶腰，一屁股坐在了旁邊的臺階上。老楊望了望天上火辣辣的太陽，朝地上猛吐了一泡口水，然後掏出葉子煙，揉碎，裝進了最喜歡的玉石煙嘴裡，點燃，慢慢地吸了起來。

老楊是鹽廠的門衛。老楊沒有兒女，一直和妻子相依為命地生活。前段時間，妻子生病後，老楊把妻子送進了醫院。昨天，醫生找到老楊，告訴了妻子的病情。得知妻子不行了，老楊的心一下就沉到了冰窖裡。

這天，老楊吸完煙，看了看躺在架車上的妻子，長歎了一口氣，輕聲地對妻子說了聲坐穩，然後雙手抓住架車，弓下腰，慢慢地往家走。

老楊剛邁開腿，妻子的眼淚就流了下來。

聽見妻子的哭聲，老楊心裡的痛楚更是難受。老楊停好架車，回轉身，說，你看你看你又哭了！早就告訴你說，別哭，總會有辦法的。說完，用手背幫妻子擦了擦淚水，背過身，鼻子一酸，自己也忍不住流出了眼淚。

妻子抬起頭，望著老楊，咬著嘴唇，輕輕地點了點頭。

老楊俯下身子，抱了抱妻子，回轉身，拖著架車，又開始往回走。穿過一條小街，向右拐，再穿過一條街，出街，就是一條通往鹽廠的小路。忽然，一股好香好香的香味兒飄了過來。老楊猛抽了一下鼻子，抬頭一看，街邊的水果店裡，堆著一堆黃燦燦的芒果。

老楊站了下來，轉身看了看妻子。妻子側著頭，也正目不轉睛地看著那堆芒果。老楊知道，妻子肯定也聞到了那股奇特的香味。

老楊剛要動腳，想了想，咬咬嘴唇，狠狠咽了口唾沫，遲疑幾秒，微笑著看著妻子，問，想吃不？

妻子聽到老楊的問話，愣了愣，死死地盯住老楊，好一會兒，妻子歎了一口氣，搖搖頭，說，不吃，不想吃。妻子從沒吃過芒果，妻子想吃，但妻子知道，老楊的兜裡，現在是一分錢都沒了。

老楊停好架車，微笑著走到妻子面前，摸了摸妻子那瘦削的臉，露出一絲苦澀的微笑，說，你等著！

老楊不等妻子回答，大踏步地朝街邊那個賣芒果的小攤走了過去。

妻子的目光追隨著老楊那寬闊的背影，看著他站在攤位前不停地和攤主說著什麼。妻子的臉上竟有了一絲紅暈，淚水慢慢地流了出來。

不一會兒，老楊回來了。老楊提著一口袋芒果，笑吟吟地站在了妻子面前。

妻子看看老楊手中的芒果，再看看老楊，淚水立馬就鋪滿了臉龐。

老楊忙俯下身子，幫妻子擦了擦淚，然後撕去芒果皮子，把果肉送入妻子的嘴中。

妻子吃了兩口，流著淚，再也不吃了，哽咽著說，我不想吃了。你吃。

老楊搖搖頭，說，我不吃。我不愛吃。並且我吃了拉肚。你吃就是。老楊邊說邊把芒果又送入了妻子的嘴裡，問，甜不？

妻子流著淚，頭一偏，芒果忽然掉在了地上。

老楊一愣，看著妻子。

妻子又哭了起來。

老楊忙上前抱著妻子，說，你看你看你又哭了。

這時，妻子哭得更兇了。

老楊直起身，長歎了一口氣，望瞭望天上的太陽，拿出煙葉，揉碎，手伸進褲子口袋裡掏煙嘴，一摸，口袋裡空空的。老楊反應過來，轉身看了看背後的芒果攤，搖搖頭，把煙葉放進了口袋裡。

老楊彎下腰，撿起掉在地上的半邊芒果，吹了吹，用手擦擦，塞進嘴裡，慢慢地咀嚼了起來。

首次發表於《山東文學》二〇一一年第十期。

2. 愛，深深地埋在心底

他和她是高中的同學，讀書時，就十分要好。當時班上的同學都認為他們是一對，經常拿他們起哄。他們不承認，說沒有那回事，只不過是比較好而已。事實上他們除了在學習上互相關心，互相幫助外，也是真的從來就沒有說出那一個神秘的字眼。

但最終的結果還真如同學們所說，大學畢業參加工作不久，他們就結了婚。對於他們的結合，全班的同學都特別地羨慕，認為他們真是天造地設的一對，加上那麼牢固的婚姻基礎，相信他們婚後的生活肯定是幸福的。

剛開始的幾年，事實也確是如此。他們不但在生活上互相關心、互相體貼，在工作中也是互相幫助，互相理解。據同事說，他們結婚後住在一起，就從沒吵過嘴，平時也沒有看見他們紅過臉，看見的只是每天晚飯後，他們手牽手地在樓下的草坪上散步的情景。

可誰知，隨著時間的流失，婚姻的光環就慢慢地褪了色。

他是一個事業型的人才，是單位的技術骨幹，搞調研，搞設計，寫方案，繪圖紙，常常是夜不歸屋，就是回家也是廢寢忘食，每天忙完工作都已經很疲倦，很累了，往往是倒床便睡，對她就少了許多陪伴，少了許多關心和照顧，婚姻生活中也就少了許多情趣。

時間一長，慢慢地，看著他在書桌前忙碌的背影，她的心裡就開始了不舒服，特別是在女人特殊的幾天裡，心裡面的失落感越發的重了，於是，她就感到婚姻有了一些沉悶和壓抑，對現在的婚姻生活就產生了一些動搖。

一天，她終天忍不住了，對他說，她討厭這種死水般的生活，她已經忍了很久了，不想再忍了，她要離婚！

聽完她的話，他傻了，呆了，不相信自己的耳朵。他心裡面從來沒有想過這個問題。他一直認為「離婚」二字一定不會走入他的生活。現在真的來到面前，他就感到束手無策。他苦苦地勸了幾天，她卻是無動於衷。想想自己的不是，最後，他也無可奈何地只好同意了。不過，同意之後他卻提了個小小的要求，說這麼多年了，由於事業上的原因，很少有時間陪她，馬上就要分開了，他想陪陪她，陪她出去走一走，叫她自己挑個地方。聽完他的要求，她想，好聚好散，互相恩愛一場，共同生活了十幾年，感情也是很不錯的，就同意了。於是就挑了張家界，因為她這一輩子最想去的就是張家界。

到張家界的那天，是一個飄雨的日子，那天的天氣同他們陰鬱的心情一樣。走在盤旋的山道上，她發現他總是走在外側，她的心裡就更加的不舒服，就想，他咋會變得那麼自私，為了更好地看清山下的風景，竟完全沒有了男子漢的氣度，總是佔據最有利的地形。一路上，她的心情就變得越來越壞，終於忍不住就問了他。那知道他的回答竟完全不是她所想的，他說天雨，路滑，他是擔心山道外側的欄杆由於年久失修，早已腐爛，不牢固，怕她萬一不小心跌倒，摔到山下。當時，一聽完他的回答，她就驚了，慢慢的心裡面就感到了一些溫暖。她也終於發現了他細心體貼的地方，原來他是把危險留給自己，把安全讓給她。她的心真正的被震動了，心裡面不知是種什麼滋味，手自然地就伸出去挽住了他的胳膊。晚上，睡在賓館的床上，她緊緊地抱著他，想著在山道上的情景，就有淚水慢慢地從她的眼中流出。

她想，其實很多時候，他不是不愛她，只是因為工作，他將自己的愛深深地埋在了心底，不善於表露而已。她現在終於知道了他的愛，雖說是平平淡淡，也沒有說出來，但卻是真真實實地存在。

回到家後，她悄悄地撕掉了那份離婚協議書。從此，她和他都沒有再提起離婚的事，好像大家都忘了。

首次發表於二〇〇六年十一月八日《今日晚報》。

3. 門

下班後，走在街上，看著滿街的芒果，他那帥氣的眼神，又漸漸地從她心中那柔軟的部位裡浮現了出來。

他是她的前男友。幾年前，他因為交通事故被判入獄。他入獄後，她的日子一下子就不是日子了，而是一個深不可測的無底洞。她開始了喝酒。她想借酒澆愁，麻木自己的神經。誰知，因為一次醉酒，她只好違心地嫁給了現在的老公。從此，每天面對老公那齷齪的嘴臉，她的心裡就猶如吞了一隻蒼蠅，難受得對生活再也沒有了激情。失去激情的生活還有什麼意思？她想到了死。她想一死了之。但每次一想起死，她就會想起他以前在她耳邊一遍又一遍說過的情話。這時，想死的念頭，就花瓣一樣的枯萎了。

於是，她決定等他！

下了等他的決心後，她再不讓老公近身，並且提出了離婚。可老公卻不管不顧，照樣每晚都像那工地上的推土機，不上身拉倒，一上身就突突突的，從不管她的死活。她厭惡了。她越發地懷念以前和他在一起的日子。

離婚後，那些日子，在她的心裡，更是保留著一份暖暖的回憶。

今天，得知他提前回來的消息後，她的心裡就開始了不平靜，一直不停地跳動。此時，看著滿街的芒果，心裡對他的思念，更是猶如火山的岩漿，一下就噴湧了出來。她想起了以前一起吃芒果的情景。那時，他總是先撕去芒果皮子，然後用小刀慢慢地把芒果削成薄片，一片一片地送入她的嘴中。

想著這些，她的臉開始了發熱，去看看他的念頭一下就活蹦亂跳地冒了出來。

她在街上徘徊了近兩個小時。看看天色越來越晚，最後，她終於下了決心，提著芒果，走到了他的門口。

他的屋裡亮著燈。

有人。她的心裡一下就有了一種暖融融的感覺。她在門口站了一會兒，平靜了一下跳動的心，剛要敲門，忽然聽到裡面有人說話，她嚇得一哆嗦，伸出的右手縮了回來，左手的東西也差點掉在地上。

她一聽，是他的一些同事，以前都是他較好的哥們。

她呆在了門口。她不想讓別人知道她來看他。她想走！但她又控制不住想看看他的念頭。她把眼睛貼到了門上。透過門縫，她看見他的臉彷彿被困了一個冬天的地瓜，灰灰的，眼皮像在醬缸裡醬過的蘿蔔，皺皺巴巴的，給人參差不齊的感覺。她的心一下又開始了疼痛。

「還想她？天下女人多得很，哪棵樹上吊不死人？非要在一棵樹吊死？天涯何處無芳草！」屋裡同事的話語，讓她疼痛的心，漸漸地沉了下去。她知道，同事們是在說她。

對於她，同事們各有各的看法。

「你現在想著人家，人家可不想你。只有你才這樣癡心，唉，叫我咋說呢？別人甩了你，你還處處想著別人，哪有你這樣做男人的？現在這年頭，爹死娘嫁人，各人顧各人。哥們，看開點，兩條腿的蛤蟆沒有，兩條腿的女人多的是，等段時間哥們就幫你找一個。」

聽到這裡，她的身子，突然僵成了一根木頭，不動，呆呆地站在那裡，好不容易鼓起的勇氣早就無影無蹤了。但她不想走，她想聽一聽他的話語。

過了好一會兒，她一直沒有聽見他的說話聲。她感到渾身發冷，汗毛一陣陣地顫慄，接著，一串淚珠，就落雨一樣的婆娑了起來。

她終於沒有勇氣推開那扇虛掩的門。她把芒果放在門口，然後，掩著面，哭泣著，轉身跑開了。

回到家裡，坐在冷清的屋裡，聽著窗外呻吟著的細碎風聲，她的心又開始了疼痛，瞬間，眼淚又如雨般滾落下來。

她流著淚，呆呆地坐著。忽然，她聽到屋外傳來了腳步聲。一會兒，腳步聲停在了門口。敲門聲響起。

她忙起身打開門。

此時，門外，綴滿繁星的夜空一片迷離。

首次發表於《幽默諷刺精短小說》二〇〇九年第十二期。

4. 你還相信啥

中午，火辣辣的太陽高高地在頭頂上掛著。

男人剛從廠裡回家，手機就響了。男人拿起一聽，人立馬就愣住了。男人顧不上關門，放下手裡的東西，轉身就往鎮上跑。

男人趕到醫院，衝進病房，一眼就看見了父親。父親閉著眼，靜靜地躺在病床上。同事小王站在旁邊，看見男人，忙迎了上來。小王以前也在廠裡上班，後來退職開起了出租。小王對男人說了事情的原委。男人黑著臉，不認識似地看著小王，輕輕地哼了一聲。

這時，父親躺在那裡，嘴裡嘰嘰咕咕地說著什麼。說完，父親開始呻吟了起來。

男人聽著父親的呻吟，看看父親，再看看小王，冷笑了一下。

聽著男人的冷笑，小王感到有點不對勁了，心裡嘎巴一聲脆響，漲紅著臉，對男人說，你別這樣冷笑好不好？你先問問老人就清楚了！

男人俯下身子，又問了問父親，父親張了張嘴，卻啥話都沒說。

男人抬起頭，看著小王。

小王的心一下就慌了，忙又複述了一遍當時的具體情景。男人站在旁邊，眉毛一豎，冷笑著望著小王。小王沒輒了。小王知道，現在說啥也沒人信了。小王沮喪著臉望著男人。男人讓小王先拿一千元錢去繳押金。經過一番爭吵，小王歎了一口氣，看了看躺在病床上的老人，最後重重地打了自己一耳光，無奈地掏出錢，數了數，去了繳費處。

男人跟在身後，看著小王繳錢，臉上沒有任何表情。

不一會兒，兒子也趕到了醫院。兒子今年參加了高考，聽說今天可以拿到成績，兒子早早地就去了學校。

兒子先問了問爺爺的傷勢，然後走到男人面前，怯生生地看著男人，說，爸，成績還沒出來，沒拿到。

男人一聽，抬起頭，望著兒子，兩隻眼睛瞪得溜圓。

兒子搓著手，不敢看男人。

男人站起身，走到兒子面前，說，老子辛辛苦苦地供你吃，供你穿，供你讀書，你連成績都不讓老子看看，你說你是啥意思？

兒子紅著臉，低著頭，吞吞吐吐地說，爸，真沒拿到。

男人看了看躺在病床上的父親，忽然轉過身，舉起手，一耳光給兒子搧了下去。

兒子捂著臉，望著男人，眼裡的淚水一下就流了出來。

男人罵了一聲滾。

兒子哭泣著轉身走出了病房。

傍晚的時候，兒子再次走進病房時，怯生生的神情中竟夾著一絲掩藏不住的喜色。

男人坐在那裡，看著兒子，怒火又冒了出來，狠狠地盯了兒子一眼。

兒子忽然拿出一張紙條，遞到男人面前說，爸，拿到了，成績拿到了，五百五十二分，聽老師說，上川大沒問題。

男人愣了一下，一把抓過紙條，兩眼緊緊地盯在上面。男人翻來覆去地看了好一會兒，忽然，嘴裡重重地哼了一聲，猛地把紙條朝兒子的臉上一丟，罵道，你日弄老子！你能考多少分老子心頭是有數的。你能考上一個二本我就燒高香了，你還能考五百多分，哄鬼喲！

兒子急了，忙站到男人面前，說，爸，是真的，我不騙你！

此時，男人的心裡毛燥得厲害，哪聽得進真的假的，哪會相信兒子。男人抓著兒子就打，邊打邊罵兒子不爭氣，說兒子考得不好就算了，還拿假成績騙他。

兒子看了男人一眼，哼了一聲，緊咬著嘴唇，帶著滿肚子的委屈，撿起地上的成績單，哭泣著，頭也不回地就走了。

這時，父親說話了。父親一說完，男人一下就愣住了。男人想了想，拿起手機，撥通了小王的電話。

打完電話，男人想起了兒子。男人想，這學校的成績單，咋就不蓋個章呢？

男人搖了搖頭。

首次發表於《天池》二〇一二年第三期。

5. 誰見了我的歡歡

早晨，天剛麻麻亮，老林就起了床。起床後，老林簡單地收拾了一下，就牽著一隻小巧的寵物狗出了門。

老林是一個獨身的老頭。兒子在另一個城市，很少回家。老伴也已去世多年。以前，沒有小狗的時候，老林一個人就在家看電視、報紙。不過，現在的電視、報紙，廣告太多，老林又覺得沒啥看頭。於是，老林覺得無聊、孤獨，往往就會站起身，去抽屜裡拿出以前老伴的照片，死盯著看，嘴裡嘀咕一番。一會兒，又會把衣櫃裡老伴的衣服拿出來看看，摸摸，再折疊好，放進去。有時，一天，老林要重複好幾次這樣的動作。

後來，兒子找人帶回了一條小狗。那小狗，是一條純種的外國狗，雪白的一身毛皮，確是逗人喜歡。老林可不管啥外國狗，中國狗，只要是有個伴，老林就覺得生活有了一些氣息，屋裡也就有了一些生氣，有了一些活氣。於是，老林喜歡上了小狗，並給小狗取了個名字，叫歡歡。

老林牽著歡歡，在社區綠化帶周圍的小道上緩慢地行走。老林的身體十分的瘦弱，略帶蹣跚的步伐以及佝僂的身軀顯示了老林的蒼老。老林邊走邊咳嗽。而那穿著鮮亮服飾的歡歡，卻在老林的身邊歡快地左右竄動，偶爾會忽然停下來回頭望著老林。此時，老林往往會停下腳步，艱難地蹲下身，雙手輕柔地撫摩著歡歡濃密的毛髮，嘴中還念念有詞。隨著老林的撫摩，歡歡倒在地上，打一個滾，翻過身，抬頭望著老林，任憑老林那雙粗糙的手，在身上撫摩。一會兒，老林和歡歡又繼續前行。

出社區，就是城市的主街道。老林一般不把歡歡牽到主街道上去溜。每天，老林和小狗都只在社區裡逛上幾圈，然後，到社區門口的小吃攤上吃早點。

老林喜歡喝酒，吃早點也喜歡喝。老伴去世後，老林一個人生活，覺得一切都淡而無味，就有了這個習慣。兒子以前勸過多次，但老林一直不想戒，總是說，那是他唯一的愛好，並且，只有喝上酒，他才覺得日子過得有一點滋味。於是，兒子也就不管了，只是叫老林少喝點，說喝多了萬一有個啥三病兩痛，沒有人在身邊咋辦？老林可不管那些，酒還是照喝不誤。不過，有了歡歡，老林喝酒更有了一些樂趣。老林喝酒的時候，總愛把歡歡抱在凳子上，自己每喝一口，就用筷子醮酒給歡歡喝，或剝一顆花生米餵他，或丟一塊豬頭肉進歡歡的嘴裡。此時的歡歡，小嘴也吧嗒，吧嗒的，也似在慢慢地品味。有時，老林的動作稍慢了一點，歡歡的小嘴還會一拱一拱的，提醒老林，是否該餵他一口了。

那天，是一個風和日麗的日子，老林坐在早點攤前，邊喝酒邊和歡歡擺自己當志願軍，過鴨綠江，保朝鮮的日子。老林又用筷子醮酒給歡歡喝，沒注意，忽一下，老林的酒碗就被歡歡拱翻在了桌上。老林忙放下歡歡，呀呀呀地大叫一聲，趕緊端碗去桌沿接倒在桌上的散酒，幾分鐘後，看看實在是沒有酒再從桌上往下滴時，老林端起酒碗猛喝一口。喝完，老林並不怪歡歡，反而看著歡歡呵呵地傻笑，滿臉的皺紋笑成了一團金絲。

笑完，老林看著歡歡雪白的毛髮，借著酒勁，隨口又吟出「黃狗身上白，白狗身上腫」的打油詩句。

誰知，老林這一吟，歡歡卻跑開了。

歡歡是往街對面跑的。

老林抬眼一看，街對面也有一條小狗。此時的歡歡已經到了街對面，兩條狗顯得特別的親熱。老林想那狗肯定是母的。老林的歡歡是條公狗。看見兩條狗的樣子，老林是酒也不喝了，歌也不唱了，笑呵呵地罵，這小騷貨，見不得個母的，一看見母的，就想上去騷。老林邊罵邊起身蹣跚著往街對面走去。

老林剛到街中，一輛小車急駛而來。老林來不及躲閃，身子就猶如一隻鳥兒，被小車撞得飛了起來。

人們七手八腳地把老林送到了醫院。

兒子從外地趕回來的時候，老林剛從昏迷中醒過來。老林躺在病床上，睜眼看看兒子，彷彿不認識似的，眼睛在床周圍搜尋，最後，看著周圍的人，問，你們，誰見了我的歡歡？

首次發表於《微型小說精品》二〇〇八年第十期。

6. 下一個愚人節是什麼時候

這天是愚人節。

小林和小李躺在床上玩手機。玩了一會兒，小李伸了一個懶腰，說：「這日子過起太無聊了。」小林說：「就是，要不，我們找點事開心開心。」小林和小李是鎮中初三的學生，平時學習壓力大，很少有開心的時候，特別是小李。前不久，父母離婚後，小李也好像變了個人似的，生活過得沒了滋味，現在一聽找事開心，內心忽然就動了一下，忙問啥事？小林想了想，說：「今天是愚人節，我有個主意，不過你不准生氣。」小李說：「我怎麼會生氣，我才不會那麼小氣。」小林看了小李一眼，狡黠地一笑，拿起手機，只聽一長串嘀嘀的按鍵聲後，小林以十分著急的口氣說：「喂，小曾嗎，我是小林，快，快，你快來，小李不行了，被車撞了，現在滿臉是血，想見見你。」說完，不等對方回答，小林忙按下結束鍵並關了手機。小曾是他們一個村的，在附近的另一所中學。打完電話，兩人躺在床上，想著小曾急匆匆趕來的情景，禁不住哈哈大笑。

後來，門外響起敲門聲的時候，小林和小李愣了一下，知道小曾上當了，兩人一下就爆笑了起來。笑完，小李起身，打開門，呆住在門口。小林的爆笑聲也馬上停止，傻呆呆地坐著。

門外，站著小李滿臉焦急的父母！他們的臉上全是汗水。身上的衣裳也被汗水浸透了。看著他們，小李的眼前，立馬就冒出了父母在崎嶇山道上狂奔的身影。小李傻了似的望著站在門口的父母，不知說啥。

父親紅著臉，搓著手，看著小李，不敢相信自己的眼睛，傻呆呆地站著。母親的手上拿著一件跑丟的衣服，頭髮散亂地看著小李，也是一臉的驚訝。

父親重重地搖了搖頭，知道自己不是在做夢，忙伸出雙手，猛地抱住小李，問：「孩子，你不是被車撞了嗎？你沒有被車撞嗎？你真的沒有被車撞嗎？」

小李鼻子一酸，機械地朝父親點點頭，沒說話。

父親眼裡的淚水滾了下來，說：「哎喲，太好了，沒被撞就好！」說完，鬆開雙手，全身虛脫似的一屁股癱坐到了地上。

這時，母親也上前緊緊地抱著小李，淚流滿面地說：「孩子，你嚇死媽媽了！嚇死媽媽了！小曾打電話說你被撞了，我一下就慌了，不知咋辦，忙喊上你爸，趕了過來。好，沒撞就好，沒撞就好！」母親邊說邊用手撫摸著小李的臉龐。

小李看看父親，再看看母親，一種酸楚的感覺一下就彌漫了全身，眼中立馬就開始了濕潤，忙彎下腰，伸出手，一手抱著父親，一手抱著母親，不一會兒，淚水就在臉上婆娑了起來。

父親替小李擦了擦淚，然後緊緊地抱著小李母子。

小李流著淚，慢慢地向父母說出了事情的原委。

父親聽完，先是愣了一下，然後，看看小李，再看看小李的母親，更是緊緊地抱著，好一會兒，哽咽著問：「孩子，下一個愚人節是什麼時候，爸爸想，想再一次抱抱你們！」說完，眼淚如谷雨般滾落。

首次發表於《幽默諷刺精短小說》二〇一〇年第八期。

7. 喜歡你飛翔的瞬間

山風輕輕吹，月兒掛在樹梢頭，水一樣的月光透過窗櫺瀉進來。一燈如豆，娟娟百無聊賴的坐在桌前，隨手翻著一本書頁已發黃的小說，默默地想著心事。

娟娟是個農家女孩，住在一個遠離城市的大山裡。娟娟開了個小商店。商店的對面是村裡的小學。學校的老師和學生都愛到娟娟的店裡買東西。

那天，一名長得十分帥氣的年輕人正在店裡買煙的時候，娟娟忽然聽到有孩子掉進了塘裡的喊聲，忙抬頭往對面望去。對面山下有一口很大的水塘。水塘邊一個婦女正大聲的呼喊。年輕人轉身一看，立馬就沿門前的小路往水塘飛奔而去。年輕人一跑動起來，娟娟就看見年輕人那米黃色的風衣，被風灌得在後面飄舞，猶如一隻展翅的大鵬往山下飛翔。瞬間，娟娟內心所有的空間，都被那穿著風衣，從山上飛翔而去的美麗完全充滿了。

小孩得救了。娟娟也知道了年輕人姓林，是剛從師範學校畢業的老師。

從此，林老師飛翔的一瞬間，就深深地烙在了娟娟的心中。以至於後來，每次一看見林老師，娟娟的心兒，都會宛如吸足了水份的種子，盡情地舒展，萌發。臉，也會漲得緋紅，不敢直視林老師那帥氣的眼睛，但娟娟總是偷偷地用眼角的餘光，瞟向林老師。娟娟知道自己是愛上了。但娟娟又知道，林老師是要走的。學校的老師沒有誰會在這裡紮根，總是教不上一年就會想方設法託人走關係往城裡調。娟娟想，林老師肯定也是。但娟娟控制不住自己想和林老師好的念頭，總想看見林老師。於是，家裡吃好的，娟娟總叫父親去請林老師，說林老師一個人在學校怪孤單的。每次，父親看看娟娟，微微笑笑，雙手背在背後，拿著葉子煙桿，慢慢地往學校踱去。

就這樣，一來二去，娟娟和林老師好上了。

夏日的一個午後，炙熱的陽光鋪天蓋地地照耀著，林老師又來到了店裡。父親下地幹活沒有在家。娟娟和林老師坐在裡屋的沙發上看電視。隨著電視裡劇情的發展，娟娟和林老師也緊緊地擁抱在了一起。

被林老師緊緊擁著的瞬間，娟娟覺得時間彷彿停止了。此時，看著林老師那帥氣的眼神，聽著林老師那急促的呼吸，娟娟好像就站在了自己一生中最燦爛的陽光裡。心裡便像被小貓爪子踩了一腳似的，柔柔地透出甜蜜的味道。娟娟想到了林老師從山上飛翔而下救人的瞬間，娟娟就默許了林老師進一步的動作。

林老師的手剛要伸入娟娟衣服時，娟娟卻又伸手擋住了。娟娟紅著臉問，你真的喜歡我嗎？林老師忙點點頭，手上的勁頭又加大了一些。娟娟又問，那你願意永遠留在這山裡嗎？林老師一聽，愣住了，手也慢慢地縮了回去，紅著臉，沒有回答。娟娟知道林老師正跑調動的事。娟娟不想林老師調走，想林老師永遠留在山裡。

林老師最後是怎樣走的，娟娟不知道。第二天，林老師沒來。後來，聽人說，林老師走了，回城去了，娟娟的眼淚就不爭氣地流了出來。

一天，娟娟百無聊賴地坐在門口，目光散漫地望著遠處的田野和山巒。陽光懶懶地撒在了門口的土路上。娟娟就有些走神，心不在焉，老是想起林老師那帥氣的眼神和那飛翔而下的瞬間，時不時把目光投向對面山上的學校。娟娟不知不覺就走到了對面的山上。站在學校門口，背倚著學校升旗的旗桿，娟娟佇足遠眺。娟娟的目光，沿著逶迤的山脈向遠處延伸。山風颯爽有聲。天，漸漸地開始黑了。娟娟似乎看到了幾十公里外的城裡，已亮起了閃閃爍爍的燈火。娟娟想，此時此刻的林老師，不知在那閃閃爍爍的燈火裡忙著什麼？娟娟又想起了林老師那飛翔的瞬間，娟娟的眼睛裡熱辣了起來，不一會兒，就有了一些濕潤的東西。

娟娟回家時，月亮已經升起來了。娟娟坐在桌前，如水的月光透過窗櫺瀉了進來。娟娟靜靜地坐著，默默地想著心事。

忽然，娟娟彷彿又聽到了「買包煙」的聲音。娟娟覺得那聲音好熟悉，好熟悉。

娟娟忙打開了窗子。

首次發表於《文藝生活精品小小說》二〇〇八年第四期。

8. 迷路

接到電話時，林勇正在電腦上打著遊戲。

林勇在單位裡是出名的老實，平時做夢都沒想到這輩子會有情人，可誰知，那令人羨慕的桃花運卻偏偏落到了他的頭上。

說起那桃花運的來臨，還得感謝那一場車禍。

那天，林勇出差到省城。在車上，坐在旁邊的是一位年輕漂亮的少婦。車禍發生瞬間，少婦突然尖叫著撲到了林勇的懷中。林勇也緊緊地抱著少婦。事故過去後，少婦顫抖著睜開雙眼。林勇一激靈，忙往外推了推少婦。少婦抬頭看著林勇，臉色立馬就紅得像那熟透的蘋果。

車到省城後，少婦留下了一個號碼。從此，少婦的影子就時常在林勇的眼前晃動。終於有一天，林勇拿出手機，試著撥打了一下。電話接通的瞬間，林勇的心，「咚咚咚」地跳動不停。

後來，有了電話上的聯繫，林勇和少婦的距離越走越近。

現在，接到情人的電話，林勇的心裡，有了一種渴望。得知情人回了老家，那份渴望更是強烈，想見一面的念頭一下就活蹦亂跳地冒了出來。林勇忙表露了自己的渴望。對方沉默了，沒說話，輕輕地把電話掛了。沒拒絕那就是同意。林勇拿起電話，立馬就給妻子撒了一個馬上就要出差的謊言。

林勇等不及下班，請了假，急慌慌地坐上車就趕往情人的小鎮。誰知，好事多磨。車在半路卻出了故障。

等林勇趕到小鎮時，天已經開始黑了。除了車站上幾盞昏黃的路燈在那裡懶洋洋的閃著黃光，四周猶如一個黑漆的鍋蓋倒扣在那裡，沒有一點光亮。林勇下車後，站在那裡，一片茫然，不知所措。

林勇掏出手機，撥通電話後，問清路線，麻起膽子就往山裡走。走了幾里山路，天上竟下起了濛濛細雨。

林勇翻過一座山，前面出現一個大壩。大壩裡縱橫交錯的是一些稻田。走入大壩不久，林勇發覺自己迷路了，轉了幾段田坎，好像又回到了原地。

此時，雨越下越大。

林勇沒帶雨具，站在大壩上，心裡開始了恐慌，四處一望，忽然看見前面幾十米遠的地方有燈光在閃爍。林勇心中一喜，忙迎著燈光走了過去。

有了燈光的指引，林勇沒迷路了。走近燈光一看，是一幢平房。門燈亮亮地在那裡掛著。此時，平房的堂屋門一下就打開了。順著燈光，林勇看見堂屋裡站著一位婦人。婦人的懷裡抱著一個小孩。小孩已經熟睡。婦人站在那裡，看清是林勇，一激愣，呆住了。林勇擦了一把臉上的雨水，不好意思地對婦人說了自己迷路的事情。

婦人忙把林勇讓進了屋內。婦人的婆婆這時也從裡屋走了出來。看見林勇，婆婆忙叫婦人煮了一碗麵條。林勇接過麵條，發覺麵條裡還臥著兩隻雞蛋，心裡立馬就有了一股暖流在湧動，忙抬起頭，看著婦人，說了聲謝謝。

林勇吃完麵條，問婦人為啥開著門還不睡？婦人說她正等丈夫，丈夫去鎮上開會還沒有回來，說丈夫不回來她就睡不踏實。

婦人一說完，林勇愣在了那裡，好一會兒，拿出手機，撥通了一個號碼。當話筒裡傳出聲音時，林勇哽咽著說，在家嗎？我要回來！說完，放下電話，擦了擦濕潤的眼眶，站起身，對婦人說了聲謝謝，然後，走入雨中。

首次發表於二〇一一年八月十一日《自貢日報》。

9. 蘭子，你好！

老伴去世後，老李被兒子接到了城裡。

到城裡後，兒子啥事都不要老李操心，兒子每天回家，還不停地問老李生活得是否習慣？啥事都儘量滿足老李的要求。但老李還是覺得心裡不舒服，不踏實。兒子和愛人平時都很忙，很少有時間陪老李。老李在城裡有吃有喝卻沒有歡樂，整天無所事事就看電視。看得久了，老李就覺得有點孤單，有點寂寞。老李就想出門走走。

那天，陽光很好。老李在那個陽光很好的中午就走到了樓下。老李住的樓下有一個小商店。看商店的是一個老太婆。老李經過商店的時候，朝太婆笑了笑。太婆也朝老李笑笑，並問老李，出去走走？

老李忙點點頭，說，走走。老李說完就走入了陽光。

幾次後，老李和看商店的太婆就成了熟人，沒事，老李就愛到太婆的商店裡聊聊天。後來，老李的兒子覺得老李一人在家，可能有點孤單，就給老李買了一隻鸚鵡。

那隻鸚鵡，通體綠色，只頭部有一點鉛灰，上嘴朱紅，下嘴黃色。老李一看，十分喜愛。

於是，有了鸚鵡，老李下樓的時候就更多了。每天，老李提著鳥籠，走到樓下，把鸚鵡掛在商店的門口，太婆忙從屋裡給老李端張凳子。老李坐下後，就和太婆聊。鸚鵡也在旁邊不停地湊熱鬧，時不時地叫喚兩聲。一天，聽見鸚鵡的聲音，太婆對老李說，你咋不教教他說話呢？老李說，他能說話？太婆說能，有些通靈性的鸚鵡還會說很多話呢，只要你肯教。

聽說鸚鵡可以說話，老李就來了興趣，每天沒事，就在家教鸚鵡說話。不久，老李就教會了鸚鵡。

那天，老李和太婆又在商店裡聊天的時候，鸚鵡又不停地叫喚。老李知道鸚鵡想吃東西。老李就把手伸進口袋，在口袋裡掏摸。老李的口袋裡裝有鸚鵡的吃食。老李拿出裡面的小米，想丟進鳥籠，看看太婆，忍了忍，又把小米放回了口袋。

太婆不知老李為啥不餵，就問老李，你為啥不餵它呢？

老李再次看看太婆，然後，低下頭，紅著臉，像小孩子似的，怯生生地說，算了，不餵，等一會回家再餵。

說完，老李急慌慌地就提著鳥籠離開商店，上了樓。

望著老李的背影。太婆不知老李葫蘆裡裝的啥藥，搖搖頭，笑笑，起身把老李剛才坐過的凳子端到了裡面。

第二天，天剛亮一會，老李又提著鳥籠來到了太婆的商店。太婆又忙給老李端凳子。

老李坐在凳子上，又和太婆擺他在農村時的一些趣事，逗得太婆不停地呵呵笑。

看太婆那一臉燦爛的笑容，老李把自己一臉的皺紋也笑成了一團金絲。

伴隨著太婆和老李的笑聲，鸚鵡又開始了叫喚。老李又看看太婆，紅了臉，起身，急慌慌地又往樓上走。老李邊走邊回頭看太婆。剛上樓梯，老李沒注意，竟從樓梯上跌了下來。太婆忙跑到老李的面前，扶著老李，大聲呼救。不一會，大家就七手八腳地把老李送到了醫院。

誰也沒想到的是，老李這一跌，竟跌成了腦溢血。

老李要死了。彌留之際，老李把兒子叫到身邊，對兒子說，把那隻鸚鵡送給樓下商店裡的太婆。

老李終於走了。那天，太婆紅著雙眼，默默的坐在老李的靈前。兒子遵照老李的遺言，把鸚鵡拿到了太婆的面前，送給了太婆，並把老李餵鸚鵡的小米一起送給了太婆。

太婆提著籠子，看著鸚鵡，想起老李在商店裡陪自己擺談的情景，眼眶又開始了濕潤。這時，籠子裡的鸚鵡竟不合時宜地叫了起來。太婆忙拿出小米，放進了鸚鵡籠子裡的碗中。此時，誰也沒想到的是，那鸚鵡一見小米，竟開口說，蘭子，你好！太婆一聽，心裡一個激愣，驚了一下，瞬間，太婆明白了，太婆把鸚鵡緊緊地抱在胸前，眼淚又慢慢地流了下來。

蘭子，是太婆的小名。

首次發表於《榔城》二〇一〇年第十期。

10. 我們不談愛情

那是一個秋日的下午，因為愛情的挫折，我去了大姑的家裡。

大姑住在離我家不遠的學校。大姑年輕時是我們家族中最漂亮的女孩。因為漂亮，大姑的心就特別的高傲。聽父親說，大姑剛參加工作的時候，追大姑的男孩排成了長隊，有事無事都愛往大姑上課的學校跑，但大姑卻一直不為所動。父親又說，大姑那時心裡肯定早就有人，只是大姑沒有說出來而已。

出乎大家的意料，後來，大姑卻嫁給了她們學校的一位老師。那位老師長得一點都不帥氣。父親說，第一眼看見那位老師時，誰都認為大姑的婚姻生活不會長久。但後來的事實證明，大家的猜測全都錯了。大姑的婚姻不但牢牢地堅不可摧，而且還是我們家族中最最幸福的。在我的印象中，我從沒有看見過大姑和大姑父紅過臉，吵過嘴，更別說動手打架的事了。每次去大姑家裡，看見他們不管幹任何事都是相敬如賓、相親相愛的樣子，我就從心裡羨慕大姑，羨慕她找到了真正的愛情，心裡就想找大姑談談，談談她的愛情。但每次我一提到愛情，大姑卻總是笑笑，有意無意地把話題叉開，對自己的感情生活閉口不提。

那天，走進大姑院子的時候，我看見大姑和大姑父正坐在院子裡的女貞樹下，沐著秋日的暖陽，品著香茗。大姑端起面前的茶杯，吹了吹上面飄浮的茶葉，輕輕地喝了一小口，然後放下茶杯，看著面前的女貞樹，神態安祥，一臉的幸福。大姑剛一放下杯子，大姑父就提起水瓶續上。我上前問好後，大姑父呵呵笑著就起身去了裡屋。一會兒，大姑父把一杯泡得好好的龍都香茗端到了我的面前。然後，大姑父就去了裡屋。

我坐在那裡，看著大姑那一臉的幸福，心裡一下就想到了自己的愛情。喝了一口茶，我把前段時間戀愛上遇到的麻煩講給了大姑聽。

我對大姑說，前段時間，我在廠裡交了一個男朋友，並且深陷其中不能自拔，但我的選擇遭到了全家的反對，家裡人都說那男孩是個花花公子，一無是處，讓我認真考慮，不要讓帥氣和金錢蒙住了眼睛。

大姑靜靜地坐在那裡。

我又對大姑說，現在，我站在愛情的十字路口，不知咋辦？就想聽聽她的意見，得到她的支持，因為在我的心目中，我認為她是比較開明的，應該能夠理解我們真正的愛情。

此時，一陣微風吹來，樹上的黃葉像蝴蝶一樣在我們身邊飛舞。我順著大姑的眼神，看著院裡的老樹，落入眼簾的，滿目皆是老乾枯藤的褐色。

過了一會兒，大姑回過頭，看了我一眼，問我，你說大姑的婚姻如何？

我說，不錯！我們都羨慕著呢！

大姑搖搖頭，抬頭面對著樹上飛翔的一對小鳥，說，我也不同意你的觀點。

聽完大姑這一句，我的心裡猛的震了一下。我不知大姑為啥也不同意。大姑可是最懂愛情的人。我望著大姑，希望大姑說出理由，釋去我心中的塊壘。

大姑歎了一口氣，繼續說：

其實，我們每個人到談婚論嫁這一步，都必須冷靜地看看對方的人品，才貌，性格及家庭背景。家庭必須是有文化的，性格要溫和，要會體貼人，要有良心。在以上條件具備的情況下，再看你們兩人是否相處得合宜。合宜就是最好的了。

我紅著臉說：那麼愛情呢？

大姑說，傻孩子，我們今天說的是婚姻，我們不談愛情。

我抬頭看著大姑，一臉的茫然。

首次發表於二〇〇九年二月十一日《陝西工人日報》。

11. 小雨的愛情

小雨出嫁那天，是一個秋日的上午。秋雨，一直淅淅瀝瀝地下著。

小雨走下車子，眼睛紅紅的，好像是剛哭過的樣子。小雨用手擦了擦眼睛，看了看處在山腰的小樓，歎了一口氣，終於還是抬起了腿。

誰知，小雨剛走兩步，就覺得渾身虛脫，腿軟得不行，每走一步，都像踩在海綿裡。小雨索性停了下來。一停下，小雨的腦中又想起了媒人第一次進屋的情景。

那天，媒人一說出那男人的名字，小雨的心裡，就嘎崩一聲脆響。小雨一聽名字，就知道自己的愛情沒戲了。葛富林，一個俗得不能再俗的名字，擁有這名字的男人，一定是一個老土老土的男人。小雨的心，冷了下去。

後來，男人進屋的時候，小雨一看，心裡的冷更是達到了極致。男人雖不是小雨想像中的老土，但男人的相貌，不敢恭維。

而男人一看見小雨，腦袋一亮，滿臉的皮膚，像被風吹著一般，立馬就擺出了一幅生動的圖案。男人走到小雨的父母面前，從身上掏出一大疊嘎嘎響的百元大鈔，交到了小雨父親的手上。小雨的父親，眼睛一亮，臉上立馬就堆滿了笑意。而小雨母親的呻吟也一下就弱了下來。

小雨轉頭看了看躺在床上的母親。母親乾生生的臉上，早已沒有一點兒肌膚應有的光澤，而此時的母親，臉上竟有了一絲紅亮。

小雨搖搖頭，心裡的傷痛，潮水一般地湧了出來，慢慢地就流到了出嫁的日子。

這天，小雨平靜地走進了男人的家裡。

新婚之夜，小雨蜷縮在床上，頭死死地埋在被子裡。男人拉熄燈，爬上床，躺到小雨身邊時，小雨的身子突然僵成了一根木頭，不動，接著，一串淚珠就落雨一樣的在臉上婆娑了起來。

伴隨著男人的動作，對面山樑上夜貓子的叫聲，淒厲得像哭喪。那叫聲來得急，消退得慢，像劇烈的爆炸拖著長長的尾音，切割著鄉村的夜晚，把夜晚切成了鮮血淋漓的碎片。

小雨的心，開始滴血。心中的愛情，也被夜這個偌大的包袱裹走了，裹得無影無蹤。

但男人並不是小雨想像的那麼糟糕，男人除了相貌醜一點，心還是不錯的。結婚後，男人以自己的方式，把小雨捧在了手心，時時處處呵服、照顧著小雨。男人沒有文化，是個農民，但男人有錢。每次回小雨的娘家，男人總是大把大把地花錢，臨走的時候，總要丟個三千五千給小雨的父母。因為男人的錢，小雨母親的病，竟奇跡般好了起來。

想起母親的病，小雨的心，也漸漸地平靜了下來。

冬去春來，轉眼就到了來年的正月，元宵節的燈籠還在屋門口晃晃悠悠地掛著，新春的喜氣還沒有完全退盡，小雨的肚子，卻像那發酵的饅頭，慢慢大了。想著肚裡的孩子，小雨那酸菜一樣的苦日子裡，終於平添了一絲甜味兒。心中的傷痛，猶如覆蓋在傷疤下的嫩肉似的，再也看不見摸不著了。
日子就這樣沉滯地「吱吱咯咯」轉動著。生活也像一條平靜的河流，慢慢地流動著。小雨老了，歲月的滄桑刻滿了她的顏臉。
這天，男人和小雨吃過晚飯，又坐在電視機前看電視。小雨調到湖南台，是一部愛情劇。男人不愛看，拿過遙控器，一下就調到了電影頻道。
小雨看了看男人，又調了過去。
男人笑了笑，轉頭看著小雨，忽然說，你一天到晚就看那個愛呀情的！有啥意思！你說，這愛情究竟是個啥東西？能當飯吃，還是能當酒喝？
小雨看著電視，頭也沒回，說，愛情就是愛情，還有個啥？
男人說，其實，愛情頂個屁用，只要有錢，啥都有了？
小雨轉頭看著男人，停了一下，嘴裡冷哼了一聲，說，有錢就有愛情？
男人說，就是！
小雨說，錯！
男人說，錯個屁！難道說你不是因為錢才嫁給我的嗎？沒有錢，會有我們的愛情嗎？會有我們的兒子嗎？
小雨沉默了，沒說話。
男人看了看小雨，拿過遙控器，又說，如果不是錢，如果沒有愛情，這麼多年你會守在我身邊嗎？你說，這不是愛情是啥？

小雨轉過頭，看著男人，搖搖頭，說，那不是愛情，是婚姻！

小雨一說完，男人的心裡嘎崩一聲脆響，手中的遙控器一下落到了地上。

首次發表於《五女山文藝》二〇一一年第十八期。

12. 母親的愛情

父親去世那天，母親撲在父親的身上哭得死去活來。

母親是在二十五歲那年才嫁給父親的。父親是農民，而母親是村裡小學的教師。母親不但把書教得風生水起，還是整個村裡最漂亮的姑娘。那時，誰也沒想到他們會走到一起。結婚前，父親很少進入過母親的視線。那時母親的眼裡只有村裡的大柱。

大柱是母親的同學，從小學一直到高中。村裡還有一個同學叫玉娟。他們三個經常在一起聚會、聊天。不久，母親和大柱就愛得死去活來。但忽然有一天，母親敲開大柱家的門時，大柱和玉娟頂著亂蓬蓬的頭髮，來到了母親的面前。玉娟緊緊地挽著大柱，臉上的紅暈還沒有完全褪盡。母親抬頭看著他們。他們的嘴唇腫了一樣，紅紅的。他們的眼睛裡，有種動物樣的粗野。見到母親，大柱低下頭，玉娟卻無所顧忌地盯著母親。玉娟說，蓉蓉，實在是對不起……我不想這麼做，可是沒辦法，我也愛大柱。

當時，玉娟的話，似一顆重磅炸彈，讓母親剎那間血肉橫飛。母親傻呆呆地立在那裡。時間靜止了一般。母親終於抬起了手。母親看著大柱和玉娟，一臉的憤怒和鄙視。母親忘了是在大柱的家裡，母親用手往外一指，冷冷地說了一句，你們，你們馬上跟我滾，滾得越遠越好！

消失！消失！立馬消失！說完，母親蹲在地上，肩膀一抽一抽地哭泣。

那天晚上，父親從村前的小河裡救起了母親。

母親和父親結婚那天正是元宵節，新年的喜氣還沒有完全散去。那天，母親顯得特別低調，沒有像那些鄉下女孩子，又吹又打披紅掛綠。但母親還是打扮得漂漂亮亮的，走在村子裡，人們都說母親簡直就是電影裡的空姐。在迎親的路上，母親的目光相當專注，好像前邊有磁石的吸引，母親的腰身相當挺拔，好像河岸雨後的白楊。母親走到哪裡，哪裡就能聽到一片嘖嘖的讚美。

母親就這樣平靜地走進了父親的家裡。

結婚後，父親以自己的方式，把母親捧在了手心，時時處處呵服、照顧著母親。父親的學歷不高，又是農民，談不上英俊瀟灑，家庭也不富裕。但每到吃飯的時間，父親總是早早地做好母親喜歡的飯菜在家中等候。一遇天氣變化，放學後，母親總會在學校門口看見父親。父親把母親接回家後，給母親泡上茶，自己又開始了忙碌。那段時間，母親在家裡唯一的事情就是泡鹹菜。父親每次吃著母親泡的鹹菜，總不忘誇獎一番：我老葛的媳婦就是行，不但書教得好，泡鹹菜的手藝也不錯。

因為家窮，父親深知賺錢不易，花幾毛錢也是掰著手指頭計算，但每月總要拿出一兩百元錢交給母親，說，媳婦，去買件漂亮點的衣服。那時，母親的心裡真有一種說不出的甜蜜。

一晃，元宵節的燈籠又晃悠悠地掛在了眼前。結婚一年後，母親的臉上慢慢的又有了久違的笑容。母親覺得，被一個人真心實意的愛著也是一種幸福！從此，母親見人時，又是滿臉溢笑。

但母親哪會知道，厄運卻一直在她的頭頂盤旋。

幾年後，在一個陰風慘慘的雨天，父親再一次跳進河裡救人的時候，卻被上帝招去做了書童。

母親得知父親去世的消息後，跌跌撞撞的從學校馬上就趕回了家中。看著門板上父親的屍體，母親全然沒有了教師的形象，一下就撲倒在了父親的身上。

母親從此沒有再嫁。一晃，十多年的時光，就猶如那裝在盒子裡的蝴蝶，剛一打開，一下就撲棱棱地飛走了。在這十多年裡，我多次看見母親獨自一人偷偷的哭泣。我不知道母親的心中是想著父親還是其它。

一天，我問母親，問她對自己婚姻的感受。

母親說，很好。

我說，真的很好？

母親說，真的很好。有什麼不好嗎？

我說，沒啥遺憾？

母親無語，好半天，母親才說，天下的精彩哪能都給了你，老天爺右手給你一塊金子，左手就會剜去你一塊肉！

我抱著母親，眼裡開始了濕潤。

首次發表於《佛山文藝》二〇〇九年第五期。

13. 老閘工

深夜。窗外的雨在嘩嘩地下著。

老李坐在值班室，望著窗外的傾盆大雨，「啪嗒啪嗒」地抽著旱煙。

老李是水庫的閘工，在正江堰已幹了三十多年。老李的妻子是本地人，長年有病。為了照顧妻子，老李把家搬到了水庫值班室的對面，這樣，老李從值班的視窗一眼就可以看到自己的家。

窗外的雨越下越大。水庫的水位也在猛漲。老李不放心，已經去看了幾次了。

突然，對面屋裡的燈亮了。肯定是老伴醒了，又在咳嗽了？妻子有嚴重的氣管炎、肺氣腫、心臟病。有病有痛的人，夜裡是最難過的。老李知道，妻子一旦睡不著，就會咳嗽，常把她弄得死去活來。要是老李在身邊，她就會咳得從從容容些，要是遇到老李上班去了，那她就會格外緊張，全身痙攣……老淚縱橫。在萬不得已的時刻，她只得去開亮電燈。她開亮電燈就是給老李的信號！呼救的信號。平時，一旦看見燈亮了，老李很快就會趕到她身邊。一隻手把她的頭從枕頭上托起，另一隻手用早已準備好的毛巾揩抹著她口邊的痰液。然後，他調過一隻手，輕輕地拍著她的背部……讓她慢慢地緩過氣來。

老李知道，此時水位已經漲到了四米，離警戒水位只差那麼〇點一米了，要是自己此時離開，水位漲起來了怎麼辦？那上游將被淹多少土地和房屋？老李坐在值班室，看著電話，隨時等著調度開閘放水的通知。可今天，老李不知調度為啥還不通知，只是叫他隨時觀察水位，到了警戒線馬上通知。

現在的老李，看著對面自己家裡的燈光一直亮著，知道妻子今晚一定很惱火。或許這次就會要了妻子的命。但此時的老李卻不敢離開半步。外面的雨還在繼續的下著。水位也還在往上漲。眼看水位就要到警戒線，老李連忙拿起電話向調度彙報。老李想：只要到了警戒線就可以開閘了，開了閘就去看一看妻子。

可誰知，調度又通知再堅持一會兒，繼續觀察，等水位漲到四點二米的時候再電話通知。老李看著對面一直不熄的燈光，再看看還在不斷地往上漲的水位，老李的心裡面覺得特別地忐忑不安。

時間在一分一秒地過去，老李的心在漸漸的往下沉，不知道此時妻子的情況究竟怎麼樣了？謝天謝地，調度終於通知放水了。老李連忙打開閘板，只聽「轟」的一聲，一股大水沖洩而下。

等一切操作完了，彙報調度之後作好記錄，老李才穿上雨衣，深一腳淺一腳地往家趕。等老李趕到家，妻子的聲音已經很微弱。老李忙把妻子的頭抱在手上，妻子終於慢慢地睜開了無神的雙眼，看了看老李，說：「我、我、我恐怕……真、真的……是……要……死……。」妻子的聲音越來越弱。

此時的老李早已經是淚流滿面。

…………

粘絲絲的痰液從妻子的口邊掛下來。老李看了看錶，揩淨了妻子口邊的痰，將妻子的頭輕輕地放回枕上，讓妻子靜靜地躺在床上，又把她肩兩頭的被子塞好，然後自已卻穿著雨衣向值班室走去，因為他知道，馬上又要鬧了。

此時，雨，還在繼續下個不停。

首次發表於《芒種故事》二〇〇六第十二期。

14. 溝通

他一直不相信自己這輩子會有情人。他在單位是出名的老實，平時從不和女人有工作外的交往，可誰知，那令人羨慕的桃花運卻還是找上了他。

說起那桃花運的來臨，還得感謝那一場車禍。

那天，他和同事玉一起到成都學習。當他們的車子吻上前面貨車尾廂的時候，玉突然尖叫著撲到了他的懷中。當時，他就坐在玉的旁邊，而以前他們除了工作上的交往就很少說過話。事故瞬間就過去了。當玉顫抖著睜開眼睛的時候，他告訴她，好了，沒事了。玉看了看被撞得稀爛的車頭和血肉模糊的司機，不但沒有離開他的意思，卻更加緊緊地抱住了他。

抱著玉軟軟的柔弱無骨的身體，他的心裡一下就有了異樣的感覺。他這一輩子除了自己的妻子，還從來沒抱過別的女人。他的手上也就不自覺地加上了一些力度。玉明顯地感覺到了，抬頭看了看他，臉紅了紅，靜靜地躺在他的懷裡沒有動，完全是一付小鳥依人、楚楚動人的樣子。

後來，玉那小鳥依人的樣子就定格在了他的腦中，玉的影子就時常在他的眼前晃動。他試著約她，而她也準時赴約。坐在古典的茶樓，她說，她感謝他。那次的車禍雖然是虛驚，可他總歸保護過她，沒有推開她。看著她嬌柔的樣子，他的心頭竟有了一絲異樣的想法，想讓她那軟軟的手指拂過自己的身體。

不久，她那軟軟的手指竟真的在他的身上彈琴了。有了她的彈拔，他回家的時間就漸漸的少了。

開始，妻子以為他是工作忙，沒有多說什麼。妻子是一名教師，是一個事業型的女人，平時的工作也較忙。但漸漸的，細心的妻子也發現了一些問題，夫妻生活中不但沒有了以前的激情，體力也大不如從前，而且加班的時候越來越多。妻子開始了懷疑。特別是手機一響，他總是心慌慌地跑向外面的陽臺。妻子問，你為啥要跑出去接？在屋裡不可以接嗎？他總是臉一紅，支支唔唔地說出一些叫人起疑的理由。

一天，妻子終於在他的襯衫上發現了一根長髮。妻子一直都是短髮。妻子知道後院起火了。但妻子是一個很溫柔也很穩重的女子。妻子沒有問他為什麼要這樣，也沒有和他大吵大鬧。相反，妻子每天回家之後，還是一如既往地幹著自己份內的事情，好像一切都沒有發生，只有自己一個人在家中獨處的時候，才會拿出她們結婚的照片，或拿出戀愛時她們那些情意綿綿的情書，靜靜地，癡癡地看著，眼睛裡就會有一些濕潤的東西。有時也就會自言自語地問：這到底因為什麼？這家庭生活的航船為啥說偏就偏了呢？妻子想，現在他有了外遇，自己可能也有哪些地方做錯了？妻子知道自己還深愛著他，於是，妻子不但沒有再追問那件事情，反而對他是越來越好了，在平時的生活中更加關心體貼，並且，妻子認為，造成她們的陌生，主要是她們的溝通少，妻子慢慢嘗試著在晚上睡覺前和丈夫先做簡短的聊天。隨著時間的推移，他們彼此睡前聊天的時間越來越長，感情也越來越甜蜜。慢慢地，他竟從情人的陰影裡走了出來。有天晚上在床上，他說想和她說說那件事情。妻子忙說，不說也罷，我不想聽，現在你回到身邊就是我最大的幸福。

聽完妻子的話，他緊緊地抱著了妻子，眼裡的淚水不爭氣地流了出來。他知道他們那眼看就要枯萎的愛情之花在妻子的細心呵護下又盎然如初了。

首次發表於二〇〇七年十二月二十八日《中國審計報》。

15. 埋入墳墓的尖刀

蘭和林是同學，剛結婚時，小倆口十分恩愛，隨著兒子的出生，幸福更是像花兒一樣開放在了他們的生活中。

但天有不測風雲，一場無情的大火把他們精心建造的愛巢燒得慘不忍睹之後，林背著行囊遠走了他鄉。

林一走就是三年。三年內，除了每月按時寄錢回來，林一直沒有回家。

沒有男人的日子，蘭過得十分的孤獨和無聊。每次，看著別的夫妻恩恩愛愛的從面前走過，蘭的心裡就特別想念林。想林，蘭就打電話，就向林哭訴自己一個人帶孩子的苦處。聽著蘭在電話裡的哭聲，林總是硬硬地說找夠修房的錢就回，並叫蘭好好地帶好孩子。林在平時的生活中性格就有點倔強，常常有一些出人意料的想法。

放下電話，蘭哭得更傷心。

一次，哭過後的蘭，抱著孩子，坐在門口，傻傻地瞅著屋子對面的一塊菜地。菜地上有兩隻蝴蝶纏纏繞繞的，在金黃色的菜籽花的花叢中團團飛舞。蘭的目光，隨著蝴蝶的飛舞，看到了菜地旁邊的養蜂人和他的蜂子。

養蜂人是河北來的，其實，來這裡放蜂，已經有半個多月了。蘭以前也常常看見他，不過，這次看見那養蜂人，蘭的心裡忽然有了一絲觸動。後來，那養蜂人也和蘭熟悉了起來，平時，缺啥小東小西，就向蘭借。慢慢地，蘭和養蜂人的關係就發生了變化。也難怪，一個是乾柴，一個是烈火。

不久，林從同鄉的嘴中，知道了家裡發生的一切，林感覺心尖尖上彷彿被人插了一把尖刀，那痛苦的滋味無法言表。林恨死了妻子，但林更恨那養蜂人。林忙趕回了家。林想找那養蜂人拼命。想著孩子，最後，林只好打落牙齒和血吞，強忍著心裡的痛苦，多次勸蘭回心轉意。但蘭去意已定。幾天後，法院的一紙判決就割斷了他們之間幾年的感情。

從此，蘭拋夫棄子，隨著養蜂人一路就到了河北。一晃，蘭在河北的兒子已經二十多歲。一天，兒子出差帶回一個芒果。看見芒果，蘭一下就想起了林。

蘭和林一起生活的時候最喜歡吃的就是芒果。那時，林總是先撕去芒果皮子，然後用小刀慢慢地把芒果削成薄片，一片一片地送入蘭的嘴中，那時的蘭，覺得自己就是天底下最幸福的人了。

吃完芒果，那晚，蘭在床上翻來覆去地烙了一晚上的餅子。

第二天，蘭獨自踏上了回家的旅程。

翻山越嶺，到了那熟悉的地方，蘭心裡突然有了一絲激動的感覺。

蘭走到曾經居住的地方，那裡的房屋早已倒塌。看著倒塌的房屋，一股淡淡的傷感漫上了蘭的心頭。

蘭四處打聽，終於找到了自己和林的兒子。從兒子的嘴中，蘭得知林已去世多年。蘭說要去看看林的墳墓。兒子將蘭帶到林芳草萋萋的墳前。看見林的墓穴，蘭的鼻子一酸，眼裡一下就有了濕潤的感覺。看見墓穴的旁邊有一個空穴，蘭覺得很奇怪，問兒子。

兒子看了看當年這位絕情的母親，說，從你走後，爸爸就一直沒有再娶。只是在死之前告訴我，在自己身邊留一個空穴，就如在世時，在身邊留的空鋪。並且在墓穴與空穴之間，用磚砌了一個小門相通。

說完，兒子跳入旁邊的空穴，用手刨出了一個磚砌的小門。從那小門中，兒子拿出了一把鏽跡斑斑的尖刀。拿著尖刀，兒子用手抹了一把滿是淚水的臉，說，媽，這把尖刀是爸爸特意叫我放入小門的。爸爸臨終時說，你曾經狠心的送了他一把刀，一把尖刀。那把尖刀，一直在他的心上挖了一輩子。爸爸說，現在他要死了，一切都解脫了，心上的尖刀也應該隨他入土了。爸爸還說，如果你這輩子不回來或死後不能埋在旁邊的空穴，那就讓這把尖刀，永遠放在小門內，用它割斷和你的一切恩怨；如果你能回來，就叫我把小刀拿出來，還給你。他說，生前沒有等到你，死後但願能通過那個小門牽牽你的手。

聽完兒子的敘說，蘭那蒼老的眼瞳裡，淚水一下就湧了出來，雙手拿過兒子手中的刀子，抱在胸前，看著那空穴，蘭覺得神思恍惚，彷彿看見林坐在那裡不停地向自己招手，頭一昏，朝著空穴的方向就栽了下去。

首次發表於《文藝生活精品小小說》二〇〇八年第五期。

16. 愛情就是一杯熱茶

小林不知從何時開始對自已的丈夫越來越不滿意。

其實小林和丈夫還是一起讀書的時候就耍的朋友，畢業後，雖說沒分在一個單位，但一天不見三次都要見兩次。如果哪一天沒見著，心裡面就好像缺少點什麼東西，幹任何事都是無精打采。結婚後的頭兩年也十分恩愛，每天下班丈夫都到廠門口來接小林。但近段時間，丈夫也沒來了。林一回家就有種失落感，看見丈夫，心裡也沒有了以前那種激動的感覺。

開頭，小林也不知道是咋回事。慢慢地，小林自己也發覺只要第二天一到辦公室，自己的情緒馬上就會有所好轉，就會滿面笑容地去面對每位同事，滿心的喜悅也好像要溢出來似的。同事們也發覺小林這段時間變了，不但工作積極肯幹，對同事也是一團和氣，經常從身上掏出一些瓜子、糖果之類的零食，撒在同事們的桌上，但科長桌上撒的絕對是最多也是最好的。

科長是今年才從其他單位調過來的，四十歲左右，長得是一表人才，平時說話又有點風趣幽默，對下屬也比較好。整個辦公室的人對新科長都感到很滿意。小林更是從科長進門的瞬間就覺得眼前一亮。通過一段時間的接觸，小林對科長的好感是越來越強，有事無事都愛在科長面前晃。

漸漸地，小林發覺自已不想回家只想上班。不久，小林無緣無故的和丈夫吵了一架後就真的沒回家了，在廠裡要了一間單身宿舍，在同事們的驚奇目光中住到了廠裡。

住到廠裡的小林猶如一隻跑出了籠子的小鳥，整天嘰嘰喳喳、嘻嘻哈哈地笑著，彷彿又回來了自已的少女時代。

科長的老家在鄉下，也只有週末才回家。小林搬過來後，晚上下班之後就經常去找科長吹牛，吹著吹著的時候，小林就發覺自已的眼神起了變化，有了一些異樣的東西在裡面。

科長慢慢地也發覺了問題。科長下班後就不再急著回宿舍，而是一個人在辦公室查資料或寫點東西。

小林到科長宿舍沒找到人，心裡面馬上就有一種空蕩蕩的感覺，覺得自已好像又回到了初戀，就想看見科長，就想陪在科長的身邊。於是，小林馬上又來到辦公室。一看見科長，小林覺得心裡面就好受多了。

小林知道自已真正的愛上了科長。小林也終於知道了自已對丈夫越來越不滿意的原因。

一個週末，科長把小林帶回了自已在鄉下的老家。

到了科長家，一個看起來有五十歲左右的農村婦女忙迎了出來，順手接過科長手中的包，不經意地用手拍了拍科長左手臂上不知在何處擦的灰塵。

科長忙給小林介紹說，這就是你嫂子。又對那婦人說，這是我們辦公室的小林，城裡長大的女孩，想到我們鄉下來看看，聽我說你做的豆花好吃，生死纏著我要我帶她來嚐嚐。

婦人看了看小林，忙說，快進屋坐，我們鄉壩頭就是不像城裡，你看又髒又亂，要讓你笑話了。

婦人端把椅子放在小林的面前，隨手取下牆上掛著的一張毛巾，抹了抹。

小林坐下之後，兩個眼睛四處看。這是幾間農村很普通的小青瓦房子，但屋內收拾得很乾淨、很整潔。屋裡的家俱也擺放得很整齊，很有規律。

一會兒，婦人燒好了開水。泡茶的時候，婦人對科長說，你該早點說要來客人嘛。你看，現在啥準備也沒有。科長端著那杯濃濃的熱茶，用嘴吹了吹上面浮著的茶葉，品了品，帶著一種滿足的神情望著婦人，笑笑，說，要啥準備？小林不算客人。她說想吃你做的豆花你就推豆花噻。

到了中午，兩盤白生生、嫩冬冬的豆花擺在桌子上，並且配上了紅油辣椒做的醮水。醮水上還撒了一屋切得細細的、嫩綠色的魚香。

誰也不知道那婦人一個人是怎麼把豆花推出來的。

吃完飯之後，小林覺得那一次的豆花吃得特別地舒暢，是她有史以來吃得最舒服的一回。

離開科長老家坐在回城的車上，小林坐在科長的旁邊，不時地轉眼看著科長，想想那婦人，小林的心裡始終就覺得有一個謎團，認為不管從哪個方面那婦人也配不上科長。自己不管從哪方面比也比那婦人強得多，但不知科長為啥一直對自己沒有那層意思。

回到廠裡，在辦公室，小林忍不住問道，科長，你說實話，你和嫂子有共同語言嗎？有真正的愛情嗎？

科長看了看小林，說，我們有一個共同的家，有一個共同的兒子，有十幾年共同走過的歲月。每次我回家這些內容就夠我們擺一天一晚。你說，這算不算我們的共同語言。另外，我認為，真正的愛情或許就是勞累一周回家，剛一進家門，妻子泡上的那一壺濃濃的熱茶。

小林想起了科長剛到家喝茶時那陶醉的樣子。

科長拍了拍小林的肩，又說，傻女子，你還年輕，許多事情以後你慢慢地就會明白，其實每個人的幸福都是掌握在自己的手中，珍惜你現在所擁有的一切，用心地去呵護它，你就一定能夠得到幸福。

聽完科長的話，小林沉默不語。

小林抬頭看科長的時候，眼眶裡有了淚花在閃爍。小林擦了擦，之後，默默地離開了科長的屋。

回到自己的宿舍，躺在床上，小林任淚水恣意地流淌，靜靜地回想著以前和老公在一起時那些美好、幸福的時光。過了一會兒，小林拿出手機，撥通了一個號碼，說，老公，你馬上到廠裡來接我，好嗎？

首次發表於二〇〇六年十月七日《今日晚報》。

17. 老人與狗

老人走到醫院的時候，渾身像散了架一樣，胸腔裡也像有啥東西要爆出來似的。老人大口大口地喘了幾口氣，然後，扶著醫院雪白的牆壁，一屁股坐在了門口的臺階上。緊跟在身邊的一條大黃狗汪汪汪地狂吠了起來。

聽見狗叫，幾個穿白大褂的醫生護士條件反射似地立馬就從各自的辦公室裡衝了出來，七手八腳地把老人抬進了醫院。

老人是醫院的常客，一個人孤苦伶仃地住在醫院背後的一個小巷子裡。醫生和護士對老人和大黃狗都十分熟悉，只要一聽見狗叫，就知道是老人看病來了。

那天，醫生根據老人的口述，對老人進行了全面檢查，之後，幫老人辦好了住院手續。老人躺在病床上，右手打著點滴，左手在胸口上不停地撫摸，邊摸邊不停地歎氣。黃狗坐在旁邊，望著老人，不時地伸舌頭舔老人打著點滴的右手。老人側過身子，摸了摸黃狗的頭，眼裡慢慢地開始了濕潤，不久，眼角旁邊的皺紋裡就有了水珠樣的東西在閃爍。看見老人落淚，黃狗忙將兩支前腳趴在床沿上，頭擱在上面，渾身顫抖著。老人摸了摸黃狗的眼睛，摸著一手的潮濕。老人縮回手，別過頭，淚水更是洶湧了起來。

黃狗就那樣靜靜地趴著，望著老人，不時地舔一下老人的右手。忽然，黃狗豎起耳朵，聽了聽外面，從床沿上抬起雙腳，站在地上，又靜靜地聽了一會兒，一下就衝了出去。

黃狗衝到醫院門口的臺階下，看著幾位正在吃飯的護士，汪汪地叫了幾聲，叫完，一溜小跑就跑到了對面的一個飯館。

黃狗衝著飯館裡的老闆又汪汪地叫了起來。

老闆認識黃狗，也認識住院的老人。老闆衝黃狗說，大黃，叫啥？又要吃飯了嗎？

黃狗點點頭，停止了吠叫，搖尾擺尾地走到老闆面前。

那時，老闆的生意正好，一時忙不過來。黃狗坐在門口，靜靜地望著老闆，不時地輕輕叫兩聲。

過了大半個小時，黃狗見老闆還沒有騰出手來準備老人的飯菜，就走上前叼著老闆的衣服，死死地往門外拖。

老闆驚了一下，用手在黃狗的頭上拍了拍。

黃狗鬆開嘴，跑到門口，朝醫院的方向汪汪叫了兩聲，折轉身，又跑到老闆面前，叼住老闆的衣服，又是死死地往外拖。

老闆看黃狗的樣子，笑了笑，搖搖頭，忙炒了一個菜，打上飯，隨著黃狗，去了醫院。

走到老人的病床前，老闆放下飯菜，用手摸了摸黃狗的頭。

黃狗用頭在老闆的腿上擦了擦，擺了擺尾巴，朝老闆汪汪地叫了兩聲。

老人看看黃狗，再看看床頭櫃上的飯菜，臉上的淚水又慢慢地淌了下來。

後來，幾天後，老人的病漸漸地有了一些好轉。老人不想醫了，也沒錢醫了。老人要出院了。

這天，老人正辦出院手續的時候，黃狗圍在老人的身邊，打著滾，撒著嬌，像一個調皮的孩子。

老人彎下腰，又摸了摸黃狗的頭，說，去，門外等著。

黃狗看了老人一眼，搖搖尾，聽話地跑到醫院門口的臺階下站著。

忽然，黃狗汪汪汪地叫了起來。

老人心裡一驚，忙轉身一看，黃狗正死死地咬著一個中年人的衣服。

老人一下呆在了那裡。

中年人看見黃狗也立馬就傻了，反應過來，舉起手裡的木棒，使勁地朝黃狗的身上打了下去。

黃狗一聲慘叫倒在了地上，但嘴裡還是死死地咬著中年人的衣服，不讓中年人走。

老人大罵了一聲：畜生，然後不顧自己的病體，幾步竄到街中間，俯下身子，緊緊地抱著血肉模糊的黃狗，淚水立馬就鋪天蓋地地淌滿了臉龐。

中年人站在那裡，面無表情，彷彿泥塑木雕一般。

這時，圍觀的人群中，有人認出了，那中年人是老人唯一的兒子。

首次發表於《短小說》二〇一一年第八期。

18. 一隻飛翔的羊

早晨，天還沒有全亮，院子裡就傳來了「咩、咩、咩」的幾聲羊叫。聽見叫聲，老林忙拉亮電燈，起床披上衣服，走到了外間的羊圈旁。

老林借助微弱的燈光，看了看圈裡的五隻大山羊，丟了一把青草在圈裡後，長歎了一口氣。此時，妻子在裡屋又開始了咳嗽。聽著妻子的咳嗽聲，老林心裡早幾天就有了的一個念頭，一下就如那發芽的種子般冒了出來。

老林是月亮村的農民。前不久，老林的妻子得了一種怪病，開始是不想吃飯，每天一端著碗就反胃，後來渾身消瘦，四肢無力，還常常咳嗽，人漸漸地就變了形。

妻子得病後，老林的一張臉，就開始沒完沒了地苦著，慢慢的，就像一朵被風霜揉搓過的苦菜花，再也沒有了笑容。

老林帶著妻子四處求醫，先是鎮醫院，後是縣醫院，再後是市醫院。錢花了不少，但毫無結果。看著妻子的病越來越嚴重，老林的心開始了滴血。

這天，老林歎著氣煮好早飯，端到妻子的病床前，把妻子扶了起來。就著微弱的燈光，老林看著妻子乾生生的臉上早已沒有一點兒肌膚應有的光澤，心裡的念頭又冒了出來。妻子又是一夜沒睡。妻子得病後，因為不想吃飯，營養跟不上，常常整夜整夜地睜著眼睛，望著天花板，沒有睡意。

看著妻子的病容，老林是心如刀攪，淚水漸漸地就濕潤了眼眶。老林邊餵妻子的飯邊試探著說，孩他娘，要不，殺只羊燉湯讓你嚐嚐？

妻子一聽，脖子上像安了彈簧似的，立馬別過臉看著老林，停止嘴裡的咀嚼，輕輕地朝老林搖了搖頭。

妻子一搖頭，老林心裡的疼痛，更是如洪水一般湧了上來。老林忙拽過妻子的手，看著妻子，目光裡袒露的，是那種貼心貼肺的疼愛。老林邊撫摸著妻子的手背，邊用手指在妻子青色的血管上輕輕地摁著，啥話都沒說，只有淚水在眼眶裡打著旋，慢慢地就湧了出來。

老林知道，妻子是捨不得殺羊，妻子也是絕不會同意老林殺羊的。妻子是一個很節儉的人。在養羊的幾年時間裡，老林一家從來沒有捨得為自己宰過一頭羊，更沒有吃過一口羊肉。養羊的收入，全作為了妻子的醫藥費和兒子的學費。老林還有一個正在城裡讀著高中的兒子。

那天，老林餵完飯，安頓好妻子後，含著淚水，趕著羊去了後山。

老林每天都要把羊趕去後山。後山的草旺。後山的鷹嘴岩草更旺。但老林從不去鷹嘴岩。

老林到了山頂，把羊拴好後，站在那裡，看著孤零零地趴在山腳的屋子，想著妻子靠在床頭的樣子，心裡好像有一大堆泡漲了水的豆子堵在那裡，憋悶得厲害。老林一遍一遍地仰起頭，衝天空吐氣，心裡的疼痛，再一次的在身體裡鮮活了起來。老林長歎了一口氣，搖搖頭，用手擦了擦臉上的淚水，隨後，朝著遠處的山巒大吼了一聲，猛的一腳朝空中踢去。一隻穿孔的布鞋，穿過樹木，流星似的落到了遠方的山溝裡，驚起了溝底裡的幾隻鳥兒。隨著鳥兒的叫聲，羊群又「咩咩」地叫了起來。

聽著羊叫，老林的心裡猛地顫動了一下。老林又看到了妻子那滿面的病容。看了看五隻活蹦亂跳的大山羊，老林心裡的念頭又冒了出來。老林歎了一口氣，拿起羊鞭，狠狠心，竟鬼使神差地把羊往後山的鷹嘴岩趕。

到了鷹嘴岩的岩邊，看著那陡峭的岩壁，老林的心開始了顫抖。

老林把羊牽到面前，蹲下身子，一隻一隻的撫摸，摸到一隻大公羊的時候，抱著山羊的頭，老林把臉貼了上去，淚水慢慢地就在老林的臉上婆娑了起來。

摸完，過了好一會兒，老林站起身，朝著身邊的大公羊，猛揮一鞭。

山羊一驚，朝前一縱，展開四蹄，飛翔了起來。

一聲慘叫，劃破山野的沉寂。

老林站在岩邊，身子立馬僵成一根木頭，不動，接著，瞬間，眼淚便如谷雨般從臉上滾落了下來。

首次發表於二〇一〇年十月十三日《潮州日報》。

19. 抓鬮

林和平做夢都沒有想到自己會患上尿毒症。

林和平以前一直是孤身一人。去年，年滿四十的林和平結婚後，剛嚐到了一點生活的樂趣，哪知卻得了這樣的怪病。林和平心裡就感到命運對他實在是太不公平了。在埋怨命運的同時，林和平還不想死，也想好好地享受享受生活，於是，就拿出了自己以前打工攢的近六萬元，要妻子陪他到省城去做手術。

林和平的妻子是一個死了男人的寡婦，嫁給林和平的時候帶著一個十八歲的兒子。兒子在廣州打工。林和平不要妻子把自己的病情告訴兒子。

哪知，林和平剛準備和妻子前往省城的時候卻得到了兒子的電話。

聽完兒子的電話，林和平和妻子的世界就徹底地崩潰了，整個人都猶如掉進了冰窟窿中，渾身都冰涼到了極點。

原來兒子在單位的例行體檢中被發覺患上了再生障礙性貧血。

得知兒子的病情後，林和平暫時放棄了去省城動手術的念頭，和妻子一直就在家等從廣州歸來的兒子。

不久，疲乏、軟弱無力、臉色蒼白的兒子出現在了林和平的面前。兒子進屋的時候，林和平正躺在床上。看著兒子那張年輕而帥氣的臉，林和平強撐著朝兒子笑了笑，把妻子叫到了床前，拿出手中的存摺，交給妻子，叫妻子第二天就帶著兒子上省城。

林和平知道，這六萬元要想醫好他和兒子的病是不可能的。其中哪一個動手術的費用也不會低於六萬。林和平只好放棄自己。

妻子接過存摺，知道林和平的意思，那就是放棄自己的治療，但一定要讓兒子好好地活下去，就問，那你的病咋辦？問完，妻子眼中的淚水早已流滿了整個臉頰。

林和平朝妻子擺擺手後，感到全身每一個器官都有了種累的感覺，心慌，不一會兒，就昏迷過去了。

妻子慌了神，忙一手抱起林和平，一手在林和平的胸脯上不停地揉摸。

兒子站在旁邊，不知所措，慢慢地，從母親的口中，兒子知道了所有的一切。

知道了真相的兒子，無論如何也不願到省城做手術。不管林和平和妻子怎樣苦苦地勸說，兒子卻始終堅持要父親先做。

時間越拖越久，兒子的病情也越來越嚴重。看著倔強的兒子，林和平和妻子感到束手無策，最後，徵得兒子的同意，全家商量用抓鬮的方法，決定誰先誰後。

妻子當著兒子的面在紙條上寫上「醫」和「不」，說，抓到「醫」的人就先做。隔了一會，妻子又說，如果都抓到「醫」字就都做。

林和平看著妻子寫好紙條，臉上露出了一絲微笑，說，哪會都抓到「醫」字？

妻子把兩個紙團丟在桌上的時候，叫兒子先抓。兒子看著母親，想起了以前看過的一個故事。那故事說的也是抓鬮的事，說國民黨抓壯丁，兩兄弟必須去一個，於是就抓鬮，誰抓著寫著「兵」的誰去，結果弟弟抓起來一看，就說我去，等哥哥把手中的紙團打開看見也是寫著「兵」時，弟弟早已去遠。原來弟弟在紙團上寫的都是「兵」字。現在兒子也怕母親作弊，兩個紙團都寫「醫」字，所以就一定要讓父親先抓。兒子想，如果父親手中的紙條寫著「醫」字他就不用再抓了。

林和平看了兒子一眼就把手伸向了桌子。抓起一個紙團的時候，林和平不停地咳嗽，就忙用雙手在胸前不停地揉。好一會兒，林和平的咳嗽停了下來。等林和平展開手中的紙團的時候，妻子和兒子都看見了那紙團上清清楚楚地寫著「不」字。

妻子有點不相信自己的眼睛，一直死死地盯著林和平手中的紙條。

看著妻子的眼神，林和平朝妻子苦笑了一下。

最後，兒子無奈地去了省城。

躺在手術臺上的兒子絕對沒有想到的是，其實母親丟在桌上的兩個紙團全是寫的「醫」字，母親想讓他們父子二人都能去，而父親早就識破了母親的用意，把一個寫有「不」字的紙團事先就藏在了袖口中。

首次發表於二〇〇六年八月九日《桂林晚報》。

20. 保護你一輩子

葛林到杭州出差，竟帶回了一個大肚子女人。

葛林是單位的帥小夥，一米八的身材，五官端正。葛林長得帥不說，還是單位的採購，走南闖北，見了不少的世面。按理說，有了這些條件，葛林要找個漂亮的女孩，那還不是小孩子玩雀雀兒，手到擒來！但哪知戀愛的紅線卻遲遲沒有牽到葛林的頭上。現在，看著大肚子女人，大家才一下醒悟了過來，原來這小子不聲不響的早就在外面有了女人。於是，大家看葛林的眼神就有了變化，有了一些意味深長的含意。

那幾天，葛林的心裡也感到有一些憋悶，好像有一團棉花在那堵著。一天晚上，葛林沒有回家，葛林一個人在街上喝了幾杯悶酒。葛林回家時，女人上前接過葛林手中的東西，問，回來了？葛林睜著一雙醉眼，看著女人，沒說話。一會兒，葛林轉過身，仰著頭，衝夜空吐著酒氣。忽然，葛林猛地一腳朝空中踢去，一隻鞋子穿過夜空，流星似的飛向遠方，驚起遠處的一隻狗叫。葛林回轉身，抱著女人的雙肩，說，你別走了！我要娶你！

女人呆愣愣地看著葛林，傻了似的，瞬間，身子突然就僵成了一根木頭，不動，接著，一串淚珠就落雨一樣婆娑起來。女人手中的東西掉到了地上，忽一下緊緊地抱著葛林，臉上的淚水，婆娑得越發的厲害起來。

幾天後，葛林將自己要和女人結婚的消息丟給母親時，母親的臉頓時成了過季的白菜幫子，綠透了。母親生活在農村，一直為葛林的婚事擔憂，但母親絕沒想到會是現在的結果。母親不知道葛林的心裡是咋想的，勸葛林好好地考慮清楚。葛林平靜地看著母親，說，我早就想好了！母親看著葛林平靜的臉，歎口氣，搖了搖頭。

葛林結婚那天，雖說是一個冬日融融的暖日，但母親的臉上，卻一直沒有好臉色。後來，聽著客人們的歡聲笑語，慢慢地，母親滿臉的皺紋，好像被風吹著一般，也吹出了一幅生動的圖案。母親終於露出了帶著苦味的笑臉。

那天，同事們鬧洞房時，吃著喜糖，看見穿著婚紗的大肚子新娘，就笑著問葛林，是啥時偷偷上車插的旗子，要葛林老實交待。葛林呵呵一笑，看著新娘，不置一詞。同事們不依不饒，一定要他老實交待戀愛經歷。葛林知道，不說幾句是過不了的，於是，看了看大家，笑笑，想了想，編了一個戀愛的故事。

誰知，還沒聽完故事，女人就跑出了新房。葛林追出去。在廳裡，女人流著淚，望著葛林，說，大哥，苦了你了！葛林抱著女人，說，啥苦不苦的？今天是大喜的日子，你咋哭了，快把淚水擦乾。葛林遞過一張衛生紙。

那晚，客人走後，女人還是不停地哭泣。

葛林看著女人梨花帶雨的淚臉，說，嫁給我你是不是感到委屈？不願和我過日子也行，等孩子生下來我們就離婚，行不？

女人搖搖頭，肩膀一抽一抽的。

葛林說，那你儘管放心，只要你不嫌棄，我就會保護你一輩子！

這時，女人哇地哭出了聲，把臉上的淚水搖得四處飛濺，不，大哥，不，我真的是不能再連累你，我走！

葛林雙手捧住女人的淚臉，說，你走？往哪裡走？又去投河？傻女子！

女人撲在葛林的懷裡，淚水漣漣。

首次發表於《幽默諷刺精短小說》二〇〇九年第六期。

21. 畫像

妻子出事的消息灌到賭場的時候，林強的手中，剛好抓到了一手好牌。聽完報信人的敘說，林強眼睛裡興奮的光芒，瞬間就消失成了一縷輕煙。

林強是村子裡出名的賭鬼。

林強喜歡賭博，幾乎每天都賭。但林強年輕時不但不賭錢，而且煙酒不沾，是周圍有名的帥小夥。就因為有那些優點，林強戀愛的時候就有點挑剔。最後，林強還真的找到了一個百裡挑一的美人。結婚那天，看著自己的愛人，林強比喝了酒還醉，一張臉早就醉成了一團金絲。那時，在林強的眼裡，妻子就是天底下最好最好的女人。每天，林強在翻弄土地的同時，也把妻子翻弄得春潮湧動。婚後，夫妻倆人相敬如賓，處處互相照顧，讓村裡的鄰居羨慕不已。林強呢，看著如花的愛人，也覺得日子好像掉進了蜜罐，整天都有一種甜絲絲的感覺。

但事情卻不盡如人意，結婚幾年，愛人的肚子一直沒有起色。林強的心裡開始不是滋味。不過，那時的林強，還只是偶爾喝點小酒，從不參與村子裡年輕人的賭博。林強那時想的是如何傳宗接代。林強是一脈單傳。父母、鄰居的閒話不時灌進林強的耳中。於是，林強四處打聽各種偏方。那幾年，林強的家裡每天飄蕩著的全是一股中藥的味道。誰知，經過幾年的努力，愛人的肚子還是風平浪靜，一馬平川。林強的心裡終於開始了煩躁。林強不但喝酒，還學會了賭錢。慢慢的，林強就成了村子裡出名的賭鬼。

迷上賭博後，林強不但不翻弄土地，也不翻弄妻子了。林強認為事情的結果全是因為妻子的原因。有時，賭輸了錢，回到家裡，林強還會鋪天蓋地的給妻子一頓臭罵。

前不久，妻子花錢買了幾百株梨樹苗來栽在了屋後的山上。誰知，栽上後，天老爺就沒下過一滴雨。林強家的地又全在斜坡上，枯得比誰家的都快。看著越來越乾枯的苗子，妻子急得不行，天天往山上挑水，有時一挑就挑到半夜。可是該死的樹苗還是不領情，在烈日的烘烤下，一死就死了一多半。那陣子，妻子心急如焚，多次勸林強，叫他幫著挑水。林強那幾天手氣不好，輸了幾百元，心裡本身就火燒火燎，哪會挑水上山。林強不但不挑水，還給了妻子一頓臭罵。妻子氣不過，哭著跑回了娘家。第二天，心軟的妻子，惦記著地裡的樹苗，又強忍住心底的傷痛，趕了回來。回來的當天，妻子挑水上山時，因為勞累，跌下山岩，倒在了山下，終於把自個兒熬成了一棵死樹。

那天，林強回家時，妻子已是一臉血污，直直地躺在了門板上。林強呆呆地站在那裡，乾裂的嘴唇翕動了兩下，人像樹樁一樣一動不動。林強想哭，卻哭不出來。林強只感到自己的手和膝蓋都在不停地顫抖，心臟也在絲絲作痛。看著妻子那張勞累過度的，瘦削的血臉，林強心裡的痛悔猶如漲潮的海水，一下就鋪滿了全身，心窩裡也好像有一把尖刀在裡面旋轉一樣，一下一下地，心就被扭成了血淋淋的一團。林強一下跪在了妻子的面前。林強死死地抱住妻子，淚水如井噴一般地哭得死去活來。

處理好妻子的後事後，林強再也不賭錢了。每天勞作之餘，林強都會坐在自家門口，目光呆滯地望著對面小山上妻子的墳墓。

一天，林強坐在門口時，村裡來了一位寫生的畫家。那畫家年紀不大，頦下卻留著一蓬濃黑的大鬍子，很飄逸。林強把畫家請到家裡，指著畫家背上的畫板，說，我想請你幫我畫一張像，行不？畫家看了一眼林強，慨然地點頭，說好！畫家支開畫板。林強起身走進了裡屋。林強出來時，把一張身份證交給了畫家，說，這上面是我妻子的照片，你就照她的模樣畫吧。

說完，林強早已是一臉的淚水。

首次發表於二〇一〇年五月十二日《自貢日報》。

第三輯

「社會・生活篇」

1. 車禍

六月的陽光，火辣辣地照著街面。

老李站在街口，看著街上匆匆忙忙的人流，朝地上狠狠地呸了一聲，嘴裡不乾不淨地罵道，他媽的，這鬼天氣，簡直要熱死老子。

老李是市水泥廠的職工，在水泥廠幹了近二十年，現在下崗了。下崗後，老李跑了不少的單位，卻一直找不到活幹。老李的兒子正讀高中，妻子又有病。一想起家裡的困境，老李的心情就有點煩躁，情緒就激動。情緒一激動，老李就愛罵粗話。

老李剛罵完，一個老頭走了過來。老頭說老李隨地吐痰，要罰款五元。老頭邊說邊從身上摸出一個紅箍箍來戴在手臂上。老李一聽說罰款，臉一下就紅了，說自己沒有吐，只是朝地上呸了一下。老頭說他親眼看見老李吐了，說老李不老實，還要加倍罰款。老李不依。於是，倆人就開始了抓扯。老李被推到了街中。忽然，隨著人們的一聲驚叫，老李猶如一隻小鳥，被一輛飛馳而來的小車撞到了街邊。老李落地的瞬間，腦中全是一片空白。老李空白的大腦中聽到了人們七嘴八舌的聲音。那撞人的小車，趁著混亂，方向一打，一下竄出人們的視線不見了蹤影。

老李躺在地上，不停地呻吟。

忽然，又一輛小車「嘎」的一聲剎在了老李的面前。車上跳下一中年人。中年人扒開人群，看見血淋淋的老李躺在地上，啥話也沒說，立馬就把老李抱上車，並吩咐司機立即送醫院。

老李躺在車上，神智越來越模糊，但老李還是知道自己被人救了。老李睜著一雙無神的眼睛，看了看身邊的中年人，滿懷感激。

老李到了醫院，立即就引起了醫務人員的緊張。從醫生們的稱呼中，老李終於知道了，救他的人原來是市長。

不久，本地日報、晚報、電視臺的記者就趕到了醫院。面對鏡頭，老李心中的感激之情不能言表，在記者面前不停地，語無倫次地說著感謝市長的話語。當晚的電視和第二天的報紙上就有了市長救老李的消息。於是，老李也成了名人。

老李出院後，因為市長的關照，不久就到本市的一家大型企業當了一名工人。這事，老李以前做夢都沒敢想，那可是全市最有名氣的企業。上班的第一天，妻子叫老李去感謝一下市長，並給老李買好了東西。

老李也覺得應該去感謝一下，沒有市長的關心，就沒有他老李的今天。老李聽從了妻子的意見。那天晚上，老李提著東西，東打聽西打聽，終於打聽到了市長住的地方。在去市長家的路上，老李碰到了以前在廠裡的同事，得知廠裡下崗的人員大多都沒找到工作，老李覺得自己真是太幸運了。和同事分手後，老李邊走邊想。走到市長家門口，聽著裡面的歡聲笑語，老李卻停了下來，沒有進去。

誰也沒有想到的是，第二天，老李竟提著東西來到了看守所。老李知道，肇事司機逃逸後，第二天就被抓進了看守所。老李找到肇事司機，把手中的東西遞了進去，說，其實，我應該謝謝你，謝謝你撞了我，如果不是你，我哪會認識市長？哪會有今天？

首次發表於《文藝生活精品小小說》二〇〇八年第四期。

2. 釣烏棒的伯父

伯父在我老家，是小有名氣的魚貓子。伯父不但打魚是高手，在塘中釣烏棒更是一絕。前幾年搞承包，伯父承包到了村裡的魚塘。伯父的塘中，除了烏棒，其餘啥都沒養。

那時，村裡或周圍的鄰居有病或身體虛弱，找到伯父，說買幾條烏棒熬湯補補身子，伯父笑呵呵地跑到塘邊，釣上幾條，親自遞到鄰居的手上。鄰居要拿錢，伯父笑著擺擺手，婉言拒絕。

因此，伯父在村裡，不但有很好的人緣，還給人一付樂天派的印象。

其實，伯父也有他的心事。伯父有個兒子，三十多歲了，卻一直娶不上媳婦。小夥子娶不上媳婦的原因，並不是因為長得難看，每次相親，姑娘對小夥子都還算滿意，但就是嫌伯父的房子距公路太遠，出個門要走很長很長的一段山路。於是，伯父就想把房子搬到公路邊。伯父先找村裡，然後打報告找鄉里的國土員，要求批幾十平米的地基，誰知，伯父的報告打了多次，鄉國土員卻總以各種理由拒絕。

前不久，伯父六十大壽的時候我回了鄉下。也是事有湊巧，那天下午，我和伯父正在院子裡喝茶聊天的時候，鄉國土員在村主任的陪同下來到了伯父的家裡。伯父看見鄉國土員，臉上一下就沒了笑容。村主任看周圍沒有外人，開門見山地就說了鄉國土員來的目的：想買十幾斤烏棒。說是買，其實就是要。我一看，這可是一個好機會，忙跟伯父使眼色。

伯父看了看鄉國土員，又轉過頭看了看裡屋。伯父的兒子正在裡屋忙碌。伯父轉過頭時，我看見伯父的嘴唇無奈地扯了一下，隨後，起身進屋拿出了他的專用釣具。

那天，我們隨伯父來到塘邊。伯父摸出煙，每人撒了一支，然後靜靜的在塘邊站了一會兒，慢慢地拿出釣具，鉤上釣餌，放入塘中。

不一會兒，伯父手中的魚杆就開始了振動。伯父把手中的煙一丟，滿臉喜色地站了起來。隨著魚杆的振動，塘中翻起了大朵大朵的浪花。伯父雙手緊緊地抓住魚杆。隨著烏棒的游動，伯父在岸邊不停地走動。看著伯父那矯健的身手，完全不像一個六十歲的老人。伯父邊走邊不停地收線。經過半個多小時，烏棒的勢頭漸漸地弱了下來。浪花也越來越小。伯父慢慢地收線。伯父把烏棒嘴巴釣出水面的瞬間，我忙遞上舀子。「哇」！好大的一條烏棒，肯定有十幾斤。

看見我把烏棒舀出了水面，伯父把魚杆一丟，幾步竄到水中，取下釣鉤後，雙手緊緊地摳著烏棒的兩腮，高高地舉過頭頂。看著那大半人高的烏棒，伯父的臉上，一掃先前的愁雲，呵呵地笑了起來，露出勝利者的神情。

此時，站在岸上的村主任和鄉國土員也高興得屁顛屁顛地跑了上來。

伯父笑夠了，轉頭看了看村主任和鄉國土員，嘴角又扯了扯，然後，慢慢地抬腿往岸上走。誰知，剛到岸邊，伯父好像是踩滑了，身子一晃，一下就跌到了水中，烏棒也順勢脫手飛入了塘中。等伯父從塘中爬起來時，烏棒尾巴一擺，早已不見了蹤影。

看著水面翻滾的浪花，伯父右手握緊拳頭，狠狠地朝水面一打，無比懊悔地歎了一口氣，然後轉身，對著村主任和鄉國土員，雙手一攤，嘴巴再次一扯，又做了一個無奈的表情。

此時，村主任和鄉國土員站在塘邊，一付傻愣愣的樣子。

伯父轉頭看著我，臉上露出了一抹轉瞬即逝的微笑。

首次發表於二〇〇六年八月四日《今日晚報》。

3. 都是四十元錢惹的禍

「誰身上有錢？借我四十元。」小林走進辦公室就大聲地問道。

此時辦公室的幾個人都在埋頭幹著自己的工作，聽到小林的喊聲，大家都齊刷刷地抬起了頭。

我的辦公桌在門口，每個人進出辦公室都要經過我旁邊。聽到小林的喊聲，我說：「我有。」我放下手中的工作，拿出皮包，從裡面抽出來四十元，彈了彈，遞給了小林。

小林接過錢，大聲地說：「謝謝！明天還你。」

我忙說：「哥們，沒事。你用嘛。」小林是我一要好的哥們。

小林轉身，大步離去。

望著小林離去的背影，我心裡面感覺甜絲絲的，有時能盡自己的力量幫助別人也是一種快樂。

第二天，上班的路上，看見小林，我感到特別的親切，心裡面就想，昨天又幫了他一把，我們的關係肯定又進一步了，忙主動和他打招呼：「小林，你好！」

「你好！哥們，對不起了。我很忙，先走一步，不陪你了。你慢慢走。」說完，小林背著老闆包，急匆匆地從我身邊走過。沒有提還錢的事。

第三天，沒看見小林。聽他們辦公室的人說他出差了。

再次看見小林是半個月之後。

那天午後，小林還是背著他那個老闆包，風塵僕僕地從外間走進了我們的辦公室。

一進辦公室，小林就不停地遞煙、撒糖，說他這次出差收穫不小，在成都見了一個聊得很好的網友。他說，他們之間特別談得來，雙方都有一種相見恨晚的感覺。

我們都很理解小林。小林離婚都已兩年多了，還是廟子門口的旗桿——獨一根。此時看他的興奮勁，這次的網戀可能會真正地走入現實。我們都在心裡默默地為他祝福。

大家說笑了一陣，小林又離開了辦公室。看著小林的離去，我心裡面忽然有什麼東西閃了一下：他還差我四十元錢呢！他肯定忘了，我想。

那天，小林差我四十元錢的念頭一直在腦中閃現。晚上，睡在床上，我輾轉難眠，心裡面始終都還縈繞著那個念頭：他差我四十元錢呢，咋不打個招呼呢，肯定是忘了，肯定是徹底地忘了。他這人咋能這樣呢？借別人的錢怎麼會忘呢？我明天要不要提醒他一下？可又該怎樣提醒他才好？絕不能當面開口問，那樣太丟人了……

那一段時間，我倍受折磨，大多數的晚上都不能安然入睡，一躺上床，腦子裡面就全是那件事情。

大約又過了半個月，事有湊巧，那天小林正在我們辦公室耍的時候，工會組長來收會費。看見小林，我心裡一閃，有了。

我假裝摸了摸口袋，問：「喲，我搞忘了帶錢，哪位哥們有錢，借我二十元。」說完，我有意地看了看小林。

小林沒有任何反應。

「哪位哥們借給我，明天還。我這人說話算數。有借有還，再借不難。」這次，我還有意地加重了語氣。

小林還是沒有反應。

「說些啥子喲？哥們，來，我幫你交了。」就在我剛想點小林名的時候，辦公室另一位同事充當了好人。

我又一次地看了看小林，不過這次的眼神中就有了一些鄙視的成份。

從此，再見到小林，我就感到淡泊無味，早就沒有了哥們的感覺，心裡面有了無形的隔閡，很多時候，有意無意地就總想回避他。

我和小林的關係，似乎被一根無形的繩索牽引著，變得越來越僵。經常為了工作上一些雞毛蒜皮的小事爭論，嚴重的時候，甚至發生爭吵。不知從哪一天開始，我們在路上碰著也是行同路人，從不打招呼。慢慢地，發展到了就是辦公室打平夥，只要聽說有他在我就不參與，甘願在伙食團吃那豬草一樣的飯菜。

辦公室的同事都不知道我們發生了什麼事，只是覺得我們的關係發生了質的變化。我總是對他們解釋說沒事，真的沒事。但是我心裡清楚，全是那四十元錢惹的禍。不過，我又怎麼說得出口呢？

從此，我心裡面就背上了一個包袱，一直裝著心事過日子。一天，我把心中的苦惱告訴妻子，妻子恍然大悟，說：「唉，瞧我這記性，我忘告訴你了，小林早就把那四十元錢還給我了。」

首次發表於《文藝生活精品小小說》二〇〇六年第九期。

4. 雨天

立秋過後，雨就一直下個不停。連續幾天的陰雨，把人的心情都落霉了。

那天，我獨守小站，看著外面的大雨，想起做飯的蜂窩煤沒了，心情極為煩躁。平時，只要我一個電話，山下的商店就會送來，現在，外面下著大雨，我不知咋辦？猶豫了一會，最終，我還是打了個電話給山下的商店。

半個小時後，商店裡的老林戴著一頂灰黑色的草帽站在了值班室的外面。老林是一位六十多歲的老人。老林背著一個背兜，背兜上面搭著一張綠色的塑膠雨披。老林的前胸後背都被雨水淋濕了。此時，雨水還在順著雨披不停地往下滴落。

我忙叫老林進值班室坐坐。老林站在門口，用手抹了一把臉上的雨水，看著我說，葛師傅，沒事，先把煤放到廚房裡再說。

聽老林一說，我一想也對，忙走出值班室，打著雨傘將老林帶到了廚房。到了廚房，老林放好背兜後，連頭上的草帽也沒摘，就彎下腰把煤一個個地碼在了廚房裡。

碼好後，我看老林一臉的汗水，心裡感到實在是過意不去，就說，走，老林，先到值班室坐坐，抽支煙，喝口水。

老林說，不坐了，我還得馬上回去，店子裡沒人，怕有人來買東西。

老林堅決要走。我只好拿出身上的煙，遞了一支給老林，並幫老林點上。

老林望著我，狠吸了一口，笑呵呵地說，又抽你的好煙！

看老林的神情，我知道是說錢的時候了，聯想到外面的大雨，我心裡就想多拿點錢彌補一下。我忙掏出二十元錢交給老林。

老林看了看我手中的錢，沒有伸手接，說，你身上沒零錢嗎？我可沒有零錢找補。

我說補啥喲，就是二十元。

老林說，那哪行？要不了那麼多！

我說，沒事，不多，多出的就作為你送上山來的勞務。

老林說，啥勞務不勞務！你多心了！不過，我現在真的沒零錢找補。說完，老林接過錢，頭也沒回就走了。

我看著老林的背影，微微地笑了笑。

此時，雨，還在下個不停。

後來，大約是過了一個小時，我正在值班室寫記錄的時候，聽到有人敲門，我開門一看，是老林。

老林還是戴著那頂灰黑色的草帽，站在門口，手中提著幾窩白菜。

看著白菜，我想，老林肯定是因為多收了錢心裡過意不去。這老林，何必呢？我忙伸出手接過老林手中的白菜，並叫老林進屋坐坐。

老林呵呵一笑，說不坐了，我看你廚房裡沒菜了，就順手扯了幾窩上來。說完，老林把手伸進衣服口袋，摸出一張十元的票子遞給我，又說，葛師傅，這是找補你的錢！

我心裡一「格登」，不知是啥滋味，原來老林是專門給我送錢上來！十元錢，在這樣的雨天，害老林又跑一趟。我苦笑著對老林說，老林，你咋這麼認真喲？

老林說，做生意嘛，一是一，二是二，哪會多收你的錢呢？

我忙說，這不是多收的，是你應該得的，下這麼大的雨你送上來，我不該出錢嗎？

這送上來算啥？只是費點勞力而已。我們下力人，只要吃得動得，勞力是不管錢的。老林說完，不等我作出反應，把錢放在值班室的桌上就退到了門外，然後轉身正了正頭上的草帽，走入雨中。

看著老林的背影，我心裡一下有了種暖融融的感覺，忙拿起桌上的錢，追了出去。

首次發表於二〇〇九年四月二十一日《新課程報語文導刊》。

5. 反裝的貓眼

中午的太陽高高地懸在城市的上空，毫不留情地烘烤著大地。老林滿臉焦急的坐在勞務市場旁邊的欄杆上，用一張爛報紙當扇子不停地扇著。

老林是附近的農民，常進城打短工，找點現錢貼補家用。這次，老林到城裡已經幾天了，還一直沒有找到活幹。

老林正東張西望的時候，一位打扮得珠光寶氣的胖女人走到了老林的面前。那胖女人用兩隻不一樣大的眼睛上下左右地在老林身上掃描，猶如牛經紀相牛一樣仔仔細細地把老林看了一遍。老林看著胖女人那像相牛一樣的眼神，心裡面有點不舒服，想，又不是選女婿，看那麼仔細幹啥？但想歸想，老林看著胖女人，還是露出了一付憨厚、老實的笑臉。

看著老林那憨厚、老實的樣子，胖女人點了點頭，並也對老林露出了微笑。看見胖女人的微笑，老林想事情肯定會有好的進展。果不其然，胖女人又問了幾句就將老林帶到了她的家。

一進屋，胖女人就表現出了主人的熱情，忙給老林泡了一杯熱茶，邊泡還邊問老林貴姓。看見那胖女人泡茶，老林竟有點受寵若驚的感覺。老林以前幫的人家就很少有泡茶的，全是一副城裡有錢人的面孔。現在一聽到那胖女人問他貴姓，老林忙說，免貴姓林。胖女人把茶端到老林面前說，林師傅，這次就麻煩你了，並給老林說了具體的工作要求。

老林的工作是打掃屋內的清潔衛生，包括擦窗子、拖地、抹傢俱。

喝了兩口熱茶，又聽到那胖女人一口一個林師傅的叫，老林的心裡覺得特別的舒坦，幹起工作來也就更加的賣力。

在老林快要擦完窗子的時候，那胖女人接了一個電話。之後，胖女人對老林說她有急事，要離開一會，叫老林自己慢慢地幹。並說，如果餓了，冰箱裡有速食麵，可以自己泡來吃；還說，這次的工錢放在客廳的茶几上，如果老林完了她還沒回來，就讓老林離開的時候把門關好就是。

胖女人說完沒等老林回答就急匆匆的離開了家。

胖女人離開的時候老林正在擦窗子。老林也沒想胖女人有什麼急事，就這樣放心地讓自己一個人在家。老林覺得胖女人是他打工以來碰到的一個最好的主人。老林擦完窗子的時候也覺得自己有點餓了。老林也想吃點東西，歇歇再幹。但一想到胖女人對自己的信任，老林又覺得有了無窮的力量，就想早點把活幹完幹好。於是，老林只喝了口茶又開始了拖地。

老林拖完地，胖女人還沒有回家。老林走到客廳的茶几旁，看了看茶几上的錢。那是一張嶄新的一百元大鈔。本身講好的工錢是四十元。老林摸了摸身上，沒有零鈔找補。老林看著錢，想了想，沒要。

老林走到門口，用手拍了拍頭，又返轉身在屋內四處檢查了一遍，看看有沒有什麼遺漏的地方。最後，老林的臉上露出了滿意的笑容。

老林打開門準備離去的時候，卻一下驚呆了：那胖女人和另一個女人就站在門口。

老林也沒多想，認為胖女人可能是剛回來吧，就說，打掃完了，你看看，要得不？

胖女人看都沒看就笑著說，要得！要得！邊說邊把老林又拖進了屋內。一進屋，胖女人就握著老林的手對老林說，謝謝你，謝謝你幫我贏了五千元。

聽完胖女人的話，老林是丈二的和尚摸不著頭腦，不知道那胖女人在說些啥？傻楞楞地呆在那裡。

看著老林呆傻的樣子，胖女人又笑了起來，說，我和這位朋友打了個賭。胖女人拍了拍另一個女人的肩膀，又說，剛才的一切全是對你的考驗。我有意離開就是看你們這些農民工是不是會趁機偷東西。如果你偷，我就輸了；你不偷，我就贏了。我給你泡茶，問你貴姓，也是想讓你良心發現，不偷我的東西，那樣我就贏了。事實證明你不但把工作完成得很好，而且沒動我的任何東西，最後連自己應該得的錢也沒有要，真的謝謝你了！

啥？你們就一直在門口看著我？防著我偷你們的東西？老林有點不相信地問。

胖女人說，是的，我早就把門上的貓眼反裝了的。你在屋內的一切我們都看得一清二楚。

聽到這裡，老林感到震驚了，心裡面有了種怪不舒服的感覺，就想吐。老林看了看茶几上的錢，臉上露出了一絲冷笑，然後，頭也不回地摔門而去。

首次發表於《台港文學選刊》二〇〇八年第七期。

6. 給你一線光明

一條小河從城市的邊緣靜靜地流過。小河上架著一座石橋。石橋連接著城市和鄉村。鄉村的那頭散落著幾戶農家。

一天，一位老人和一個十五、六歲的小女孩搬進了鄉村那頭一幢空著的樓房。

老人搬進樓房的當天，小女孩請來了村上的電工。一條電線從樓房裡牽了出來。一個一百瓦的燈泡掛在了門口。傍晚，天還沒黑，老人早早地就叫小女孩把燈拉亮。燈光中，小女孩陪在老人旁邊。老人靜靜地坐在門口，端著一杯清茶，眼神望著河面，似在聆聽小河裡潺潺的流水聲。

幾天後，當地上了年紀的村民，依稀記起了老人姓林，是當地土生土長的農村娃，孤兒，年輕時出去當兵後就一直沒有回過村裡。隨後，又從小女孩的口中，知道了老人後來轉業到了別的城市，退休後回老家租了這座樓房。

從此，每天早晨，鳥兒剛從睡夢中醒來的時候，老人已經在小女孩的攙扶下來到門外，在前面的竹林裡伸伸腰，踢踢腿，或者順著門前的小路，慢慢地散步到河邊，靜靜地站著，如老僧入定般，看面前緩緩流淌的小河。一會兒，小女孩回屋端把籐椅放在老人的面前，扶著老人慢慢地坐了下去。坐在籐椅上的老人，聽著竹林裡的鳥鳴，聞著微風中夾雜著的泥土香味，看著流淌的小河，若有所思。

那些進城的人們，經過竹林時，都喜歡和老人打聲招呼，問個早安！

老人看著小河，一坐就是一天，除了吃飯，總是泡杯茶，靜靜地坐在門口。

傍晚，那些從城裡回來的人們，說說笑笑地從橋上走了下來。走下石橋，有一段崎嶇不平的土路。路左是緊臨河邊的一面斜坡，右邊就是老人住的樓房。人們看見老人晚上還坐在門口，總是感到不可思議，認為老人有點怪，也就免不了要多看老人幾眼。

老人呢，看見大家陸陸續續地回來後，才起身在小女孩的攙扶下，慢慢地進屋。

有天晚上，天上下著濛濛細雨。小女孩陪著老人，又坐在門口，傾聽著夜色中淅淅瀝瀝的雨聲。一個做生意的婦女挑著菜籃子，從石橋上走了下來。走到老人樓前，由於天雨，路滑，婦女沒注意腳下的路，不小心，一下就順著斜坡滾到了河裡。

老人聽到一聲驚叫，呼一下就站了起來，忙問出了啥事？小女孩扶著老人說，一個婦女不小心滑到了河裡。老人一聽，忙甩開小女孩扶著自己的手，朝著剛才聲音發出的方向，抬腿就朝河邊跑。小女孩看著老人的樣子，滿臉的驚恐，追上去，死死地拉住老人。老人發火了，使勁一拉，可惜勢頭太大，沒穩住身子，一跤就跌了下去。小女孩忙上前緊緊地抱住老人，說，爺爺，你不能去，不能！

老人不管小女孩的哀求，使勁地掙脫小女孩，爬起來順著平時散步的小路，跌跌撞撞地、高一腳低一腳地就朝河邊跑。

小女孩邊追老人邊在岸上大喊救命。

在小女孩的幫助下，婦女被老人救上了岸。老人被隨後趕來的人們也救了起來，但此時的老人，眼睛卻永遠不能睜開了。

小女孩撲在老人的身上哭得死去活來。

不久，老人的單位來了人。至此，人們終於知道了老人終身未娶，小女孩是老人請的保姆。更讓人沒有想到的是，老人退休前，由於和進廠盜竊的歹徒博鬥，雙眼受傷，成了青光眼，啥也看不見。

聽說老人終身未娶，那些上年紀的老人，想起了四十年前一個下著大雨的晚上，本村一位女青年由於天黑路滑不小心跌到河裡淹死了的事來。

那晚，老人門口的燈一直亮著。

首次發表於二〇〇八年七月八日《欒山晚報》。

7. 揮不走的愧疚

天剛微亮，老周就起床開始了忙碌。老周是月亮岩渡口擺渡的一名船公。老周四十多歲，身材魁梧，臉膛紅潤。平時，老周沒事就愛坐在船頭看河裡的流水靜靜地想心事。

其實，老周想得最多的是他的愛人。老周的愛人在廣州打工。老周一直和兒子一起生活。兒子是老周的命根子。

這天，吃完早飯後，老周又坐在船頭，沐著金色的霞光，聽著嘩嘩的流水聲，想妻子。老周想起了自己從河裡救起妻子的情景。

那年，老周已經四十歲了，也是一個早晨。當時，老周坐在船頭，忽然看見一個女人從上游的攔河壩上縱身跳入了河中。老周一驚，第一反應就是有人跳水。老周忙把船划了過去。到了面前，老周來不及脫衣服，直接跳入河中，救起了跳水的女子。那女子後來成了老周的妻子，並給老周生了一個可愛的兒子。

此時，一想起妻子和兒子，老周的心裡竟有了一絲甜蜜。老周忙朝遠處看了看。忽然，「轟隆」一聲巨響，隨後就是幾聲驚呼。老週一激靈，人，一下就呆住了。老周看見上游的攔河壩垮了半邊。壩上十多個玩耍的孩子隨著垮塌的大壩，全掉入了河中。老周一下慌了神，忙解開拴船的纜繩，把船往出事的地點奮力地划去。

老周到了跟前，看著河面上不時冒出的頭顱，啥也顧不上了，跳入河中，一門心思救孩子。老周在河裡不停地抓撈，抓住一個就往船上送。

老周記不得救了多少個孩子，也不管究竟救的是誰。老周的心裡只有救孩子的念頭。

河中再也沒有看見小孩的頭了，老周的心慌了，忙到處尋找。具體有多少個孩子老周不知道，但老周知道河裡肯定還有孩子。老周用雙手在水中不停地划動，雙腳也不停地攪動。老周的淚水流了下來。老周大聲呼喊，孩子，你在哪裡？你在哪裡？

老周不停地攪動，不停地喊。

老周發了瘋似的在河面上拍打著。

老周終於看見離他五十米左右的河面上有一個小孩的頭冒了起來。老周的心裡一震，忙奮力地劃了過去。

就在老周要趕到那小孩的面前時，忽然一個漩渦向小孩捲去。瞬間，小孩又不見了蹤影。老周站在河中，雙手又開始在四周不停地划動，眼睛在四面搜尋。

時間慢慢地過去了。小孩的頭再也沒有冒出來。老周絕望了。老周看了看平靜的水面，心裡忽然就冒出了一股寒氣，不一會，那股寒氣就侵入了骨髓。老周連打了幾個冷顫。老周再次看了看河面，心裡的悲苦一下就鋪滿了全身。老周覺得渾身沒了力氣，身子慢慢地開始往下沉。

還好，這時，村裡的村民趕了過來，救起了老周。

大家七手八腳地把老周拖上岸後，老周靜靜地躺在沙灘上，眼光再也不像從前，有了一些呆滯。

老周救起了十二個小孩，獨獨少了自己的兒子。

從此，老周每天都會坐在船頭，看著河面，手裡拿著一些紙錢，時不時撕一張丟入水中，邊丟邊說，兒子，你不要怪爸爸，好嗎？爸爸給你送錢來了。

說完，老周早已是一臉的淚水。

首次發表於二〇〇九年六月二十五日《包頭晚報》。

8. 捐款

兒子考上了大學，按理說，這是一件喜事，可拿到錄取通知書那天，李林卻犯了愁。

前幾年，李林為了醫治妻子的病，不但花光了家裡的積蓄，還四處求爹爹，告奶奶地借了一屁股的外債。妻子去世後，李林是又當爹又當媽地把兒子拉扯成人，現在，總算老天有眼，兒子還算爭氣，竟以全鎮第一名的成績拿回了大學錄取通知書。

但李林知道，湊不齊那幾千元錢的學費，兒子的大學錄取通知書也就等同於一張廢紙。李林不想就此而誤了兒子的前程。如果真是那樣，李林的心裡肯定會後悔一輩子。

那段時間，李林的心裡整天想著兒子的學費，不久，竟病在了床上。

也是天無絕人之路，正當李林為兒子的學費犯愁的時候，鎮食品廠的李廠長找上了門。

那天，李廠長一進屋就先祝賀了李林一番，聽李林說兒子的學費還沒有著落，李廠長馬上表態說他們這次來就是準備給李林的兒子捐款。

聽說要給兒子捐款，李林的精神一下就來了，從床上翻身起來，緊緊握著李廠長的雙手，不迭聲地說謝謝，謝謝！李廠長看了看李林，抽出手，拿衛生紙擦了擦，然後，掏出身上的煙，還遞了一支給李林。李林拿著煙。李廠長幫李林點上，說，謝啥喲，大家都是一家人，一筆難寫兩個「李」字，你的兒子考上大學，是我們全鎮的驕傲，也是我們李姓人的驕傲。你現在有困難，大家幫一幫也是應該。說完，李廠長還拍了拍李林的肩膀。

那天，李廠長只在床邊站了一會兒就走了。

李廠長走的時候，說他明天就可以把錢帶過來，讓李林放心。

李廠長離去時，李林拖著病體送到了門口。李廠長走到門前的壩子邊後又折轉身走了回來。李林不知李廠長還有啥事沒交待清楚，忙謙恭地迎了上去。李廠長先看了看周圍，然後看著李林說明天捐款的時候他想搞一個捐贈儀式，問李林是不是可以請一下鎮電視臺的人來宣傳一下。李林一聽，知道李廠長的意思，馬上就點點頭，說他立馬就去聯繫。

李廠長一走，李林就拄著棍子，在兒子的攙扶下去了鎮上。

第二天上午，十點鐘光景，李廠長開著他的帕薩特到了李林的家門口。坐在車裡的李廠長看著李林門口的群眾，心裡面一下就猶如春風拂過一般，感到特別的舒暢。李廠長往周圍看了看，慢慢的，臉色就開始了晴轉多雲，叫過李林，嘰嘰咕咕說了幾句，車都沒下又走了。

李林看著絕塵而去的小車，一屁股跌坐在地上，臉上露出了絕望的表情。兒子忙上前扶住李林。過了一會兒，李林在兒子的攙扶下去了村長的家裡。

第二天，鎮電視臺的記者在村長的帶領下終於來了。

看見記者，李林忙要過村長的手機給李廠長打電話。半小時後，李廠長也滿面春風地來了。

捐贈儀式在群眾稀稀拉拉的掌聲中正式開始。

李廠長面對著攝像機的鏡頭講完話後，李林的兒子上前接過了李廠長手中的現金。

此時，掌聲再次響起。

隨著群眾的掌聲，站在旁邊的李林，眼中的淚水鋪天蓋地地淌了下來。

首次發表於二〇〇九年一月十二日《潁州晚報》。

9. 送藥

老李是學校的門衛。

一天，老李正在門衛室分報紙的時候，聽到幾位老師說校長的老毛病又犯了，這次還比較嚴重，現正在醫院搶救。

老李一聽，愣了一下。老李知道校長身體一直都不大好，老毛病經常說犯就犯。

那天，老李的心裡一直裝著校長得病的事情。中午，吃飯時，老伴看老李傻癡癡的樣子，問他有啥事。老李說了校長得病的事。老伴一聽，想了想，說，你去問一下隔壁的老林，好像去年他老伴也得過那種病，在醫院裡治了半個月也沒有效果，最後還是啥偏方治好的。你去問問！老李一聽，猛拍了一下自己的頭，精神一下就來了，忙擱下碗就去了隔壁。

從老林家出來後，老李找了幾個地方，終於找到了偏方中所說的那幾樣藥品。老李忙往醫院趕。老李走到半路，忽然想起沒問一問具體在哪個醫院。老李想給校長打個電話。老李掏出手機，剛說按鍵，卻忽然又改變了主意。想了一會，老李打了一位老師的電話。老李和那老師說了半天的廢話，轉彎抹角的，最後終於探聽到了校長住院的地方。

老李走到病房門口，聽見裡面有許多熟悉的聲音。老李遲凝了，站在門口，進也不是，不進也不是。老李想，自己這一進去，別人會怎麼看？怎麼想？是不是說馬上就要調資了，自己想給校長拍馬屁或者是獻殷勤，是為了討好校長。老李覺得自己一輩子從來沒有幹過這種事。老李不想給別人落下任何話柄。老李就想往回走。老李走下樓，心裡又覺得不對勁。自己千辛萬苦找來的偏方，不拿給校長，也不對頭。萬一校長有過三長兩短，自己以後一定是內疚得不行。老李想，自己送藥是正大光明的，怕啥。老李又往上走。

老李再次走到病房門口時，不知咋的，雙腳又不自覺地停了下來。聽著裡面的說話聲，老李還是不敢進。老李想是不是等他們走了再來，免得別人說閒話。老李又轉身往樓下走。

老李邊想邊下樓。老李一疏忽，不小心，一腳踩空，從樓梯上滾了下去。聽到外面的響聲，病房裡的人全跑了出來。幾位老師看見是老李，都大吃一驚。不知老李到醫院幹啥？咋會從這醫院的樓上跌下去？看見老李的頭上冒著血，大家顧不上多想，忙七手八腳地把老李抬到了急症室。

醫生一檢查，老李左腿跌成了骨折，要住院。一聽住院，大家又忙跑前跑後地為老李忙碌。辦好一切手續，把老李安頓好後，又打電話通知了老李的夫人。

老李夫人趕到醫院後，同事們向老李夫人交待了一下，然後上前握了握老李的手，安慰了老李幾句後就上了樓。

大家一走，夫人看著老李那血肉模糊的臉，抱著老李，說，你咋這樣不小心喲！大白天的跌成這樣。老李看著夫人淚流滿面的臉，再轉頭看了看同事們離去時的背影，摸了摸身上口袋裡的偏方，朝夫人苦笑了一下。隨後，老李向夫人說了自己跌跟頭的緣由。

聽老李說完，夫人看了看老李的傷腿，長歎了一聲，說，你這個人叫我咋說呢？一輩子都這樣，咋不跌跟頭呢？

說完，夫人拿出老李身上的偏方，去了樓上。

首次發表於二〇〇八年十二月十八日《包頭晚報》。

10. 天無絕人之路

真是禍不單行，林敏下崗還沒有找到工作，丈夫卻又生病住進了醫院。丈夫得的是尿毒症，不到一個月，花光了家裡的所有積蓄不說，還借了一屁股的債。看著丈夫越來越痛苦的表情，想著那猶如天文數字的醫藥費，林敏也感到束手無策。

丈夫第一次透析後，林敏把他接回了家。為了生活，林敏在照顧丈夫的同時，在家門口的街道邊擺了一個水果攤。

一天中午，天氣實在熱得不行，林敏進屋喝水，順便看看丈夫。林敏從屋裡出來的時候，剛好一輛雙排座貨車停在了水果攤前。林敏看見幾個年輕人從車上跳下來。其中一個穿城管制服、手拿喇叭的徑直走到林敏的面前，用喇叭對著林敏問水果攤是不是她的？林敏看了看那幾個兇神惡煞的年輕人，知道他們是城管，自己在門口擺攤沒辦任何手續，也沒經過任何人的同意。林敏的心裡一下就緊了起來，用怯生生的眼神望著他們，然後輕輕點了點頭。

得到了肯定的答覆，「喇叭」又問，你不知道這裡不能擺攤嗎？林敏說知道。知道還擺？那你這是明知故犯，全部沒收。「喇叭」說完，手一揮，就叫幾個年輕人把水果朝車上搬。

看見幾個年輕人搬水果，林敏一下就慌了神，忙攔住他們說，自己下了崗，丈夫又得了尿毒病，家裡實在是沒有辦法，請他們高抬貴手，自己馬上就把水果搬進去。

那幾個年輕人可不管那麼多，把林敏朝旁邊一推，照樣我行我素。林敏眼見著他們把一箱箱的水果搬到了車上，心尖尖上猶如有火在炙烤一般，眼淚情不自禁地就從眼眶裡滾了出來，死死地拉住他們，苦苦哀求他們放自己一馬。但那幾個年輕人卻是鐵石心腸，早就沒有了感情，面對林敏的眼淚是無動於衷。不一會，幾個年輕人就在林敏的哀嚎聲中揚長而去。

看著絕塵而去的車子，林敏坐在地上，呼天搶地大放悲歌。哭聲吸引了過往的行人。林敏向大家哭訴了自己的遭遇。這時，一個中年人來到了林敏的面前，靜靜地聽了一會林敏的哭聲，從身上掏出一百元錢遞給了林敏，並俯下身子對林敏說，大姐，我想請你幫個忙，行不？

林敏拿著手中的一百元，想，天下還是好人多，就抬起滿是淚水的眼睛，看著中年人，也不管中年人是幹啥的，想都沒想就點了點頭。

林敏止了哭聲，進屋安頓好丈夫後，不一會兒，就隨中年人來到了一個四合院。走進院子，看見放在堂屋裡的棺材，林敏不知道中年人叫她來幹啥？就茫然地望著他。中年人告訴林敏，這家人剛死了母親，請她來主要是看起了她的哭聲，想讓她為喪家哭喪。中年人還悄悄地對林敏說，這是一家很有錢的主兒，只要林敏哭得好，到時肯定會有意想不到的收穫。

聽中年人一說，林敏看了看那修得十分豪華的房子，不解地問，那死者的親人不可以哭嗎？

中年人看了看左右，人們在那裡不停地穿梭忙碌著，誰也沒有注意他們，就湊近林敏的耳朵說，現在的有錢人，感情那玩意兒早就沒有了，哪還哭得出來。

林敏沒懂起中年人說的啥意思。

中年人帶著林敏進屋跟主人交待了幾句後，林敏就跪在棺材前哭了起來。林敏哭的時候又想起了臥病在床的丈夫。想起丈夫，想起以後的日子，林敏越哭越悲傷，眼淚似斷線的珠子，不停地往地上掉落。慢慢地，林敏的哭可說是一發不可收拾。靈堂的一些人，受林敏的感染，眼睛裡也有了一些濕潤。

林敏哭了好一會才被人拖了起來。看著林敏滿面淚痕，主人感到十分的滿意，拿出五百元錢遞給了林敏，並叫林敏第二天又去。

林敏走出四合院的時候，不相信地再次看了看手中的五百元現鈔，心裡稍微好受些了，想，真是天無絕人之路，有了這錢，明天又可以給丈夫買點藥了。想起還臥病在床的丈夫，林敏急急忙忙地就往家裡趕。

首次發表於二〇〇七年四月六日《新課程報語文導刊》。

11. 最後一個軍禮

得到消息的時候，老羅正在醫務室輸液。老羅看了看窗外紛紛揚揚的大雪，猛一下扯掉手上的吊針，一骨碌從床上爬起來，叫上司機就往現場趕。

老羅是廠裡的書記，前幾年一家人才從部隊轉業到了地方。

趕到現場，老羅站在堰壩岸邊，放眼一看，心裡一下就緊張了起來：堰壩的水位早就超出了最高警戒線，再不洩洪，後果將不堪設想，而此時的洪水，猶如那下山的猛虎，還在不停地狂吼著向堰壩奔騰而來。

老羅臉一黑，看著身邊的值班員。值班員忙上前結結巴巴地說：「水閘、水閘提不起來！估計是水、水草，水草纏住了閘板，現在唯一的辦法就是派人下水清除水草。」

老羅皺了皺眉，轉身，看了一眼身後的隨行人員。這時，一個年輕小夥子站了出來，說：「我去！」

老羅愣了一下，說：「你?!……好！」說完，從旁邊的值班室拿出一瓶二鍋頭，遞給小夥子，拍了拍他的肩膀，說：「來，喝幾口，暖暖身子。」

小夥子接過酒瓶，旋開蓋子，嘴對著瓶口，咕咕嚕嚕地灌下半瓶，然後丟掉瓶子，三把兩把脫掉身上的衣服，一個猛子就扎進了滔滔的洪水中。

小夥子奮力地朝閘板的方向划著。

雪越來越大。洪水也越來越大，一個浪頭接著一個浪頭地往閘板上湧。風越來越大，面目猙獰地趁機推搡著人們，不懷好意地舞動起陣陣徹骨的寒意。

老羅站在岸邊，緊張的看著小夥子，不一會兒就成了一個雪人。

小夥子划到閘板的位置，停下，深深地吸了一口氣，然後一個猛子扎了下去。

老羅的心立馬又緊張了，兩眼圓睜，死死地盯著水面。

十秒，二十秒；一分鐘，兩分鐘。小夥子的頭冒了出來。小夥子雙手死死地抓住閘板的上口，渾身凍得不停地哆嗦。小夥子朝老羅搖了搖頭，說：「水草纏得太緊。」說完，吸了一口氣，又猛的一下扎了下去。

連扎幾次後，小夥子凍得嘴唇烏青，但閘板還是紋絲不動。岸邊的一個工作人員看見小夥子凍得發抖，自己也冷得顫抖了起來，看了一眼老羅，眼裡的淚水竟慢慢地流了出來。

老羅的兩道濃眉緊緊地鎖著。

小夥子再一次扎進了水中。

好半天，小夥子的頭再一次冒了出來。終於，小夥子的手中舉著一大把的水草，臉上露出了笑容。小夥子把水草往下游一扔，人整個的就撲在了閘板上。

看小夥子的樣子，岸上的人全慌了神，如果小夥子不能站起來，雙手不能死死地抓住閘板，上游的洪水一來，必將被沖下堰壩。

老羅更是一臉緊張，幾步竄到岸邊，兩腳沖進水裡，朝小夥子大喊：「站起來，快站起來，抓住閘板，死死地抓住閘板。」

小夥子的雙手伸了伸，無力的又放了下去。

忽然，岸邊的人全都哭了起來。

老羅一聽，眉毛一立，雙眼再一次睜得溜圓，厲聲喝道：「哭，哭個屁！誰叫你們哭的！全體立正，面向閘口，把淚給我擦掉。」

哭聲一下小了下去。

雪花還在紛紛揚揚地下著。

老羅含著淚，忽然朝小夥子吼道：「打起精神，回老子的話。站起來，抓住閘板。聽到沒？抬起頭，站直了。聽到沒？聽到沒？喊你抬起頭。窩囊廢。你還是一個男人嗎？」

岸邊的哭聲忽然又大了起來。

老羅緩緩地抬起右手，臉上，兩顆碩大的淚珠，沿著那僵硬的面頰咣咣當當地滾落下來，重重地砸在了地上。

小夥子看見老羅的軍禮，頭抬了抬，又耷拉了下去。

突然，一個浪頭猛地向小夥子打了過來。小夥子手一鬆，隨著浪頭，被沖下了堰壩。

老羅一驚，猛喊了一聲：「兒子！」喊完，向下游狂奔了起來。

此時，寒風中的雪花，紛紛揚揚，越下越大。

首次發表於《百花園中外讀點》二〇一一年第四期。

12. 習慣

馬大姐睜開眼，往上抬了抬身子，拿過床邊的手機，看了看，剛好四點。馬大姐笑了笑。每天早晨，不需要鬧鐘，只要一睜眼，準是四點。二十年了，早上四點起床，已經成了馬大姐的習慣。

二十年前，馬大姐和丈夫、孩子從老家重慶來到小城的時候，丈夫去了鑽采公司，馬大姐沒文化，通過別人介紹，進環衛站當了一名保潔員。

第一天上班，丈夫就極力反對，說環衛站的工作，盡是些髒活、苦活、累活，沒人願意幹。但馬大姐卻絲毫不放在心上，笑著對丈夫說，髒了我一個，乾淨了大家，我值啊！丈夫又擔心別人瞧不起。馬大姐說，憑自己的雙手吃飯，沒什麼丟人的。

就這樣，馬大姐毅然穿上環衛工衣，走出家門，走上了街道。一幹就是二十年。兒子長大了，馬大姐也到了退休的年齡。

前段時間，單位通知馬大姐辦理退休手續的時候，馬大姐還愣了一下。馬大姐沒想到時間過得真快。二十年的時光，就在每天清理果皮箱、擦洗垃圾桶、清掃街道中打發掉了。現在，自己終於可以退休了。馬大姐覺得有點不習慣。馬大姐想了想，沒有去辦理退休手續。

昨天晚上，吃飯時，馬大姐沒忍住，還是告訴了丈夫自己退休的事情。後來，在兒子和丈夫的勸說下，馬大姐終於同意了去辦退休手續。

這天，馬大姐起床後，簡單地收拾了一下，穿上環衛工衣，然後左手提上土簸箕，右手拿著掃帚，打開門，走了出去。

馬大姐剛一出門，兒子醒了。兒子叫住母親，說，媽，你幹啥？今天還出去？不是說今天去辦退休手續嗎？

馬大姐一愣，拍了拍頭，猛然醒悟過來似的，說，哦，還真是！今天說好去辦手續的。你看這習慣！馬大姐轉身，走進屋，又去了廚房。馬大姐在廚房裡忙碌了一陣，走出來，想了想，還是提著土簸箕，拿起掃帚，打開門，走了出去。

走下樓，走到社區門口，保安看見馬大姐，微笑著問，馬姐，又去上班了？不是說你要退了嗎？咋還沒退？馬大姐笑笑，說，快了，馬上就退了。說完，馬大姐走出社區門口，站在街道邊，看了看街上閃閃爍爍的路燈，放下土簸箕，拿起掃帚，慢慢地掃了起來。

掃完，馬大姐看了看時間，剛好六點。馬大姐笑了笑，擦了把頭上的汗水，拿著工具，蹣跚著腿，慢慢往家走。

回到家，丈夫已經上班去了。兒子煮好飯正在家等著。

吃過飯，兒子陪著馬大姐去了環衛站。

辦完手續，走出環衛站，馬大姐又返身看了看環衛站的大門，一股失落感慢慢地就浸遍了全身。

馬大姐走下臺階，天上的太陽暖陽陽地照著。汽車揚起的灰塵在陽光裡飛舞。馬大姐皺了皺眉，對著陽光，閉著眼睛，打了一個噴嚏。睜開眼，馬大姐忽然看到街邊有一塊黃黃的香蕉皮。一個小孩正在那裡跳動。看見香蕉皮，馬大姐的心裡習慣性一驚，忙跑了上去。馬大姐剛跑到丟香蕉皮的地方，一輛小車衝了過來。馬大姐一躲閃，迎面又過來了一輛自行車。馬大姐被自行車撞到了地上。

兒子衝到馬大姐面前，扶起馬大姐，生氣地說，媽，你咋了？咋啥都撿？你不是已經退休了嗎？

馬大姐站起身，拍了拍身上的塵土，看著兒子，笑笑，說，嘿嘿，習慣了，改不了，看見垃圾就想撿！說完，摸了摸摔痛的胳膊，似乎什麼也沒有發生過一樣，彎下腰，將地上的香蕉皮撿起，走幾步，扔進了旁邊的垃圾筒。

兒子站在旁邊，看著馬大姐的動作，眼睛慢慢地有了一些濕潤。

首次發表於二〇一一年六月二日《湖南郵電報》。

13. 兒子的志願

中午，吃飯的時候，兒子接到了學校的電話。電話上說，兒子的錄取通知書到了。

女人瞪大眼睛，望著兒子，強咽下嘴裡的飯菜，迫不及待地問兒子是在哪裡？哪所學校？

兒子放下電話，看了看女人，吞吞吐吐地說，不知道。

女人怔了一下，說，咋會不知道？你這孩子，沒問嗎？

兒子低著頭，輕聲說沒有。

女人說，你這孩子，咋不問問？想了想，女人忙坐到兒子身邊，看著兒子，笑嘻嘻地又問，孩子，你告訴媽媽，第一志願填的啥？是不是媽說的那所學校？

兒子望著女人，紅著臉，沒說話。

女人愣了一下，說，你咋了？你啞巴了，不說話？

兒子站起身，不敢看女人，走出廚房，走到旁邊的堂屋，抬起頭，看著牆上父親的遺像，兒子的眼裡開始了濕潤。

女人走出來，看見兒子的樣子，雙手抱著兒子，歎了一口氣。

吃完飯，兒子進城的時候，女人頂著一頭花白的頭髮，佝僂著身子，跟在了後面。

到了學校，女人看了看自己的一身打扮，再看看身邊那些穿得花紅柳綠的人群，還是紅著臉，沒有進去。

兒子進去後，女人就站在門口望著。

不一會兒，兒子出來了，小跑著來到女人面前。兒子手裡拿著一份天藍色的錄取通知書，站在那裡，膽怯地看了一眼女人，臉紅紅的，低下頭，看著腳尖。

女人的臉興奮著，伸了一下身子，說，孩子，快，拿來媽看看！

兒子縮了縮手，但還是低著頭，遲疑著把手裡的錄取通知書遞給了女人。

女人一把拿過來，看著，滿臉的喜色淡了下去。女人的臉變得蒼白，雙眼死死地盯著錄取通知書。女人看一眼兒子，再看一眼錄取通知書，好半天，看完了，啥話都沒說，遞還給了兒子。

兒子接過通知書，怯生生地抬起頭，望著女人。

女人輕輕地歎了一口氣，咬了咬嘴唇，眼裡慢慢地濕潤了起來，朝兒子點點頭，流著淚的臉上，漸漸地又掛上了一絲苦澀的笑容。

兒子上前抱著女人，慢慢地跪了下去。

女人忙扶起兒子，說，孩子，你幹啥？起來，別讓人笑話。

兒子抬起頭，望著女人，臉上掛滿了淚水。

女人擦了一下兒子臉上的淚水，拉著兒子，往旁邊的複印店走。

那天，回到家裡，女人走到丈夫的遺像前，拿過兒子手中的錄取通知書，一下撲倒在地。

兒子忙上前扶起女人，「咚」的一聲跪在了旁邊。

女人哽咽著，望著丈夫的遺像，說，強子，十八年了，你從來沒有看見過兒子。現在，你睜開眼看看吧。你的兒子出息了，考上大學了。你看看吧！這是他的通知書。女人舉了舉手裡的通知書，又說，強子，你贏了。你又贏了。我們結婚時你就打賭說，你的兒子以後一定會像你一樣成為一名軍人。現在，你贏了。你的兒子馬上就是一名軍人了。你該高興了。強子。

女人邊說邊拿頭撞著牆壁。

兒子緊緊地抱著女人，大喊了一聲媽，說，媽，對不起！我知道你不想讓我考軍校，但我最喜歡的就是軍校，就是軍人。媽，我愛你！說完，兒子的淚水，鋪滿了臉龐。

女人抱著兒子，說，孩子，別說了。媽理解你。你是媽的好孩子，更是你爸的好孩子。孩子，別哭，你爸在天堂看著你呢。

女人說完，幫兒子擦了擦臉上的淚水，然後，拿起錄取通知書的影本，再次看了看上面那所軍校的名字，點燃。在那淡藍色的煙霧中，女人淚流滿面。

火光閃耀中，遺像上，幾個大字，閃閃發亮。

那幾個大字是：西藏。日喀則。薩嘎邊防。

首次發表於二〇一一年五月四日《自貢日報》。

14. 良心

小林拿著藥，從鎮上回家，經過村口的魚塘時，四周看了看，然後一拐就拐進了旁邊的芭茅林。

小林解開褲子，剛一蹲下，愣住了。小林透過芭茅葉子的空隙，看見對面的小屋裡，村裡的胡三和安兒正坐在那裡抽著煙，說著什麼。說了一會兒，只見安兒拿出一張紙，遞給了胡三。胡三一看，嘿嘿一笑，說：「就是它。」說完，幾下就把紙條撕得粉碎，然後塞進了嘴裡。小林大吃了一驚。從他們的談話中，小林知道是胡三借了安兒的錢。小屋裡的安兒也愣住了，說：「你！你咋把它吃了？」胡三看一眼安兒，說：「啥？我把啥吃了？」「借，借條！我剛還你的借條！」安兒急促地說。「我啥時吃了借條？你的錢我不是早就還了嗎？咋還有借條，你不要亂說喲？」胡三站在那裡，望著屋外的魚塘，冷笑了一下。安兒一聽，臉立馬就青了，說：「你，你，你，你還沒還我的錢噠！」胡三說：「沒還你的錢？說得輕巧，借條呢？拿來看看！」安兒木在那裡，臉漲得通紅。

隨後，倆人吵了起來。

小林蹲在那裡，一動不動。小林知道自己不能現身，一現身，麻煩就大了。小林的腿蹲麻了。小林剛想動動腿，忽然看見旁邊岩洞口一條小蛇朝他慢慢地游了過來。看見小蛇，小林啥也顧不得了，一聲驚叫，提上褲子，撒腿就跑。

看見跑遠的小林，胡三和安兒呆立當場，停止了吵鬧，。

小林跑過魚塘，心裡還在咚咚地跳。小林不管了，繫緊褲帶，提著藥包，一路小跑就回了家。

小林回家剛把藥倒入藥罐，還沒來得及生火，胡三就走了進來。

看見胡三，小林的心裡緊了一下。小林知道，胡三是村裡有名的地痞，無賴，惹毛了是個啥事都敢幹的主兒。

胡三看了小林一眼，笑笑，擠出一臉橫肉，拿出幾張百元大鈔，丟在小林面前，說：「你說，今天你在魚塘邊看見啥了？」

小林望著胡三的眼神，知道麻煩找上門了，心裡打了一個寒顫，搖了搖頭，沒說話。

「哦，沒看見？沒看見就好！這點小錢你先拿著。」胡三打個哈哈，又說：「不過，我先警告你，沒看見就沒看見，閉上嘴巴，啥也不說不會死人。」說完，不管小林的表情，冷哼一聲，背著雙手，打開門走了出去。

看著胡三的背影，小林嚇傻了，再看看丟在桌上的幾百元大鈔，心裡更是沒了主意，不知咋辦？

這時，父親在裡屋又咳了起來。聽見父親的咳嗽，小林猛醒過來，忙抓起桌上的錢，走了進去。

父親欠著身子，背靠在床頭櫃上，不停地咳嗽，看著小林，問：「剛才誰來了？」

小林知道瞞不過父親，也不想瞞父親，於是，就把剛發生的事情原原本本地告訴了父親，並把錢放在了父親的面前。

父親一聽，沉默不語。父親也知道胡三是村裡的地痞，是一個沾上身就脫不了干係的小人。父親拿起面前的錢，看了看，苦笑了一下。父親生病後，家裡一直捉襟見肘，還從來沒有見過這麼大的一筆款子。父親歎了一口氣，看著小林，說：「孩子，你看見了嗎？」小林點點頭。父親微微一笑，又說：「孩子，錢，確實是個好東西。但是，你要記住，這世上，最寶貴的東西，不是金子，也不是錢財，而是人的良心。」

說完，父親把錢交到了小林的手上，然後閉上眼，又猛烈地咳嗽起來。

小林看了看父親，走到父親面前，彎下腰，幫父親牽了牽掉落在床邊的被子，拿著錢，轉身走了出去。

首次發表於二〇一一年四月九日《農村新報》。

15. 有錢的女人

父親生日的頭兩天，李蘭開著新買的QQ車回了家。

李蘭的家在一個遠離城鎮的小山村。村子比較偏僻，以前只有一條土路通到村裡，去年鄉里搞「村村通」工程，村裡修了一條窄窄的水泥路。

那天，李蘭把車一直開到了自家門口。李蘭坐在車裡，看了看裝飾一新的小樓，按了按喇叭。幾隻正在屋前空壩上找食的土雞，猛地撲騰了幾下，「咯咯咯」地叫著跑開了。李蘭微微笑了笑，用手攏了攏頭髮，抬起頭，目光被一隻跑開的大紅公雞一下就扯到了遠處的農田。農田裡，幾個村民抬頭看了看李蘭的車子，頓了一下，又埋頭開始了各自的忙碌。李蘭看了看那些無動於衷的村民，心裡一下就飄了起來，一種空洞的感覺立馬就爬滿了全身。李蘭搖搖頭，嘴角扯了一下，打開車門，下車，颯颯的寒風吹來，李蘭忙緊了緊身子。

這時，一些小孩跑了過來。小孩在李蘭的車子前露出怯生生的眼神，左看右瞧，嘻嘻哈哈的在車子邊跳來跳去。幾個膽大的，調皮的，趁李蘭沒注意，甚至伸出手在車上摸一把，又忙跑開了。李蘭站在旁邊，看著那些小孩調皮的樣子，滿臉的笑意。

李蘭是一個愛笑的姑娘，這段時間，李蘭常常都是一臉的笑容。李蘭在城裡打工，前不久被升為了主管。升為主管後，李蘭就想在父親生日這天好好操辦一下。李蘭想借父親做壽的機會，感謝一下村裡的鄰居平時對父母的關照。特別是村裡的李娜。

李娜是一個好強的女人，且十分的能幹。李蘭不在家的時候，家裡的一切全是李娜在那裡關照。李娜以前也在城裡打工，前幾年生小孩回了村後就再也沒有出去。這天，李蘭剛落屋，李娜就來到了家裡。

李娜看著李蘭嶄新的車子，一臉的羨慕，就問李蘭這幾年在城裡幹啥。李蘭說打工，先是在賓館當服務員，後來當領班，現在已經是主管了。聽說李蘭當了主管，李娜問車子是不是賓館裡配的？李蘭說不是，是自己買的。李娜一聽，露出了驚疑的表情，看著李蘭，彷彿不認識似的，說，你一個打工的女孩，有錢買車子？李蘭微笑著看著李娜，說，其實也不貴！李娜用一種奇怪的眼神看著李蘭，搖搖頭，笑了一下，很隨意地搭訕了幾句後就走了。

李娜這一走，一個有關李蘭的傳言就在村裡隨著寒風散漫開了。李蘭走在村裡，人們開始了指指點點。

時間晃悠悠的就到了父親的生日。那天，李蘭早早地就起床開始了忙碌。誰知，到了中午，騰騰的熱氣中晃動的，竟只有幾個親戚的身影。

李蘭站在院子裡，望著村裡的小路，一片茫然。

父親坐在堂屋門口，埋著頭，「吧嗒、吧嗒」地抽著葉子煙，啥話也沒說了。過了一會兒，父親把手中的煙桿一丟，操起一根木棒，走到李蘭的車前，二話沒說，提棒就打，只聽「嘩」的一聲，車子前面的擋風玻璃立馬就成了一堆碎片。

李蘭一下驚在了那裡，看著父親，臉頓時就成了過夜的白菜幫子，立馬綠透了，心裡彷彿有把尖刀在攪動似的，血慢慢地就滴了下來。李蘭走到父親面前，死死地抱著父親，瞬間，淚水就鋪天蓋地地淌了下來。

後來，李蘭在城裡傍大款，當二奶的的傳言，隨著春日的來臨，在村子的上空隨風飄蕩，越飄越遠。父親終於忍受不了村人的閒言碎語，一氣之下病倒在了床上。不久，父親的病越來越嚴重。

父親去世了。父親去世那天，村人都趕到了李蘭的家中。李蘭看著那些鄰居，心裡的恨意不自覺的就冒了出來。李蘭流著淚，跪在那裡，心裡的疼痛再一次在身體裡鮮活了起來。

鄰居們看著李蘭眼中的恨意，寬容地笑了笑，說，我們是幫你父親。你父親沒錯，錯的只是你李蘭！說完，不等李蘭安排，鄰居們就開始了忙碌。

此時，李蘭跪在父親的靈前，淚如雨下。

首次發表於二〇一〇年四月二十八日《自貢日報》。

16. 高手是這樣練成的

那天，天還沒亮李老頭就起了床。自從李老頭進城服侍小孫兒的那天起，兒子就把鬧鈴調到了五點半。其實，不要鬧鈴李老頭也知道起床。李老頭以前在農村就一直起得很早。

起床後，李老頭去小孫兒的房間看了看，幫他牽了牽蹬開的被子，然後就開始準備早餐。

李老頭邊準備早餐邊收拾屋子。一切準備好後，李老頭看看時間還早，就下樓鍛鍊了一會兒身體。回來時，兒子媳婦已經吃完飯走了。李老頭就把小孫兒叫醒，幫他穿上衣服，洗臉，漱口。吃完飯，李老頭又背又抱的把小孫兒哄到了市中心的小紅花幼稚園。

把小孫兒交給老師後，李老頭長長地鬆了一口氣。李老頭站在街邊，伸伸手腳，活動了一下筋骨，看看時間，忙又往菜市場趕。

轉過街角，就是廣場。這時，廣場上人山人海，口哨聲，叫好聲，此起彼落。李老頭是個喜歡看熱鬧的人，聽著廣場上的大呼小叫，忙走過去往裡擠。

擠進去一看，原來是一個賣藥酒的中年漢子在那裡耍把式。中年漢子喝一口藥酒，拉開架式，拍了幾下手，說，我再給大家亮個絕活。說完，漢子左腳站立，右腳慢慢地往上抬。不一會兒，右腳就抬到了肩上。

四周掌聲雷動。

李老頭站在那裡，看著漢子的表演，覺得沒啥稀奇，嘴裡就不自覺地冷哼了一聲，笑了笑。

漢子聽到李老頭的冷哼，愣了一下，忙鬆開架式，走到李老頭面前，說，大爺，看來你是個高手！

李老頭一驚，忙擺擺手說，我不是高手！我啥都不是！說完就想走。漢子卻不讓。漢子抓住他的衣服，說，大爺，我知道你瞧我不起，要不，你也跟大家來一個？

李老頭更是慌了神，搖搖頭，說，不，不，不。

漢子鼓著雙眼，盯著李老頭，想了想，說，大爺，要不，我們比試一下如何？

李老頭一聽，頭更是搖得像撥浪鼓。

漢子卻不管李老頭搖不搖頭，立馬露出一副凶相，惡狠狠地說，今天你壞了我的生意，不比也得比。不過，當著大家的面，醜話說在前頭，如果你比輸了，拿五百元錢給我，走人，我輸了也拿五百元給你，走人。誰也不許反悔！大家都是我們的見證人。說完，那漢子放開手，盯著李老頭，又開始了表演。

李老頭一看，壓抑了幾年的脾氣一下就從心裡冒了出來，心一橫，也拉開架式，像漢子那樣，左腳站立，右腳慢慢地開始往上抬。

右腳抬上肩後，李老頭臉不紅，心不跳，還面帶微笑地看著大家。

四周的掌聲又響了起來。

站了近半個小時，漢子不行了，頭上虛汗直冒，身體開始搖晃。

漢子終於倒在了地上。那漢子也是一個願賭服輸的主兒，爬起身，啥話不說就從身上掏出五百元錢丟給了李老頭。

李老頭一愣，忙說不要不要！漢子卻不管，自顧自收拾好地上的東西，頭也不回地就走了。

李老頭拿著錢傻在了那裡。

回到家，李老頭還一直傻著，坐在客廳裡想了好久，最後把錢放進了小孫兒的儲錢罐。李老頭覺得，那錢應該是小孫兒的。如果不是小孫兒每次一哭就要看他「金雞獨立」的樣子，他哪會成為啥高手？

首次發表於《四川文學》二〇一一年第一期。

17. 老師陳林

清晨，陳林背著背包走到學校的時候，天還沒有全亮，微白的天空中，幾顆星星還在眨著眼睛。陳林放下背包，站在操場上，擦擦汗，放眼看了看四周，內心的熱情一下就降到了零點。陳林做夢都沒想到學校竟是如此的破爛。陳林長歎了一口氣。

陳林是從鎮中心小學來接李老師的班的。李老師是月亮岩村小最後的一位民辦老師。這天，陳林歎氣的時候忽然就看見了正在修理門窗的李老師。陳林忙走了上去。陳林幫李老師修好門窗後，圍著學校轉了轉，越轉心裡越往下沉。每間教室的牆壁上都裂了幾條一、兩寸寬的口子。教室裡到處都是漏雨產生的雨漬。房頂上蓋的瓦片也早已腐爛。陳林問李老師，學生就在這裡面上課？李老師點點頭，隨後，歎口氣又說，其實，學校的房子早就是危房，但鎮裡一直沒錢，學校也就只好一直拖著。

陳林說沒想辦法修修？李老師說，咋沒想？一直都想修，但鎮裡不拿錢，我們也沒辦法！陳林看看李老師，再看看眼前那幾間破爛不堪的教室，心裡實在不是滋味。

第二天，陳林去了鎮裡。陳林找到鎮長的時候，鎮長剛要出門。鎮長對陳林說，我們一直在想辦法解決，我們也知道學校的難處，但我們也沒辦法，鎮財政今年發鎮幹部的幾個裸體工資都成問題，哪有錢搞建設，搞維修？再堅持一段時間吧，等明年經濟一好轉，我們首先考慮。

陳林看著鎮長，漲紅著臉說，不是明年的問題，是現在就必須解決。鎮長看著陳林，彷彿不認識似的，說，解決，我拿啥解決？陳老師，有錢就好辦事，沒錢一切都免談。你說是不是嗎？

鎮長邊說邊拿出手機開始打電話。在電話裡，鎮長不停地說好好好，就在縣城的楚天大酒店，行，但一定要拿出我們的最高水準。說完，鎮長看都沒看陳林，自顧自鑽進車裡，理都不理。

看鎮長的表情，陳林知道此時再說下去也是白說，只好擠出一臉討好的笑意對鎮長說，鎮長先忙，等幾天我再來。陳林剛說完，鎮長的車子就猶如挨了一鞭的叫驢，一下躥出去老遠。看著遠去的車子，陳林帶著一臉的無奈，苦笑著站在那裡。

從此，陳林每天一有時間就往鎮裡跑，找部門、尋領導，軟磨硬泡爭取款項。有時，鎮長下村後，為了等鎮長，陳林經常一去就是一天。陳林坐在鎮政府門口，連中午飯都捨不得吃，總是在外面買幾個饅頭，再要一杯開水，就那麼湊和著。

終於有一天，陳林帶回了一萬元。

那天，看著一萬元現金，李老師的眼裡竟有了淚花在閃。李老師決定幫陳林維修好教室再走，於是，忙出面去聯繫維修隊。不久，教室的維修工作就開始了。開工後，陳林因此也更忙了。那段時間，陳林每天都住在學校裡，一直沒回鎮上。

一個月後，六間維修一新的教室，迎著山風，漂漂亮亮地立在了月亮岩的山上。

教室修好那天，鎮裡的領導竟來了。看見鎮領導，李老師忙迎了上去。李老師遞了一支煙給鎮長，並對鎮長說感謝鎮政府這次能撥款修建教室。鎮長接過煙，臉紅了紅，沒說話，但瞬間，鎮長的臉色就恢復了正常，抽著煙，慢騰騰地說，這次教室的維修，應該感謝陳林老師，中午，我代表鎮政府，請大家喝兩杯，維修教室我們沒出錢，這次喝酒我們鎮政府出！說完，鎮長哈哈一笑，轉頭看了看站在遠處的陳林。

此時，陳林正站在新教室的門口，身邊圍了一群學生。陳林看著孩子們歡呼雀躍時那如花的小臉，自己的臉上也露出了舒心的笑容。

首次發表於二〇一〇年十一月五日《錦州晚報》。

18. 無法兌現的合同

老孔是一名教師。

十年前，老孔自己要求調到了偏僻的月亮岩村。

老孔來的那年，學校對面的雞公山上除了鵝卵石，其餘啥也沒有。老孔每天放學後一個人沒事就去山上撿鵝卵石。撿了一段時間，老孔的心裡慢慢的就有了想法。老孔開始有規律地撿。東撿一堆，西撿一堆。山坡上不久就撿出了一些空地。那時，誰也不知老孔要幹啥？

但一個月後，老孔開始挖坑時，村民們終於反應了過來：老孔要栽樹。

不久，山上就出現了星星點點的一些綠色。在微風的吹拂下，那些小松樹東倒西歪的，一副弱不禁風的樣子。老孔栽完最後一棵松樹苗，扶著鋤頭，擦了擦汗，心裡竟有了一種勝利者的滋味。

那天晚上，老孔還特意去村裡的小賣部買了一瓶沱牌大麴。

後來，老孔的日子開始過得有滋有味，沒事就去山上轉轉，除草，施肥，澆水。小樹苗慢慢地長大了。老孔的心裡，每天都灌滿了喜色。但忽然有一天，村長把老孔叫到了村委辦公室。村長拿出一份文件，在老孔的面前晃了晃，說，那雞公山是村裡的地，那山上的樹木肯定也是村裡所有，現在，村裡準備把那些樹苗全部收回！但考慮到老孔前段時間的辛勤勞動，決定付給老孔一筆補償費，問老孔有啥意見。

老孔徹底地愣住了，望著村長，傻子似的沒說話。

村長咳嗽了一聲，也沒看老孔，自顧自地說，這是村裡研究的，並不是哪一個人的意見，希望老孔能理解。說完，拿出報紙包著的一疊鈔票擺在了老孔的面前。

老孔看了一眼，沉默了一會兒，說，這錢我不要。然後，拉開門，頭也不回地走了。

幾天後，村長在雞公山上召開了村民大會。村長首先宣佈了山上的樹木歸村裡所有，誰也不能亂砍濫伐。說完，村長看了看大家，又說，經過研究，村裡決定把雞公山承包給私人，有意者可以投標。承包期十年，標底暫定一萬元。

村長一說完，大家立馬就鬧哄哄地嚷了起來。

那天，老孔也參加了會議。老孔坐在那裡，面無表情。

但最後的結果，老孔卻以三萬元的承包金得到了整座林子。

十年後，老孔真的老了。老孔早就退休了。退休後，老孔在林子裡建了一座小木屋，每天沒事就在林子裡逛逛，看看。那時，山上的松樹，也全長成了碗口粗的大樹。那細如牛毛的松針，掉在地上，厚厚的一層，彷彿鋪上了一層絨絨的地毯。老孔踩在上面，聽著松濤陣陣，心裡特別的舒坦。

有時，老孔還會像一個頑皮的孩子，躺在鬆軟的松針上，頭枕著手臂，仰望著高高在上的藍天，看那白雲飄來飄去。

那天，老孔剛一躺下，身子裡一下就有了種異樣的感覺。老孔聽著鳥鳴，呼吸著清新的空氣，腦裡慢慢地開始了恍惚。老孔彷彿看見了去世的老伴。老伴正微笑著向他姍姍地走來。老孔忙爬起身，向老伴來的方向猛撲了過去。

第二天，村民們發現老孔的時候，老孔已靜靜地躺在了一個土坎下。

後來，在處理老孔的後事時，村長從小木屋裡發現了那份折疊得規規矩矩的合同。合同裡有一個存摺。存摺裡夾著一張紙條。紙條上寫著：這裡面的錢，先拿出三萬元支付承包款，其餘的拿來維修學校。另外，這些樹木就送給村裡了，希望大家好好地保護，千萬不要亂砍濫伐。

村長轉身看了看屋外，慢慢地把手中的合同撕得粉碎。

村民們站在旁邊，全木在那裡，誰也沒說話。

此時，屋外林濤轟鳴，山風嗚嗚地吹。

首次發表於二〇一一年一月二十八日《中國審計報》。

19. 讓我為你暖暖腳

那是一個特別陰冷的日子。大朵大朵的雪花，紛紛揚揚地在山上飄著。西北風嚎叫著，捲著雪花，兇狠地向山下狂灌。樹木枯草在風雪中尖厲地淒鳴。山下的小溪早已斂聲息氣，凝成了看著就讓人渾身顫抖的冰疙瘩。

村長來到山下的時候，老於正在往魚塘裡撒飼料。

老於是村長的么叔。

村長走到老於面前，搓了搓凍僵的雙手，叫了一聲么叔，並掏出紙煙，遞了過去。

老於瞧了瞧村長，鼻子裡哼一聲，沒接，埋著頭，繼續撒著飼料。

村長不生氣，還是呵呵地笑著，說，么叔，不是小侄有意為難您老，而這是國家政策。您老還是打個電話，叫么娘回來吧，不要躲了。

老於兩個女兒，一直想要個兒子。這次媳婦剛一懷上，怕被計畫掉，老於就叫媳婦出外躲著。

那天，老於撒完飼料，站在魚塘閘口，雙手往懷裡一抄，冷冷地看著村長，說，我沒有你這個侄子，你也沒有我這個么叔。你這個無情無義的人，當個芝麻粒大的官，就想斷我的後，沒門。從今後，咱井水不犯河水，你走你的陽光道，我過我的獨木橋。到時，你該罰就罰，罰多少我都認，老子有的是錢！說完，又朝村長冷哼了一聲。

誰知，老於的冷哼剛一哼完，身邊就傳來了轟隆一聲大響。還是村長年輕，反應過來，大叫了一聲，么叔，不好了，魚塘決口了。

老於一愣，聽著嘩嘩的水聲，徹底地傻在了那裡。

村長稍一遲疑，隨後，猛地一把扯下了身上的大衣，還沒等老於明白過來，村長就跳進了漂浮著冰渣的水中，並大吼一聲，么叔，快，搬石頭！

老於一聽，猛醒過來，忙在旁邊的堤壩上搬起石頭，遞了過去。

村長一言不發，接過石頭就往決口上填。

這時，旁邊幹活的村民也全跑了過來。大家一看，也傻了眼，站在那裡，不知所措。

村長鐵青著臉，吼道，還愣著幹啥？

此時，風越刮越大，雪越下越急。

一個多小時後，決口終於堵住了。

幾個年輕人忙把村長拉了起來。村長一上岸，渾身打了一個冷顫，一屁股坐在了冰冷的地上。大家一驚，忙問，你咋了？村長說，不知咋搞的，腿不聽使喚了！

老於低頭一看，啊了一聲，眼淚唰唰地就滾落了來。

村長的兩條腿早已失去肉色，又青又紫，泛著冰一樣的亮光。

老於忙指揮大家七手八腳地把村長抬到了守魚塘的棚子裡。幾個年輕人忙抱出一大捆柴草，準備點火讓村長的雙腿取取暖。剛一點燃，老於走過來，兩腳就把火踩滅了，嘴裡還罵了一句胡鬧。罵完，老於蹲到村長面前，解開上衣，慢慢地把雙腿抱在了自己的懷裡。剛一抱上，老於就覺得那徹骨的寒意，立馬就灌遍了全身，瞬間就浸入了骨髓。老於禁不住深深地打了兩個寒戰，清鼻涕不由自主地就流了出來。老於用手擦了擦，轉身對身後的人說，還愣著幹啥？回去拿兩瓶酒來！

兩個小時後，村長的腿終於泛上了肉色。老於解開上衣，拿出雙腿，用毛巾蘸著酒，慢慢地擦試了起來。

擦完，老於看了看村長，顫抖著手，拿出手機，慢慢地按下了那串熟悉的數字。

首次發表於《江河文學》二〇一〇年第六期。

20. 葉嫂的愛情

葉嫂是月亮岩村的寡婦。

葉嫂的男人二十多年前因為車禍離開了葉嫂。前不久，葉嫂幫兒子娶了一個如花似玉的媳婦後，也萌生了找個老伴的念頭。

經人介紹，葉嫂認識了鄰村的老葛。老葛比葉嫂小三歲，老伴也死了多年。老葛是個殺豬匠，有錢。但葉嫂並不看重老葛的錢，葉嫂看重的是人。開始，葉嫂不同意，說老葛的年齡小了。後來，媒人說，女大三，抱金磚，年齡小怕啥，只要人好就行。葉嫂紅了臉，對媒人說，那就先接觸接觸吧。這一接觸，還真的接觸出了感情。

結婚那天，老葛把一張五萬元的存摺交給了葉嫂。葉嫂看著老葛，不知老葛是啥意思，說，我不要，我不是嫁給錢。老葛尷尬地一笑，說，從現在起，這個家就由你來當了，存摺當然也就應該由你管。葉嫂接過錢，說，那好吧，放在我這裡也行。說完，葉嫂的心裡，滿溢著幸福的感覺。

但葉嫂哪會想到，有時，不幸就猶如裝在匣子裡的鳥兒，稍不留神，就會撲凌凌地飛到你的面前，叫你猝不及防。

兩年後的一天，葉嫂的兒子在工地上出了事。葉嫂和老葛忙趕到醫院。兒子躺在那裡，一臉的血污。葉嫂抱著兒子，滿臉的淚水。醫生對葉嫂說必須馬上動手術。葉嫂立馬想到家裡的五萬元存摺。葉嫂找到老葛商量。老葛坐在醫院的長椅上，埋著頭，不敢看葉嫂的眼睛。葉嫂不知老葛啥意思，是不是捨不得花錢。葉嫂怒氣衝衝地問，咋了？說話嚾！此時，老葛的頭埋得更低了。

葉嫂看著老葛的樣子，心裡的火氣更大了，顧不上和老葛理論，一個人急匆匆地就回了家。葉嫂趕到銀行，拿出存摺。營業員接過存摺往機子裡一放，隨後告訴葉嫂，那筆錢早就被人取走了。

聽完營業員的解釋，葉嫂傻愣愣地呆在了那裡，心裡燃起的希望，瞬間花瓣一樣枯萎了。

葉嫂返回了醫院。

面對葉嫂滿臉的怒火，老葛霜打樹葉似的低下了頭。好半天老葛吞吞吐吐地說出了事情的原委：一年前，老葛的兒子要買車子，死纏活攬地找老葛要錢。老葛怕葉嫂不同意，只好背著葉嫂，到銀行辦了掛失手續，把錢提前支給了兒子。

葉嫂覺得天旋地轉，一屁股坐在了地上。

兒子出院後，葉嫂流著淚離開了老葛。

葉嫂離去的那天，是一個陰雨綿綿的秋日。看著葉嫂離開的背影，老葛站在自家的院門口，身子猶如一根木棍，木呆呆地僵在了那裡。隨著葉嫂身影的淡去，老葛慢慢地蹲下去，臉上的淚水早就洶湧了起來。

一年後，在一個落葉鋪滿小路的日子，老葛的兒子走進了葉嫂的家。

老葛的兒子流著淚對葉嫂說老葛得了癌症，又說老葛每天都在念叨著葉嫂的名字，希望葉嫂能去看看。

葉嫂先是一驚，本想說他得了癌症關我屁事，但，慢慢的，老葛的形象，就從葉嫂心中那柔軟的部位裡浮現了出來。

葉嫂去了老葛的家裡。

葉嫂進屋時，老葛正躺在床上。葉嫂看著老葛那灰濛濛的頭髮東一撮西一撮聳拉在那裡，人瘦得像一根枯藤，葉嫂的心裡一下就酸楚了起來。

老葛看見葉嫂，一個激靈，欠了欠身子，朝葉嫂苦笑了一下，眉宇間擠滿了內疚與悔恨。

葉嫂上前幫老葛拉了拉掉在地上的被子，鼻子一酸，瞬間，淚水就淌滿了臉龐。

在葉嫂盡心盡力地照顧下，幾個月後，老葛在葉嫂的懷裡，帶著微笑，離開了人世。

處理完老葛的後事，葉嫂走的那天，老葛的兒子拿出一張五萬元的存摺，交給葉嫂，說是老葛的意思。葉嫂看了看存摺，沒要，提著自己的包裹，頭也不回地離去。

首次發表於二〇〇九年七月六日《鎮江日報》。

21. 林子的幸福

林子有句口頭禪：這日子過起真是幸福。

林子是月亮岩村的一個農民。月亮岩村是一個很偏僻很窮的鄉村。因為偏僻，林子的生活就過得很簡樸。林子在那簡樸的生活中，慢慢的也有了自己的幸福。

但林子以前並不幸福。這個以前，有很久的時日了。後來包產到戶，能吃飽飯了，也娶上媳婦了，林子每天說得最多的就是：這日子過起真是幸福。

再後來，有了兒子，幸福的感覺更是彌漫了林子的全身。為了讓兒子過上幸福的生活，林子隻身一人來到城裡，在一個建築工地當了小工。每天十幾個小時的苦活、累活，林子從不叫苦。不但不叫苦，只要一想著兒子，林子的身子立馬就會像那充足了氣的氣球一樣輕盈起來，搬多重的石頭，遞多快的磚，林子都不會呼哧呼哧地喘大氣。林子覺得：這日子過起還真是幸福。

但誰知，到了樓房竣工放假回家的頭一天，林子的幸福，就猶如那陽光下的肥皂泡，風一吹就徹底地破滅了。

那天，林子早早地就起床收拾好東西等在了門口。不一會兒，包工頭來了。包工頭走下車子的時候林子正在望著家鄉的方向想著兒子。看見包工頭，林子忙擠出一臉討好的笑意。但包工頭沒理林子，罩著一股傲慢和牛氣，眼珠朝天的在工地上穿行。

不一會兒，包工頭把幾個領班叫到了面前。包工頭對領班說，今年的工錢不能按時發了，要再等幾個月才行。包工頭那硬硬的話語，在林子佝僂著的背上，一下就砸出了一片清脆的聲響。林子愣了一下，腦中立馬就感到了一絲暈眩，腿像被人抽了筋似的，麻軟得站不起來。林子傻呆呆地站在那裡，慢慢的，兒子又從心中那最柔軟的部位裡浮現了出來。這時，倒春寒的寒意，讓林子不禁打了一個冷戰，真的感到了一種冬日裡蕭瑟的冷意。

林子呆立片刻之後，抬起頭，看著包工頭，想朝著包工頭大叫一聲：憑什麼不給錢，憑什麼——然而，林子的叫聲只在心裡。林子的聲音在喉口躥動了一下又被他咽了回去，因為從包工頭的目光中，林子再一次看到了自已的可憐。

此時，工地上的寒風嗚嗚地吹著，林子禁不住又打了一個冷顫，袖著手，縮著身子，呆立在那裡。

後來，隨著包工頭的離去，林子看了一眼收拾好的東西，想起家裡的兒子，兩條腿頓時就像被抽掉了所有的筋骨，一下就癱了，整個人立馬就萎縮變形趴在了地上。林子看著剛完工的樓房，眼裡慢慢的竟有了一些濕潤。

忽然，林子站了起來，一跌一撞地爬上了樓房的頂樓。林子坐在圍欄上，雙腳吊在外面。腳上一雙穿孔的布鞋，在寒風中不停地搖擺。頭上的白髮，也在寒風的吹拂下，根根豎立。

樓下的工友看見林子坐在上面，一下就呆了，馬上就有人驚呼了起來：有人要跳樓！有人要跳樓！隨著喊聲，不一會兒，樓下就聚集了一大群的人在那裡看熱鬧。這時，一個工友忙拿出手機撥打了110。更有熱心的觀眾，立馬就給當地的報社打電話報了料。

林子坐在上面，一下就懵了，看著下面黑壓壓的人群，剛要說自己不是要跳樓時，員警來了。報社記者也來了。下面圍觀的群眾也早就亂成了一鍋粥。林子的心裡有些怕了。這時，林子看見包工頭也來到了現場。林子終於挪動身子，把手伸了出去。

林子回到地面，從包工頭手上拿過錢的瞬間，呆了一下，滿臉的皺紋擺出了一幅幸福的圖案。林子做夢都沒想到這錢會來得這麼容易，看了看手中剛從樓上拿下的風箏，想著兒子在老家屋前放風箏的情景，一串幸福的淚珠，立馬就落雨一樣的在他臉上婆娑了起來。

首次發表於《短篇小說》二〇一〇年第六期。

22. 到底是誰把我弄死的

按李陽的說法，我已經死了半年了。

半年前，我跟著蹬三輪的李陽到城裡打短工。打短工的意思就是有活就幹，沒活就耍。所以我經常都是在屋裡看電視打發時光。

一天晚上，我正看電視時，李陽急慌慌地從外面走了進來。李陽看了我一眼，忙叫我收拾東西。我說收拾東西幹啥？李陽說這裡不能住了，必須另外找個地方。我說，出啥事了？李陽說，你死了。我說，啥？我死了?!我伸手摸了摸他的額頭。李陽一把推開我的手說，去，去，去，別鬧了，快收拾東西，馬上走。說完，李陽自顧自地就幫我收拾了起來。

李陽收拾好，摸著黑拖著我就到了新的住處。李陽慢慢地平靜下來後，我終於知道李陽出事了，並且還是大事。

那天上午，李陽從新華社區搭一位中年人去大缺口，出城，走上市郊的公路時，尿就漲了。憋了一會兒，實在憋不住，就把車停在路邊，找了一個背人的坎子，掏出傢伙就開始放水。剛放著，一聲巨大的聲響，將李陽的尿液一下就嚇了回去。李陽醒過神來掉頭一看，三輪車已經沒了影了。一輛裝煤的大卡車停在路邊。李陽腿一軟，一屁股坐在了地上。

據李陽說，等交警趕到並詢問那個和三輪車一樣面目全非的死者是什麼人時，那時我就已經死了。李陽說，他起初並不是有意撒謊，他嚇壞了，不知那句話是怎麼滑出嘴的。還好，交警並沒有懷疑，又問了些別的情況，李陽都順著謊言一一地回答上了。

後來的事，李陽說根本就由不得他了，他就像一隻風輪，不轉都不行了。

再後來，李陽歎了一口氣，望著我說，從現在起，你就已經死了。你不能再出去了，也不能給家裡打電話，每天就待在屋裡，吃的用的我都會幫你買來，錢也不要你出。把這個風頭避過去再說。

李陽一說完，我徹底地傻了，看著李陽。李陽咬了咬嘴唇，搖搖頭，轉身拉上門走了出去。

李陽一走，我一下就跌入了黑暗的深淵。

半個月後，李陽又來了。李陽不但拿來了吃的，用的，臉色也好看了許多。李陽進門後隨手就把門關得死死的，滿臉興奮地說，現在好了，一切都過去了。我說啥過去了？李陽說車禍。我說處理了？李陽說處理完了。我說那我可以出去了。李陽瞪我一眼，說，出去？出去個屁！

過了一會兒，李陽又說，現在你小子有錢了。車老闆賠了燕子三十二萬。

我說，啥？三十二萬？賠燕子？那麼多？

李陽笑了笑，說，當然。燕子是你媳婦，肯定賠她嘍。所以我說你小子有錢了。

這時，我忽然想起了在農村的媳婦和生病的兒子。半晌，我問，燕子知道我活著不？

李陽愣了一下，說，我咋能讓她知道？除了你和我，沒人知道。

我說，那怎麼也得告訴燕子啊。

李陽說，現在不行，以後慢慢對她說。女人不經事，她裝不出來，一露餡兒，錢沒了不說，窟窿也捅大了。

我想了想，還真是，萬一露餡了咋辦？三十二萬，我打短工一輩子都找不到三十二萬。

李陽又說，你先躲過這一陣，過三年兩載再回去，媳婦還是你的，兒子也還是你的，錢也有了，這樣的好事你到哪裡去找？

我望著李陽，說，好，為了三十二萬，我死一回也值得。

時間一晃就過了半年。

後來，我實在忍不住了，不但想媳婦，還想兒子，就偷偷給家裡打了個電話。電話一接通，我的心竟咚咚地跳動了起來，手也不停地顫抖。燕子問找誰？我愣了一下，忙說，燕子，是我！燕子明顯地激動了，問，你，你，你是誰？我說，我是你老公呀！我剛說完，就聽見對方啥東西「叭」的一聲掉到了地上，脆響。粗重的喘氣聲從電話裡傳了過來。

燕子說，對不起，你打錯了。我老公已經死了！說完，就掛了電話。

首次發表於二〇一二年二月二十三日《酒泉日報》。

23. 六月的陽光

六月的陽光很毒。

中午，很毒的陽光毫不留情的傾灑在大地上。林開著自己的賓士600行駛在回月亮岩的鄉村公路上。

鄉村公路年久失修，到處坑坑窪窪。林的車子行駛在上面猶如一黑色的鴨婆，一搖一擺的。

林很久沒回村了。林到城裡包工有了錢後就再也沒有回過。只是林的父母時不時進城去看望兒子。漸漸的，林的父母也不去了。村人問起，林的父母只說那小子忘了本，之後，再沒有任何的隻言片語。此時，公路越來越爛。車子也越擺越凶。林的心情也越來越壞。

前面出現了一個穿短褲的漢子。

林按了按喇叭。漢子回頭，用右手擦了一把頭上的汗水，然後朝車子招了招手。

林知道漢子想搭車。林也知道這條路上很少有車子跑。村人一看見車子就想搭個便車。

林看了看漢子，覺得有點面熟。不過，林還是沒有任何減速的跡象從漢子的身邊搖了過去。

前面又出現了一頭牛，牛背上一小孩。林猛按喇叭。牛，沒有反應，還是慢騰騰地在公路中間走著，勝似閒庭信步。

此時林打了一下方向盤，可不知咋搞的，林的車子一搖一擺的竟搖下了坎。

林爬出車子，看看斜倒在坎下的漂亮的賓士600，再看看前面還在慢騰騰行走著的牛和小孩，林心裡特別的窩火，上前狠狠地給了小孩一拳。

小孩哭著離開了。

正當林站在那裡束手無策的時候，一群帶著怒火的村民來到了林的車旁。

看見林和他的車子，大部份的村民都楞住了。

楞了一下，村民臉上的怒火瞬間就煙消雲散，馬上就是滿面笑容：呵呵，這不是林嗎？回來了？

林也認出了村民中許多是自己兒時的夥伴，但因為心疼自己的車子，林的臉上還是猶如雷火燒過一樣，沒有一點友好的神色。

看看林的臉色，一村民上前拍了拍林的肩膀，說，你小子有錢了就忘了我們，瞧不起了唻。

林厭惡地朝旁邊閃了一下肩膀，看了看太陽光下露出古銅色身軀的村民，再看看車子，眼中流露出的依然是不友好的、高高在上的神情。

一會兒，穿短褲的漢子也來到了車旁。那漢子也認出了林。

林抬頭看著村民，然後從身上掏出一個皮夾，用一種財大氣粗的口氣，朝車旁的村民說，哪些幫忙把車子掀上來我出一百元。

村民看看林，再一次的楞住了，不認識似的，再看看林手中的皮夾，誰也沒動。

一百五十元，哪些願意？沒人？兩百元，兩百五十元，林看著無動於衷的村民，不斷地加碼。

村民聚集在漢子的身後，對林露出了鄙視的目光。

三百，三百元有人幹沒得？

在林的喊叫聲中，打光胴體、穿短褲的漢子朝村民揮了揮手，說，下坎。

村民跟著那漢子，慢慢地朝車子走去。

車子在村民的號子聲中，被四平八穩地掀到了公路上。

林忙從皮夾內摸出三張一百元大鈔，遞給了帶頭的漢子。

那漢子拍了拍手上的灰土，再一次用一種鄙視的目光靜靜地盯了林幾分鐘，然後，轉身，又一次朝村民揮揮手。村民頭也不回的隨漢子齊刷刷地離去。

林拿著錢，看著村民的背影，呆立在那裡。

此時，六月很毒的陽光均勻地、不分厚薄地灑在了林和村民的身上。

首次發表於二〇〇六年五月十四日《新課程報語文導刊》。

24. 媽媽，你會打我嗎

星期天，林華帶著兒子從老師家裡出來的時候，天已經完全黑盡了。

林華每個星期天都要帶兒子去老師家裡補課。兒子讀初中一年級，成績在班上也算中等偏上。為了兒子以後能順利地考上市裡的重點高中，林華和丈夫商量後，出錢在市裡請了一位老師給兒子補課。

那天，林華帶著兒子走到樓下時，看了看滿街的霓虹燈，招手攔了輛「的士」。上車不久，林華忽然感到兒子拉了拉自己的衣角。林華轉過頭看著兒子。兒子望著林華，悄悄地說，媽媽，你看，這裡有個包。林華忙低頭一看，後排座位上靜靜地躺著一個漂亮的女式坤包。林華拿過包，拉開一看，呆住了。包裡竟是一疊嶄新的百元大鈔。林華抬頭看了一眼前面的司機。司機正在專心致志的開著車，沒注意後面的事情。林華忙把包拉上。林華跟兒子做了一個手勢，然後不動聲色的把包放進了自己的手提袋，端著身子坐在座位上，看著前方，好像啥事都沒發生似的。

兒子看著林華，一臉的驚奇。兒子忙問，媽媽，你咋把包放入了你自己的手提袋？林華愣了一下，轉過身，忙用手把兒子的嘴捂上，悄悄地說，別開腔！

兒子頭一擺，掙脫開林華的手，說，媽媽，撿到的東西要還，你咋連這都不懂。

林華的臉一下就紅了，但瞬間，又冷了下來，怒氣衝衝地朝兒子發火：你亂說些啥？兒子繼續說，我沒亂說，你就是把人家的包塞進了你自己的手提袋裡！你想占為己有！說完，兒子又轉過頭，用手拍了拍前面駕駛員的背，大聲地說，「駕駛員叔叔，有人在你計程車上丟了一個漂亮的小包，被我媽媽撿到了。」

計程車司機轉過身，瞪大眼，問，包？誰丟了包？林華忙說沒有的事，是孩子亂說，叫司機開車。說完，林華惡狠狠地看著兒子，說，不要亂說，誰撿到包了？再亂說，等會回家看我咋收拾你！

兒子低下頭，不敢看林華，嘴裡卻嘀嘀咕咕地說，你就是撿到了的，還是我發現的，你還不承認。

這時，司機把車停在了路邊，轉過頭看了看林華的兒子，問，小朋友，你媽真的撿到了包？兒子抬頭看看母親，點點頭，小聲地說，是！一個小包，很漂亮。我先看見的，就在這座位上。說完，兒子還用手指了指。

司機看著林華。林華的臉再次紅了紅。司機說，大姐，如果真的撿到了包就拿出來。

林華狠狠地瞪了兒子一眼，對司機說，是又咋樣？拿出來？拿給你？你想一個人獨吞，沒門！大不了我們平分！

司機看著林華，露出一臉鄙夷的神色，說，我不是要獨吞，我是等失主來認領。

林華嘴角一扯，發出一聲冷哼，等失主？說得好聽，誰知你是不是獨吞！

司機看林華不願意拿出小包，就說，要不然我就打110報警。司機拿出手機。林華只好極不情願地拿出了手提袋裡的小包。

車到目的地，還未停穩，林華打開車門，拖著兒子就下了車。兒子差點跌倒。兒子站在路邊，不敢走！林華轉身看著兒子，大吼一聲，快點，磨磨蹭蹭地幹啥！

兒子流著淚，露出害怕的眼神，看著林華，膽怯地說，媽媽，你會打我嗎？

林華心裡猛的震了一下，看著兒子的淚臉，慢慢地俯下了自己的身子。

首次發表於二〇〇九年一月二十二日《包頭晚報》。

25. 親吻課本的女孩

娟娟是舟曲中學的學生。娟娟是個喜歡讀書的女孩。

娟娟的學習成績很好。娟娟想一直讀到大學畢業，然後找工作，然後更好地照顧父親。

娟娟的父親年輕時因為車禍失去了雙腿。母親遠走了他鄉。娟娟一直和父親相依為命的生活。娟娟是個孝女，為了照顧父親，每天晚上總是忙到深夜才上床睡覺。

那天，娟娟剛一上床，忽然就聽到轟隆隆的一陣大響。娟娟不知發生了啥事，驚得一下就從床上坐了起來。此時，外面的雨越下越大。閃電，狂風，驚雷，暴雨。娟娟嚇呆了。片刻，娟娟反應過來，不敢拉燈，摸著黑去了父親的屋子。

娟娟剛把父親從床上扶起來，閃電一下就把屋子照得如同白晝，隨後，嘎嚓一聲，一個落地雷在娟娟的頭頂炸響。娟娟一驚，忙讓父親坐下。這時，雨驟然的又大了，象一片巨大的瀑布，從北面的山坳，橫掃著山頂上的泥土與樹木，遮天蓋地的捲了過來。雷在低低的雲層中間轟響著，震得人耳朵嗡嗡地響。

父親又咳嗽起來。娟娟不敢睡了，只好陪在父親的身邊。急驟的雨聲裡夾雜著一陣轟隆隆的大響又從遠處傳了過來。娟娟忙抱著父親。

忽然，樓搖晃得幾下，轟的一聲就倒了。樓房倒下的瞬間，娟娟睜著一雙驚恐的大眼，本能的更加緊緊地抱著父親。磚塊、泥塊、雨水，鋪天蓋地的往娟娟的身上砸。娟娟覺得自己好像被壓進了地層的深處，感到雙腿鑽心透骨地疼痛。娟娟用手一摸，發覺是一堆石塊死死地壓住了自己的雙腿。娟娟抱著父親，開始大聲地呼喊。但娟娟的喊聲，彙入風雨中，一下就消失得無影無蹤。娟娟的嗓子嘶啞了。娟娟有了一種世界末日來臨的感覺。後來，娟娟不喊了，不哭了，抱著父親，靜靜的躺在那裡。

兩天後，娟娟和父親被救了出來。娟娟永遠地失去了那雙美麗的秀腿。娟娟從醫院醒來，撫摸著自己的殘腿，心中的痛楚無法言表。但娟娟沒有流淚，娟娟的眼淚早就流乾了，娟娟只緊咬著嘴唇，靜靜地看著陪在病床邊的父親。

也是老天不開眼，娟娟的父親又失去了一隻右手。父親用左手撫摸著娟娟的臉龐，任淚水在臉上恣意地流淌。

娟娟出院那天，在當地民政部門的幫助下，拄著雙拐，背著書包來到了臨時搭建的學校。剛進校園，同學們就圍了上來，攙扶著娟娟。娟娟到教室坐下後，老師給娟娟拿來了新的課本。娟娟拿過課本，先是緊緊地貼在胸前，然後，長長地舒了一口氣，埋下頭，用嘴在那散發著油墨味的書上，不停地親吻。慢慢地，娟娟的眼中就開始了濕潤，不一會兒，就有大滴大滴的淚珠從眼中滾落。最後，娟娟坐在那裡，淚流滿面。

首次發表於二〇〇八年七月三日《新課程報語文導刊》。

26. 想洗肺的林叔

林叔下車後，走在回村的田坎上，忽然就覺得有些累了。林叔已經六十八了。林叔走到一棵樹前一屁股坐了下去。這會兒，陽光從濃濃的枝葉間滲了下來，地面就佈滿了白白的花斑。那白白的花斑飄浮在林叔的身上，一閃一閃的，晃個不停。等氣喘勻了，林叔又走，走幾步，林叔的鼻子就聳幾下，像獵犬在尋找獵物。慢慢地，淺淺的笑意，就盛滿了他臉上的每一條皺紋。

林叔的笑，從昨晚開始就這樣一直掛著。

昨晚，看電視的時候，林叔不停地咳嗽。有段時間林叔咳得都喘不過氣了。看著父親咳得那麼難受，兒子小林子忙進屋拿來草珊瑚含片。含上草珊瑚，林叔的咳嗽稍有緩解，這時，林叔忽然冒出一句話：「我這個肺有問題了，我也該洗洗肺了。」

聽了林叔的話，孫子轉身，傻愣愣地看著爺爺。媳婦停了手中打毛線的動作。大家都沒有搞清楚林叔咋會沒頭沒腦地冒出這樣的話來。孫子問：「爺爺，你是不是在做夢呀？」聽見兒子的話，小林子忙狠狠地瞪了他一眼說：「小孩子不要亂說！」

「亂說？不是嗎？醫院也只有洗胃，沒有洗肺。」孫子不服氣地說。林叔聽了，走過去摸了摸孫子的頭說：「你小子曉得啥！爺爺的肺就可以洗的。以前爺爺洗了幾十年，只有這兩年到城裡才沒洗了。」

林叔以前在生產隊負責看山、抓盜木人。林叔為生產隊看了幾十年的山。即使在包產到戶後，樹木分給了個人，林叔也還是愛到那樹林裡去走走。頭兩年林叔被兒子接進了城，才沒有了那個愛好。但林叔還是會想到以前在林子裡走動的情景。想著想著，林叔彷彿又聞到了那樹林裡淡淡的草香和花香。那絲絲縷縷的香味，帶著泥土的氣息，從鼻孔一直就洗滌到了他的肺腑。林叔有些陶醉了。陶醉了的林叔臉上就露出了微笑。

好容易熬到天亮，林叔早早吃完早飯，留了字條說要回村洗肺，便急匆匆地出了門。

林叔滿臉微笑地走在街上。朝陽很快染遍了整個城市。慢慢地，林叔看見那溫暖的光芒裡面，有微細的灰塵在上下飛揚。來往的汽車不停地按著喇叭，還噴吐出一股股濃濃的黑煙。林叔覺得自己的肺部又開始疼了，一種要咳嗽的感覺又無端地冒了上來。林叔忙緊走了起來。

回到村裡，太陽已經懸在了頭頂。林叔覺得心裡一下就舒服多了，感覺空氣中的味道和城裡就是大不相同，各種草香、泥土香忽地濃了起來。林叔不停地抽動自己的鼻翼，猶如一個癮君子。一會兒，林叔就覺得那股濃濃的香味鑽入了他的每一個毛孔，讓他從頭到腳，從外到裡，沒有一處不舒暢。

於是，林叔加快了腳步。林叔一路小跑地進了他記憶中的樹林，輕車熟路的就找到了他以前愛躺著看天的草坪。那草坪猶如一床綠色的毯子，靜靜地鋪在那裡。林叔一下就躺了下去，也不管地面潮濕與否。林叔就那樣靜靜地躺著，閉著眼睛。此時，微風吹來，清香撲鼻，叫人心曠神怡。林叔再次使勁地抽動著鼻子，讓那清新的空氣浸入自己的五臟六腑，一種久違的舒心的感覺慢慢地就浸滿了林叔的全身。

躺了一會，林叔覺得一切都是那麼的愜意，肺裡的不適早就蕩然無存，呼吸也舒暢多了。林叔起來，看看四周的那些蔥郁茂盛的樹木，走上前去，撫摸著那粗壯的樹幹，如故友重逢。那種涼涼的感覺浸入林叔的骨頭，林叔覺得好親切，好溫暖。

等小林子找到林叔的時候，已時近傍晚。此時，萬道霞光將樹林染成一片金黃。林叔閉著眼睛，靜靜地躺在草坪上。幾隻鳥兒在林叔的頭頂不停地鳴叫。

小林子走了過去。聽見腳步聲，林叔睜開了眼，看見小林子。林叔忙抬頭看看樹梢，用右手的食指壓在嘴唇上，輕輕地「噓」了一聲。小林子放輕了腳步。這時，起了一陣風，只聽樹林中發出了「嘩嘩」的響聲，彷彿是在鼓掌歡迎老朋友。風停了，一股清新的香氣浸入了小林子的身體。慢慢地，小林子也不由自主地躺在了林叔的身邊。

首次發表於《綠葉》二〇〇六年第十一期。

27. 尋找目擊者

父親出事的時候我正在上早自習。

我趕到出事地點時，看見父親躺在公路中間，嘴裡殷紅的鮮血猶如煮開的紅苕稀飯——「咕、咕、咕」地往外冒。肇事的車子早已不知去向。

當時，才早上六點多鐘，天還沒有全亮，到處都寂靜無聲，連一個人影也看不到，只有濃霧鋪天蓋地的罩下來。我把父親送到醫院一檢查，醫生說，父親被撞成了顱內出血並伴有血氣胸，生命垂危，必須馬上手術。一聽病情，我的眼淚「嘩」的一下就流了下來，忙顫抖著手在手術單上簽了字。父親推進手術室時，母親在愛人的陪同下也來到了醫院。母親看見父親的樣子，一下撲到父親身上，泣不成聲。

我和愛人忙死死地拖著母親。母親一屁股坐在了手術室的門口，一臉的淚水。

父親是晨練被撞的。父親一直喜歡鍛鍊，每天早晨都要到公路上長跑。我勸過父親多次，叫父親不要到公路上去，說公路上危險，現在的司機盡是「黃」的，開車都毛得很，叫父親注意安全。可父親不聽，父親總是樂呵呵地說，不去哪行？習慣了，一早晨不去都渾身發癢。

我說你這樣遲早要出事。

哪知道我一語成讖。父親竟真的出了事。並且這次出事最後竟要了父親的性命。父親沒有被搶救過來。

處理完父親的後事，我們就開始尋找肇事司機。我多次陪著母親到出事地點詢問當地的居民，卻沒人能說出父親出事時的具體情況。都說當時還沒起床，只是在睡夢中聽到「咣」的一聲大響，還以為是哪個的車胎爆了，就沒有出來。

鎮上的交警也立了案，也一直尋找那天的肇事司機，但幾天過去了，也是一無所獲。交警說因為父親出事的地方恰好是一個十字路口，來來往往的車子特別複雜，簡直無從查起。

後來，我又把全鎮所有的車子那天晚上的去向都摸了一下，但還是沒找到丁點有價值的線索。

我洩氣了，只好在心裡自認倒楣。可母親卻不，母親說一定要找到肇事的司機。一定要討回公道。我說，怎樣找？該問的我都問了，該查的也去查了。看母親那堅決的樣子，我又說，現在的人啦，就是知道也會說不知道，誰會告訴你？誰會惹火燒身，抓蝨子在身上爬？

母親看著我，好像不認識似的，說，這個社會哪像你想的那樣，人，還是有良心的多。

最後，母親不聽我的勸阻，竟自作主張，用硬紙板做了一個牌子，牌子上面用紅筆寫了五個大字：尋找目擊者；紅字下面詳細地介紹了父親被撞的時間、地點。

看著母親的牌子，我心裡被狠狠地震動了一下。我理解母親，但我也相信母親這樣不會有啥結果。事情已經過去了一個星期，誰還會站出來？

從此，母親每天早上吃過早飯就拿著牌子，站在父親出事的地方。

一個星期又過去了，還是音信杳無。

那天，下課後，我去接母親。走到出事的地方，看見一大群人圍在那裡，我忙走上前去。這時，我驚呆了！只見身材瘦小的母親，身著黑色上衣，雙手舉著牌子，流著淚，跪在了路邊。滿頭的白髮，在刺骨的寒風中，被吹得東倒西歪。母親就那樣靜靜地跪著，猶如一尊雕塑。

我的眼眶一下就濕潤了，淚水馬上就流了出來。我跑上前，緊緊地抱著母親，任淚水在臉上恣意地流淌。

我哭著把母親攙扶了起來。母親站起的瞬間，我發覺母親的雙腿在顫抖。我知道是母親在地上跪久了的緣故。

我蹲下身子，把母親背在背上，流著淚把母親背回了家。

我把母親放在床上，看見母親的兩個膝蓋已經紅腫。我拿過家中的正紅花油跟母親擦上。我是邊擦邊流淚。此時的母親，淚水也一直在淌。

我說母親，不要再去了，我求求您！

母親望著我，靜靜的，好久好久，母親才含淚點了點頭。

我哭著給母親蓋上被子，這時，我聽見廳裡的電話響了。我走過去接了起來。電話裡是一個陌生的聲音，問，是葛老師家嗎？我說是，請問有啥事嗎？電話裡說，你父親被撞的事我清楚。

我一聽，愣了一下，回頭看看床上的母親。瞬間，淚水就鋪滿了臉龐。

首次發表於《幽默諷刺精短小說》二〇〇九年第二期。

28. 窮鬼老五

林軍走進壩子的時候，老五正在自家的院子裡，就著花生米喝燒酒。林軍站在門口，眼看著遠處黛青色的山巒，背對著老五說，下午我要打井，你來吧！說完，也沒等老五答應，轉身就走出了老五的院壩。

老五看著林軍的背影，使勁地咽下嘴裡的花生米，然後朝著地上呸了一聲，說，屁！

老五在月亮岩村是有名的窮鬼。老五除了有一手打井的絕活外，別無長處，老五的日子就過得焉不拉嘰的，給人一種灰濛濛的感覺。而林軍則不同，林軍十多歲就跟著舅舅出去學徒，兩年不到就出息成遠近知名的修車手，眼下開個修車廠賺了大錢。林軍有錢後，每次回村，在村民中穿行時，臉上罩著的永遠是傲慢和牛氣。

平時，老五雖說窮，但最看不慣的，就是林軍的牛氣。老五覺得，不管你林軍有多出息，賺了多少錢，日子過得多麼滋潤，也不該在村人面前擺出一副牛烘烘的派頭。老五從來不買林軍的帳。那天，林軍一走，老五就想，你林軍算個鳥！老子又不是你餵的狗，你想叫老子幹啥就幹啥！沒門！老五繼續喝酒。

林軍再一次來到老五家的時候，老五還睡在床上。那時，已是第二天的上午，上山的人們早就散佈在了各自的地裡。林軍走到老五的床前。老五睡眼惺忪的起來揉了揉眼睛。林軍遞上一支煙，乜斜著看老五，問，咋了？咋天說的事不願意？老五穿好衣服，朝地上吐了一口黏痰。林軍又問，你說要多少錢？老五看看林軍，笑笑，不說。林軍掏出五張嶄新的百元大鈔，放在床頭，問，你看夠不夠？老五還是微笑著看著林軍。林軍心裡一下就火了，不知老五究竟想要多少？又從身上掏出兩百元「叭」的一聲摔在了床上。老五晃了晃手中的煙，還是沒動。老五本想說不去，但看了看林軍的表情，聲音在喉嚨口躥動了一下又被他咽了回去。林軍掏出打火機幫老五把手中的煙點燃。老五猛吸了一口。煙霧從口中吐出，一圈一圈的往空中飄散。此時，老五看見牆外的日光，一躥一躥就跳過牆頭，從窗玻璃上探進來，刺破了升到半空的煙圈。老五透過煙霧，眯縫著他那對小眼，朦朦朧朧的看了看站在面前的林軍，最後，慢吞吞地說，你回吧！我明天來！

第二天，老五早早的就來到了林軍的家裡。也沒等林軍安排，老五就在林軍的房前屋後轉了轉，然後找準地方，拿出工具，叮叮噹噹的就幹了起來。

從此，每天，林軍都會來到老五幹活的地方看看，時不時丟一支煙給老五。說來也是古怪，老五平時最看不慣林軍，背後總是罵他耍牛皮，可是，只要林軍站在他身邊，看他幹活，給他遞煙，他就不知怎麼血管裡頓時就會活躍起來，渾身頓時就有使不完的勁兒。那奇妙的感覺，就像有電一樣的東西從對方身上放出來，經過汗毛孔鑽到他的血管裡。其實，每次林軍走到面前，和以前並沒什麼兩樣，目光照舊是冷冰冰的，手叉在腰上，讓老五見了恨不能從後邊敲他一鏨子。

那段時間，天氣特別的炎熱。老五下到井底，沒有一絲風，空氣也彷彿在照射時灑了一層膠，黏膩無比。幹著幹著，老五的褲襠和大腿之間就黏糊糊的，後背上的衣衫很快濕成一片。老五全然不顧。老五幹著活，似乎有了一種上舞臺表演的感覺，手裡的活兒越玩兒得漂亮。

不久，井就打好了。

完工那天，老五走進了林軍的廠裡。林軍忙給老五點上煙。老五吸了一口煙，掏出七百元錢來放在了林軍的辦公桌上。林軍看見錢，不知老五是啥意思，傻了似的看著老五。老五笑笑，說，你是遠近知名的大廠長又咋樣？你能把壞得不能動的車修得滿街跑，但你卻不會打井！

說完，老五叨著煙，昂著頭，微笑著走出了林軍的家。

首次發表於二〇〇九年三月二十三日《鎮江日報》。

29. 捉陽光的老人

天剛濛濛亮，太陽還沒有出來，老林被妻子推著，早早的來到了村頭的松樹林邊。

老林坐在輪椅上，一臉的笑意，邊走邊吹著口哨，逗引著樹林裡那些早起的鳥兒。老林喜歡鳥兒，喜歡聽鳥兒的叫聲。老林年輕時是村裡的護林員，每天早晨天不見亮就要來到林裡。幾十年養成的習慣，老林改不了了，也不想改了。老林得病後，不當護林員了，但老林還是改不了那個習慣。

這天，妻子把老林推進林中，安頓好時，四周還沒有全亮，睡意朦朧的樹上，有不少露珠滴滴答答地在往下掉落。

妻子提著籃子，開始在旁邊挖著野菜。老林沒有兒子，也沒有女兒，一直和妻子相依為命的生活。前幾年，妻子得了哮喘，不能下地幹活，一幹就累，一累就喘，老林就一個人開始忙裡忙外，既要照管樹林，又看照顧妻子。為了醫治妻子的病，老林常常熬夜做手工，編製各種竹器賺錢貼補家用。那時，看到老林忙碌的身影，想著自己的病情，妻子的臉上，總是一臉的愁容。但老林呢，卻毫無怨言，每天的臉上，都是一片陽光燦爛的樣子。

後來，老林累倒了，中風了。開始還很輕微，後來每況愈下，最後，因無錢醫治，老林癱在了床上。

老林得病後，妻子更沒了笑容。妻子每天拖著病體，全心照顧老林。也是老天有眼，慢慢的，妻子的病卻大有好轉。妻子知道老林的心思，病情稍有好轉後就讓人給老林做了一個輪椅，每天，不管心情如何，總是天不見亮就推著老林到樹林裡逛逛。

這天，妻子挖滿一籃野菜的時候，一輪像紅寶石般的圓盤，正慢慢的從遠處的地平線上升了起來，不一會兒，整個樹林都紅彤彤的一片晃人眼目。那紅彤彤的光線飄浮在老林的身上，一閃一閃的，晃個不停。老林忙招手把妻子叫到了身邊。妻子推著輪椅，走幾步，老林的鼻子就聳幾下。走了一會兒，妻子覺得有些累了，停了下來。等氣喘勻了，妻子推著輪椅又走，慢慢的，舒心的笑意，就盛滿了老林臉上的每一條皺紋。

不久，妻子推著老林來到了林中的一個草坪。那草坪猶如一床綠色的毯子，靜靜地鋪在那裡。老林來到草坪中間，躺在輪椅上，閉著眼睛。此時，微風吹來，清香撲鼻，叫人心曠神怡。老林再次使勁地抽動著鼻子，讓那清新的空氣浸入自己的五臟六腑，一種舒心的感覺慢慢地就浸滿了老林的全身。

躺了一會，老林睜開眼，看了看四周那些蔥鬱茂盛的樹木，讓妻子把輪椅推到一棵大樹前，撫摸著那粗壯的樹幹，如故友重逢般將臉輕輕地貼了上去。

這時，太陽升高了。陽光透過樹林，篩下一些閃爍的光斑。老林看了滿面愁容的妻子一眼，伸出雙手，對著光斑，猛抓了一把，然後，把手放在胸前，慢慢地鬆開。

妻子站在旁邊，苦著臉，看著老林，一臉的疑惑。

老林朝妻子笑笑，指了指那些閃爍的光斑，說，來，和我一起捉陽光吧，你看，這些陽光多美！只要把這些陽光放進心裡，心情肯定就會像陽光一樣燦爛。

說完，老林又伸開手掌，朝著那些閃爍的光斑，猛抓了一把，然後收回緊握的拳頭，仰起臉，一臉笑意地看著妻子，拳頭再慢慢舉到妻子的胸前，緩緩鬆開……

首次發表於二〇一一年九月十五日《馬關潮》

30. 開在屋頂的蓮花

奶奶喜歡種蓮，並且還是一個種蓮的高手。每年奶奶都要在屋門前的河汊道裡種上一大片的蓮藕。奶奶種的蓮藕，花開得最豔。每天早晨，奶奶站在蓮花旁邊，看著在河裡划船的父親，總是一臉慈祥。

父親十八歲那年，接過爺爺手中的船槳，成了村裡擺渡的艄公。父親除了擺渡，平時沒事就在河中打撈那些從上游沖下來的亂七八糟的東西。特別是漲洪水的時候。父親說，那年的洪水，來得特別的突然，也來得特別的猛。洪水是半夜開始上漲的。父親睡在小屋裡，聽著轟轟的水聲，忙跑到河邊一看，洪水咆哮著鋪天蓋地從上游沖了下來。

父親驚呆了，反應過來，忙回屋叫醒了奶奶。那時，沒有電話，也沒有手機。奶奶起床後，父親和奶奶分頭跑向村裡，一家一家地敲開了村裡所有的房門。

洪水越來越大，怒吼著，奔騰著，竄進了屋裡。

父親和奶奶開始不停地往山上搬東西。搬了一會兒，奶奶忽然想起了隊裡堆放在河邊倉庫裡的玉米。倉庫肯定早就進水了。那可是全隊的口糧。在一個吃不飽飯的年代，糧食就顯得特別的珍貴。奶奶忙叫父親把船划到倉庫搬玉米。

父親一走，洪水更是發了瘋似地狂湧。不一會兒，屋裡的東西就全漂在了水上。奶奶只好爬到了堆柴的樓上。

父親趕到倉庫，把船靠過去，隊裡的青壯年一下就圍了上來。大家踩著水，七手八腳地把玉米往父親的船上搬。裝了幾船，洪水越來越大。父親的心裡掛念著奶奶，又把船往家裡划。回到家裡，洪水已經淹沒了柴樓。奶奶坐在了房頂。奶奶看見父親，忙問搬完了嗎？父親說還沒！我想先把你送上山。

奶奶眉毛一豎，瞪著父親說，亂彈琴，快去！搬完了再來。我沒事。

父親看了一眼坐在房頂上的奶奶，不敢吭聲，只好又把船划了回去。

裝最後一船的時候，父親耍了一個心眼。

父親看著那一麻袋一麻袋脹鼓鼓的玉米，心裡格登一聲脆響，饑餓感突然就冒了上來。父親划到半路，看看左右無人，把船停了下來。父親在船上找出一截繩子，把兩麻袋玉米偷偷地用繩子拴住，吊在了船的底部。

一切收拾好後，父親把船慢悠悠地划到了隊上堆糧的地方。

隊長叫人把船上的玉米全部搬完後，父親提著的心放了下來，帶著一臉的得意和欣喜，划著船急慌慌地就往家裡趕。

父親回家的時候，奶奶還在屋頂上靜靜地坐著。父親上前扶著奶奶。奶奶眼望著船舷，剛要抬腿，一下就停住了。

奶奶看著父親，問，兒子，你的船咋了？

父親說，沒咋！

奶奶冷哼一聲，說，沒咋?!你說，下面吊著啥東西?

父親知道瞞不住奶奶，低下頭，不敢看奶奶。

奶奶一屁股又坐回了屋頂。奶奶坐在那裡，兩眼望著滔滔的洪水，不說話。

父親只好吱吱唔唔地說出了船底的秘密。

奶奶長歎了一口氣，說，兒子，你咋幹出這樣的傻事?那可是隊上的糧食。你不送回去，我今天就不走了！

父親看著奶奶，不知所措。

奶奶沒有再看父親一眼，端端正正地盤腿坐在了屋頂上。濤濤的黃水順著房檐流過時，奶奶像一朵開放在屋頂的聖潔的蓮花。

父親紅著臉，調轉船頭，邊划船邊掉頭看著坐在屋頂的奶奶。

船走遠了。

洪水越來越大。

突然一個大浪湧來，轟隆一聲，房架垮了，屋頂上的奶奶掉進了河裡。父親大喊了一聲媽，手忙腳亂地把船又划了回去。但由於船底玉米的緣故，父親的船划得緩慢了許多。父親趕到時，奶奶不見了蹤影。

父親流著淚，在那裡不停地划動，不停地尋找。

洪水無情地湧動著，往下游狂奔而去。

父親抱著頭，痛哭了起來。

從此，奶奶那蓮花般聖潔的形象，就一直開在了父親的心裡。

首次發表於《青春》二〇一一年第六期

31. 瘸子李二

早晨，天上的星星還沒有閉上眼睛，村裡的癩三就偷偷摸摸地走進了李二的家裡。癩三是個無賴，整天東家長、西家短的說著村裡人的閒話。這天，癩三進屋把消息丟給李二後，李二的一張馬臉，頓時就成了過夜的白菜幫子。癩三的消息，就像一把帶鉤的刀子，將李二那本已傷痕累累的心，又扭成了血淋淋的一團爛肉。

許久，李二壓住滿腔的痛苦，抬起身子，給老葛打了一個電話。李二讓老葛過來陪他喝喝酒。老葛是村裡的單身漢，李二最好的哥們。原先，李二和老葛都是石匠。一次開山爆石後，李二不但成了瘸子，還成了一個沒用的男人。從此，老葛有事沒事都要抽時間來李二的屋裡坐坐，幫李二的愛人幹這幹那。李二的家，慢慢的又有了起色。李二從心裡感激老葛，平時沒事就讓老葛陪他喝幾杯。

那天，老葛走進李二家的時候，李二的愛人已經把酒菜端上了桌子。愛人在鎮上做生意，每天中午都要回家做飯。老葛坐到李二面前。李二看了一眼老葛，在心底輕輕地歎了一口氣，說，老葛啊，咱哥們兒有緣，打我成了廢人，你從沒嫌棄過我，隔三差五來幫我的忙，來陪我，就是一個娘的親兄弟也沒有像你待我這麼好過。說完，又看了一眼老葛。

老葛不知李二葫蘆裡裝的啥藥，忙呵呵笑了笑，起身，拍了拍李二的肩膀，說，你我哥們說這些幹啥。

李二不自然地扭了一下身子，叫愛人把小飯桌搬到了床邊。

喝酒的時候，李二很少說話，只是時不時地看老葛一眼，然後端起杯子，不停地喝著悶酒。喝著喝著，李二彷彿又看見了那把捅向心口的刀子。李二覺得那把刀子，深深地扎進了自己的心口，之後，一串殷紅殷紅的鮮血，從自己的身體裡噴濺了出來，濺在了他的眼前，濺在了他的酒杯裡。李二心裡的疼痛慢慢地復甦了起來。李二端起杯子，一口喝乾了杯子裡的酒。

看著李二喝酒的樣子，老葛皺了皺眉頭，心裡開始了狐疑。老葛知道，李二的心中，肯定有啥心事。老葛一臉茫然地看著李二。

此時，李二的愛人也愣在了旁邊，抓過李二手中的杯子說，你咋了？別喝了！

李二身子一抬，看著愛人，忽的一下搶過杯子，兇暴地吼道，滾！這裡沒你的事！吼完，又拿過瓶子，滿滿地倒了一杯，又自顧自地倒入了嘴中，然後把杯子重重地往桌上一放，瞪著充血的眼睛，再一次朝愛人吼道，滾！

愛人看著李二，含著委屈的淚水，默默地退了出去。

這時，李二看看老葛，狠了狠心，又從床底拿出了一瓶酒。李二顫抖著手，把酒給老葛倒上，又問，老葛，你說我們是不是哥們？

老葛望著李二，肯定地說，是哥們，肯定是哥們！

李二盯著老葛，含糊不清地說，哥，哥，哥們，好，不錯，哥們！

李二一臉的悲苦，許久，端起面前的酒杯，說，來，我倆哥們，最後再乾一杯！

老葛端起酒杯，和李二碰了碰。誰知，老葛剛把酒杯端到嘴邊，李二忽一下抬起手把酒杯打在了地上。那酒倒在地上，竟騰起一股白煙。

老葛愣在那裡。

李二趴在小飯桌上，感覺堵在心口的東西一下就躥了出來，忙雙手抓住桌邊，像一個迷路的孩子，肩膀一抽一抽地哭泣。

老葛忙扶著李二，說，哥們，有啥心事？說出來，看我能不能幫你？

這時，李二抬起頭，一臉的淚水，朝老葛吼，你也滾！你他媽也給老子滾！滾得越遠越好！

晚上，愛人回家時，看見李二的床上放著一張紙條。愛人拿起一看，那紙條竟是李二簽好了字的離婚協議書。愛人看著紙條，一臉茫然，不知李二是啥意思。而此時，李二早已不知去向。

首次發表於《幽默諷刺精短小說》二〇一〇年第六期

32. 雨中的男孩

春鰍夏鱔冬至狗。老天爺也知道這幾天該吃狗肉了，天氣驟然的就冷了下來。

晚上，坐在值班室裡，看著窗外紛紛揚揚的細雨，同事們想吃狗肉的念頭一下就活蹦亂跳地冒了出來。有了念頭，事情的進展往往就進行得比較迅速。第二天，我和一位同事去了山下。誰知，我們走了幾戶農家，卻一直沒有結果。我們知道，餵大一條狗不容易，農民和狗早已有了感情，不是有特別緊要的事情，誰也捨不得賣。但我們不死心，繼續在村裡尋找。

又走了幾戶農家，終於，在最偏遠的一戶裡，我們看見了一條壯實的本地土狗。那土狗的樣子，特別惹人喜歡。我們找到狗的主人。主人是一個老實巴交的農民，大約四十歲左右，但一臉的皺紋，卻跟樹杈子沒了兩樣。當我們上前說明來意，農民的頭立馬就搖得像撥浪鼓。可是，當我說了一個平時我連想也不敢想的價錢時，農民的臉上，先是一愣，隨後看了看屋裡，慢慢的，竟有了一絲紅亮。順著農民的目光，我們看見屋裡的床上躺著一位面容憔悴的婦女。那婦女乾生生的臉上，沒有一點兒肌膚應有的光澤。看見那絲紅亮，我知道農民的心動了。看來還是錢能通神。我溢出了一絲不易察覺的微笑。

片刻後，農民再次看了一眼床上躺著的婦女，取下嘴裡含著的葉子煙桿，朝地上吐了一泡口水，然後走到了拴狗的柱子前。

我接過拴狗的繩子時，農民的兒子放學走進了院子。農民的兒子十歲左右，雖說穿得有點破爛，但卻是一個長得很陽光的小男孩。

男孩聽說我要買狗，一下呆住了。男孩反應過來，蹲下身子，一把抱著狗，嘴裡大喊著不賣不賣！農民的身子僵了僵，也慢慢地蹲下去。農民在男孩的耳邊不停地說著什麼。男孩雙手抱著狗，瞬間，一串淚珠，就在男孩的臉上，落雨一樣地婆娑了起來。

面對著男孩的淚水，我和同事愣在那裡，不知所措。

那天，我和同事牽著狗上山時，誰也沒說話。

回到站裡，看見狗，站裡的同事全歡呼雀躍了起來，整個小站一下就煥發了生機。我把狗拴在廚房門口，一個人悄悄地回了宿舍。

誰知，吃過晚飯，同事跑來說，狗不見了！我一聽，翻身起床，到拴狗的地方一看，狗是扯斷繩子跑的。看見那扯斷的繩子，我知道，狗肯定又跑回去了。狗是通靈性的，認識路。

此時，外面的雨，忽然大了起來。

回到值班室，聽著越來越大的雨聲，想到丟失的狗，同事們開始了互相埋怨。我靜靜地坐在那裡，沒說話，腦中閃現的，還是小男孩抱著狗流淚的樣子。我聆聽著雨聲，望著門外，眼眶裡慢慢的開始了濕潤。

忽然，門外傳來了汪汪的兩聲狗叫。我心裡一驚，忙出門一看。上午的男孩，牽著狗，靜靜地站在門口，渾身早已被雨水淋得透濕。

男孩看見我，臉上露出一絲憨厚的笑容，說，叔叔，你們買的狗又跑回了我家，我爸叫我給你們送上來。說完，男孩把手中的繩子遞到了我的面前。

我站在那裡，傻了似的，目光虛虛的不敢去碰男孩的眼睛，心裡的愧疚軟軟地堵著，就像泡了水的豆子，脹脹的透不過氣來。好一會兒，反應過來，我忙叫男孩進屋坐坐。

男孩把繩子塞到我手中後，抹了一把臉上的雨水，說聲不坐了，轉過身，光著頭，走入雨中。

看著男孩的背影，屋裡的同事全愣在了那裡，誰也不說話，靜靜地目送著男孩，目光裡袒露的，全是內疚與心疼。

第二天，殺狗的師傅上山時，狗，早已不知了去向。

首次發表於《小小說月刊》二〇一〇年第一期

33. 蛇醫

蛇醫本名叫林仙兒，高中畢業回村，不務正業，整天朝鎮政府跑，想撈個一官半職，跑了幾年沒有結果。後來，不知又跑到哪裡跟人學了一套捉蛇的本領，每天穿得伸伸抖抖的，一手提編織袋，一手拿支笛子，在村裡東遊西逛，專捉蛇賣。

這林仙兒捉蛇確是高手。他只要在你房前屋後轉一轉，就知道你房前屋後有多少條蛇。不過，最絕的是，他只要把手中的笛子放在嘴裡一吹，方圓五十米之內的蛇就會隨著他的音樂，從洞裡爬出來，慢慢地聚集在他的身邊，隨著音樂的節拍，翩翩起舞。林仙兒引蛇出洞的時候，吹的都是抒情的旋律，等蛇全部聚集到了身邊，旋律慢慢地就會變成舒緩的小夜曲。那些蛇也就在小夜曲的催眠作用下，慢慢地低下高昂的頭，靜靜地趴在地上，彷彿進入了冬眠。此時，林仙兒就會邊吹笛子邊在地上撿起兩條有毒蛇放入編織袋。

林仙兒扎緊編織袋口子後，笛子的旋律馬上就高昂、激越了起來。地上的蛇在高昂、激越的旋律中，全都抬起了頭，看看林仙兒，又順著各自的來路爬了回去。此時，林仙兒越吹越急，蛇也越爬越快，一會，就不見了蹤影。

林仙兒不但捉蛇是高手，治蛇咬傷也是高手。

他治蛇咬傷與別人不同。不管咬得多狠，腫得多凶，他都不會急於敷藥。他總是慢條斯理地用他特製的洗液洗去傷口上的污穢與血跡，然後叫病人的家屬用嘴對著傷口，吮吸出體內的毒液，等吮吸出的血液完全變紅了的時候，再敷上他那用嘴嚼爛的草藥。再重的病人，回家後，往往不到半個月就會完全康復。

林仙兒治蛇咬傷的名氣也就越來越大。

不過，名氣大了，脾氣也就怪。林仙兒自己就從不為病人吮吸毒液，他一定要叫病人的家屬吮吸。如果病人的家屬不在，傳書帶信的，他都會等到病人家屬來吮吸出毒液後再敷藥。不管你病人痛得死去活來，也不管毒液漫延到了身體的哪個部位。

但事情往往也有例外。

一天晚上，林仙兒正在家看電視。一陣旋風裹挾著一個大男人撞進了屋裡。林仙兒一看，竟是自己高中時的好朋友、鐵哥們李林。李林是鎮長。林仙兒以前想在鎮裡蒙點事幹，曾找過他多次。

此時，氣喘噓噓的李林懷裡抱著一個小男孩。看見林仙兒，忙說：「快！哥們，快看看。我兒子被蛇咬了！」

林仙兒想起了回鄉後幾次找李林的情景。

林仙兒伏下身子看了看傷口，搖了搖頭，臉色變得越來越凝重。林仙兒拿出洗液，輕輕地擦洗著傷口。邊洗，頭也邊搖。臉色也越來越不好看。

李林在旁邊瞧著林仙兒不停地搖頭，不知為何？心裡面猶如貓爪在抓，忙問：「哥們，如何？是不是很嚴重？」

林仙兒沒有回答，只抬頭看了看李林，之後，伏下身用嘴對著傷口吮吸了起來。

看著林仙兒破例為自己的兒子吮吸，李林特別感動。

吮吸了半個小時左右，林仙兒看了看傷口，抬起頭，長長的、如釋重負的歎了口氣。敷上藥，林仙兒才終於露出了一絲笑容，對李林說：「哥們，沒事了。等不到半個月，就會還你一個活蹦亂跳的兒子。」

李林走後，林仙兒的老婆說：「今天真是太陽從西邊出來了。」

林仙兒朝著老婆笑笑，說：「你懂個屁！如果我不給他兒子吸，就只能說明我和他李林只是一般關係。我這一吸，就是要告訴他，我還是他的鐵哥們，在我心目中，他始終是我林仙兒的朋友！他以前不認我這個朋友我不管，我現在就是要讓他以後認我這個朋友！」

老婆又說：「你邊吸邊搖頭，是不是因為毒性大，嚴重，不好醫治。」

林仙兒又笑，說：「屁！我脖子有點發癢，不舒服。你說有毒，有屁的毒！一條無毒蛇咬的，兩排齊嶄嶄的牙印，醫不醫都無所謂。」

首次發表於二〇〇八年三月五日《新課程報語文導刊》

34. 葉子的幸福

葉子住在月亮岩村，是老葛的女兒。月亮岩村是一個很偏僻很窮的鄉村，距最近的鄉鎮也有二十多里。

葉子家養了五隻兔子，是葉子養的。葉子讀初中二年級，學習成績很好，是班長。每天回到家，葉子的第一件事就是餵兔子。葉子拿出剛打的兔草，均勻地撒在籠子裡。五隻兔子用嘴不停地拱著嫩嫩的青草，嘴邊的鬍鬚不停地顫動，紅紅的眼睛還一眨一眨地，間或還向上一輪，調皮地看一眼葉子。看著兔子的調皮樣子，葉子的煩惱也就一掃而去。

其實，葉子的煩惱不是因為學習，而是因為生活。葉子家窮，還差著學校伙食團的生活費。葉子沒住校，每天中午在學校吃一頓。養這五隻兔子就是為了交生活費。只有交清了生活費，葉子才能安心地繼續讀書。葉子很喜歡讀書。因為她知道只有讀書才能有出息，才能摘掉家裡的窮帽。葉子養兔子就特別的用心。五隻兔子好像也知道葉子的心事，一路順風順水地長大，從沒有磕磕拌拌。看著五隻歡蹦亂跳的兔子，葉子的心裡，總有一股幸福的暖流在蕩漾。

一天，很少上門的村主任主動走進了葉子的家。村主任也姓葛，是葉子的一個叔伯。月亮岩村的人都姓葛，是一個祖宗。村主任上門是讓葉子的父親捐款。說經過村委會和幾個村民代表研究，為了全村人的幸福，村裡決定修一修村裡的祖墳，說修建款由全村人集資，說通過預算，先每戶收取一百元，以後工程完後多退少補。村主任抽著葉子煙，邊說邊吞吐著煙霧。屋子裡不一會兒就彌漫了葉子煙的味道。葉子的父親不停地咳嗽。村主任看了葉子的父親一眼，又說了該工程的重要性和必要性，說我們不能忘祖，說為了子孫後代的幸福，我們每一戶姓葛的家庭都應該鼎力支持。

葉子的父親看著村主任一臉的正經，不得不朝村主任點了點頭，但看著家徒四壁的屋子，搖搖頭，對村主任露出了一臉的苦笑。

村主任看了看葉子的家，感到確實沒有多少油水，誰知，剛想走，「吱吱吱」的兔子叫聲又扯回了村主任的腳步。村主任轉過身，走到兔籠前，看見五隻潔白如雪的兔子在籠子裡不停地蹦跳，臉上立馬就有了喜色，心裡也有了主意。忙把葉子的父親拍到旁邊，抬起右手，嘴湊到他耳邊，一陣耳語。

聽完，葉子的父親徹底的愣住了，反應過來，不停地擺手，說，不行！不行！我女兒回來我怎麼給她說。

村主任說，全村人都要交，不可能你一個人特殊，你自己想想嘛！這既是對先人的尊敬，又是對後人造福的事情，你不支持咋行？村主任邊說邊走。

看著村主任離去的背影，葉子的父親感到一片茫然，再看看籠子裡的五隻兔子，心裡慢慢地就冷了下去。

第二天，葉子放學回家，不見了兔子，問父親。父親只好一五一十地說了。葉子聽後，看著空蕩蕩的兔籠，眼睛濕潤了，慢慢的眼睛裡就成了兩汪湖泊，一會兒湖裡的水開始了外溢，先是順著鼻翼兩側往下掉，掉了一會就變成了斷線的珍珠，直接從眼眶裡往下落。哭夠了，葉子雙手抓著父親，不依不饒，叫父親還她的兔子。

看著女兒滿臉的淚痕，父親的心裡也不好受，眼睛也濕潤了，只輕輕地擁著女兒，不停地呢喃著，安慰著女兒。也把村主任那些不能忘祖且帶來一生幸福的話給女兒學說了一遍。

葉子抬頭望著父親，不停地抽泣。

幾天後，村裡的工程終於動工了。全村的人都積極地投工投勞。葉子的父親也自覺的投身其中。

不多日，工程順利竣工——只見一座修造一新、巍峨挺拔的葛家祖墳高高地聳立在葛家墳壩。墳前兩塊嶄新石碑向世人昭示著葛家列祖列宗的功績。

從此，葉子的生活費不交了，因為葉子中午也不在學校吃飯了。葉子每天中午放學後都是小跑著回到家，吃完飯又忙跑回學校，就這樣，葉子還常常遲到。因為葉子的家距學校實在是太遠了。

葉子的臉上，漸漸的沒了笑容。葉子再也找不到了那種幸福的感覺。每天放學回家，站在祖墳前，看著紙錢飄飛的祖墳，葉子的心裡，始終想不明白，為啥這些睡在泥土裡的人會給她帶來一生的幸福。

首次發表於二〇〇七年四月八日《新課程報語文導刊》

35. 你究竟想要啥

早晨，天還沒有全亮，老林就挑著一擔新鮮蔬菜出了門。

老林是一個菜農，每天上午都要到鎮上賣菜。老林有一個讀大學的兒子，每年光學費就是一萬多。為了掙夠兒子的學費，老林和妻子總是起早摸黑地在田地裡忙碌，但家裡的經濟還是一直捉襟見肘，顯得特別的拮据。

但老林卻毫無怨言，每天還是樂呵呵地過著日子。

這天，老林走出門，四周黑漆漆的連一個人影也看不到，只有濃霧鋪天蓋地往下罩。老林抽了抽鼻子，挑著菜，摸著黑深一腳淺一腳地往鎮上走。走過幾段泥濘，老林終於走上了通往鎮上的公路。

走上公路，老林鬆了一口氣，覺得肩上的擔子一下就輕鬆多了。老林的心情開朗了起來，邊走邊吹起了口哨。此時，天已經完全亮開了。路上也有了稀稀拉拉的行人。霧越來越大。老林的步子加快了。

老林走到一房子前，忽然從房裡竄出了一條黃色的土狗。黃狗衝到老林面前，朝著老林狂吠了起來。老林一驚，本能地往旁邊一閃，躲過黃狗，並朝黃狗大吼了一聲。黃狗停在路中，並沒有退去的意思，看著老林，還是不停地狂吠。
這時，一輛帕薩特轎車像喝醉了酒的醉鬼，亮著燈，搖搖晃晃地從老林的身後開了過來。由於霧大，車子衝到近前司機才看見了路中的土狗。司機一慌神，忙猛打方向盤。轎車避開黃狗，向老林衝了過來。老林愣了一下，再次往旁邊一閃。但老林沒有閃開車子。車子掛著老林肩上的擔子，一下把老林掛在了地上。
老林躺在公路上。轎車停了下來。趕集的人們停下了腳步。看著被掛倒在地的老林和老林的菜擔，一個小夥子走到轎車前，拍打著轎車的窗玻璃。
司機搖下車窗，伸出腦袋，看了看地上的老林，沒說話，掏出皮夾，從裡面拿出兩張百元大鈔，丟在了地上。
小夥子一愣，一把拉開車門，把司機從車上拉了下來。
小夥子把司機拉到老林的面前。老林抬頭看了一眼司機。司機是一個胖胖的中年人，腆著一個啤酒肚，毫無表情地站在那裡。老林垂下眼瞼，看了一眼地上的鈔票，然後抬頭看著那些撒了一地的蔬菜，搖了搖頭。
看著老林的樣子，圍觀的人們開始七嘴八舌地譴責司機。
司機站在那裡，想了想，可能覺得有點理虧，嘴裡哼了一聲，又從皮夾裡拿出兩百元，丟在地上，還是沒說話。
老林頭也沒抬，繼續坐在那裡，不理。
人們猜測，老林肯定是認為錢太少了，於是，都幫老林說話，說現在哪有幾百元錢就打發了的事情？出個車禍，再不賠都是上千元，說那司機也太小氣了。說完，大家又走到老林的面前，問老林是不是傷到哪裡了？要不要司機送他到醫院去檢查一下？

老林搖搖頭，對大家說沒事，只是跌倒了而已。

司機聽老林說沒事，臉上的表情又得意了起來，哼了一聲，一臉的不屑，又拿出四百元錢，遞給了老林。

老林看著司機，再看看司機手中的錢，冷笑一聲，還是沒接。

司機沒撤了，最後，狠狠心，掏出十張嶄新的百元大鈔，不管老林要不要，再次丟在地上，轉身就往車上走。

司機剛上車，老林忽一下站了起來，衝到車前，一屁股又坐了下去。

司機冒火了，跳下車，來到老林面前，氣衝衝地說，你要咋樣？究竟要多少錢？你說！

老林看了看司機，看了看自己摔爛的菜擔子，搖搖頭，說，我不要錢！

司機一愣，變了變臉色，還是一臉怒氣，又問，那你說你究竟想要啥？說！老子今天賠你就是！

老林看著司機，說，我啥都不要，就等你給我說聲對不起。

老林一說完，司機徹底愣在了那裡，臉一下就紅了。圍觀的人群裡，竟劈劈啪啪地響起了掌聲。

首次發表於《幽默諷刺精短小說》二〇一二年第一期

36. 醉鬼老葛

老葛是村裡出名的醉鬼。

老葛喜歡喝酒，幾乎每天都喝。老葛年輕時不但煙酒不沾，並且人也長得帥氣，是周圍有名的帥小夥。就因為有那些優點，老葛戀愛的時候就有點挑剔。最後，老葛還真的找到了一個百裡挑一的美人。結婚那天，看著自己的愛人，老葛比喝了酒還醉，一張臉早就醉成了一團金絲。婚後，夫妻倆人相敬如賓，處處互相照顧，讓村裡的鄰居羨慕不已。老葛呢，看著如花的愛人，也覺得日子好像掉進了蜜罐，整天都有一種甜絲絲的感覺。

但事情卻不盡如人意，結婚幾年，愛人的肚子一直沒有起色。老葛的心裡開始不是滋味。不過，那時的老葛還沒有開始喝酒。老葛那時想的是如何傳宗接代。老葛是一脈單傳。父母、鄰居的閒話不時灌進老葛的耳中。於是，老葛四處打聽各種偏方。那幾年，老葛的家裡每天飄蕩著的全是一股中藥的味道。老葛三十歲那年，愛人的肚子終於大了起來。但誰也沒想到的是，這時，老葛卻開始了喝酒，並且一喝就醉，一醉就罵人。老葛主要是罵愛人。兒子出生後，老葛又開始罵兒子。

老葛不但罵人，還要摔東西。鄰居們只要一聽到老葛家裡有劈哩啪啦的聲音，就知道老葛又喝醉了，又在罵人摔東西。每次摔完東西，老葛就醉成了一灘爛泥。看著老葛的樣子，愛人的眼中盈滿了淚水。愛人把老葛扶到床上，默不作聲地把熱水端到床前，慢慢地給老葛擦洗。洗完，愛人給老葛蓋上被子，然後，含著淚水，不聲不響的去收拾剛才摔碎的東西。

老葛就這樣醉，這樣罵，一直罵到兒子高中畢業考上了大學。

兒子拿到大學錄取通知書那天，老葛去鎮上買了一瓶「旭水大麯」，切了半斤豬頭肉。回家時，老葛順便去村裡叫上了村長老王。

老葛和老王走在路上的時候，村人都覺得有點稀奇。雖說兒子考上了大學應該慶賀，但叫上老王卻有點出乎大家的意料。鄰居們都知道，老葛平時喝酒都是一個人，並且老葛和老王的關係一直不好，每次看見老王，老葛都沒有好臉色。

那天，老王隨著老葛進屋的時候，老葛愛人的臉紅了一下，接過老葛手中的豬頭肉，轉過身就去了廚房。不一會，愛人就不聲不響地把碗筷、酒杯擺上了桌子。那天，老葛的話特多，酒也喝得急，還不到半小時，一瓶「旭水大麯」就見了底，老葛忙喊愛人又拿出了平時喝的火酒。老王見老葛已經有了醉意，就說別喝了，再喝就要醉了。老葛瞪著一雙醉眼，看著老王，口水懸吊吊地在嘴邊吊著，含混不清的說，你給老子少來，今天老子就要喝個痛快。老子今天終於可以解放了。

說完，老葛又倒了一滿杯。老葛端著杯子，搖搖晃晃地站起來，把酒杯遞到老王的面前，說，老王，你這個龜孫子，來，喝，你不喝就是孬種。老王看著老葛的眼神，忙說你喝醉了，不能再喝了。並順手把酒瓶子拿過來放在了自己的背後。老葛搖晃著身子，一仰脖子，把手中的一杯火酒又倒進了嘴中。剛一喝完，「叭」的一聲，老葛一下就摔倒在了桌子底下，一張臉醉得像關公。老王一看老葛的樣子，慌了，忙喊來老葛的愛人，兩人立馬就把老葛送到了鎮醫院。醫生一看，老葛的瞳孔已經放大，醫生搖搖頭，醫生說是因為興奮過度再加上酒精中毒。

老葛終於閉上了他那雙醉眼。

愛人含著淚為老葛處理後事。老王也跑前跑後地幫忙。有了老王出面，老葛的喪事還算辦得比較隆重。

到了燒靈房那天，愛人去了老葛住的房間。愛人已十多年沒有踏入過了。有了兒子後，老葛一直單獨住一間屋。

愛人默默地收拾著老葛生前用過的東西。愛人掀開老葛平時睡覺的枕頭，忽然看見枕頭下有十幾個筆記本。愛人感到有點奇怪，滿腹狐疑地翻開。愛人一看筆記本裡的內容，呆呆地站在那裡，猶如傻子一般。瞬間，淚水鋪天蓋地淌了下來。

那些筆記本裡，每頁紙上都寫著四個大字：我要離婚！

首次發表於《短小說》二〇〇九年第二期

37. 生日

清晨，天還沒有亮，老林早早地就起了床。

今天是老林的生日，老林本想好好地在家休息一天，但想著兒子昨晚說的事，老林歎口氣，早飯都沒吃，拖著架車就去了車站。

昨晚，吃飯的時候，兒子對老林說又要交一百元錢，說是學校要統一買資料。兒子在鎮上讀初三，正是用錢的時候。

老林和妻子前段時間都下了崗。下崗後，老林和妻子四處找工作也未能如願。沒辦法，老林只好到汽車站當了一名下苦力的搬動工。

那天，老林來到車站，天空還矇矇矓矓的一片混沌。老林坐在車站門口的欄杆上，苦苦地望著來來往往的行人。誰知，老林守了半天，卻一直沒有找到活幹。

時近中午，車站開始了冷清。老林歎了一口氣，站起身，揉了揉酸麻的雙腿，苦著臉，拖著架車慢慢地朝家裡走。

走出車站，老林看見前面的十字路口圍了一大群人。老林不知發生了啥事，忙幾步走了過去。

老林走近一看，原來是兩個年輕人在吵架。老林站在旁邊靜靜地聽。聽了一會兒，老林聽出了一些眉目。聽出了眉目的老林，心裡面竟一下有了莫名的衝動與興奮。

老林擠了進去。

老林帶著一臉的喜氣回到家時，家裡面卻冷清清的沒有一個人影。老林知道，妻子賣菜還沒有回來。老林看了看冷清清的屋子，露出一絲苦笑。老林開始淘米、生火、做飯。

飯做好，妻子回來了。老林和妻子坐在屋裡等著兒子。後來，兒子回來了。吃飯的時候，老林從身上摸出一張嶄新的百元大鈔交給了兒子。

看著那張百元大鈔，妻子吃驚地望著老林。老林知道妻子眼裡的意思，傻傻地笑了一下，說，其實，今天的生意一點不好。妻子問，那你的錢哪來的？借的？老林說，不是借的。說完，老林埋下了頭。妻子更是一臉的狐疑，望著老林。這時，老林紅著臉，好半天，低聲地說，今天運氣好，回家的路上看到兩個年輕人吵架，原來是男的騎自行車把女的掛倒了，衣服也掛爛了，男的拿出一百元陪給女的，女的不要，說她不要錢只想抽男的兩耳光，男的就問有哪位願意幫他挨耳光，他出一百元。老林說到這裡又看了看妻子，你說怪不怪，錢都有人不要，只想去抽別人的耳光，不知道那女娃子是咋個想的？

聽到這裡，妻子的心中，有了某種預感，忙問，你就？

老林朝妻子嘿嘿一笑，說，你想想，一百元我要拖多少天架車。

妻子摸著老林那紅腫的臉，眼裡開始了酸楚。妻子一把抱著老林。

這時，站在旁邊的兒子，一下就呆住了。好一會兒，兒子把手中的錢雙手交給老林，說，爸，你拿著，我不買資料了，也不想讀書了。說完，兒子「咚」的一聲跪在了老林的面前，淚流滿面。

老林呼地一下站了起來，走到兒子的面前，問，你說啥？不買資料了？不想讀書了？你？老林氣得牙巴緊咬，呼哧呼哧地出氣。

此時，誰也沒想到，兒子抬起手，狠狠地抽了自己一耳光，說，對不起，爸，兒子騙了你，兒子要錢不是買資料，而是給同學過生日！

聽兒子說完，老林是徹底地呆住了。老林一下想起了今天也是自己的生日。老林感到挨了一耳光的臉，竟火辣辣地痛了起來。

首次發表於二〇一〇年十月九日《潁州晚報》

第四輯

官場‧職場篇

1. 都是填表惹的禍

下班的時候，內科的老王拿著一疊門診病歷登記表回了家。為了迎接市創建衛生城市檢查團的檢查，醫院要求每個醫生補填一百份該醫院二〇〇二年至二〇〇五年的門診病歷登記表。

吃過晚飯，老王剛填了幾頁表格，就接到了一朋友的電話。朋友說，家裡來了客人，現在「三缺一」，叫老王一定要過去陪陪。老王看看面前的表格，本不想去，但又覺得朋友的盛情難卻，想了想，覺得這些走形式的東西反正也是糊弄人的，就把自己讀小學的兒子叫到面前，讓他照著自己前面填的幫忙填一下，並告訴他說，只是名字要經常變。

兒子看了看錶，問，填哪些人的名字？

老王此時已經走到門口，頭也沒回，說，隨在亂填，你想填哪個就填哪個。你懶得想名字就填你熟悉的噻。

兒子聽完，想了想，照著老王前面填的依樣畫葫蘆，沒用多長時間就填完了。不過，表格上的名字不是老師就是同學，但讓人沒有想到的是表上填得最多的卻是老王他們醫院的院長。

老王打牌之後，回家已經很晚，加上輸了錢，心裡面就有點不舒服，連腳都沒洗就上床睡了。

第二天上班，老王看都沒看就將表格交了上去。

到了中午，市創衛檢查團蒞臨醫院檢查了各種軟硬體設施，特別仔細地抽查了醫院的各項資料、記錄。

事有湊巧，檢查團抽查近三年醫院門診病歷記錄的時候就抽到了老王叫兒子填的。

檢查團的人看見大部分都是院長的名字，就感到有點奇怪，就把主治醫生老王找到面前，問，這是你們院長還是另有其人？

老王看了看表格，知道兒子填的就是院長，因為兒子說過他最恨院長了，經常叫老王加班，星期六、星期天也沒有時間陪陪兒子。兒子的意思老王也懂，就想院長生病，生大病。

如果老王當時說另有其人，事情的發展或許就會是另一個樣子。

但老王看見表格的時候不知咋的，腦殼卻一時短了路，想都沒想就說，是的，是的，就是我們院長。

檢查團的人一聽，「咦」了一聲，露出令人不可捉摸的表情，說，哦，原來還不知道院長一直帶病堅持工作。難得。難得。

老王也不知道檢查團的人是表揚院長還是其他。看看他們又埋頭翻另外的門診病歷登記表，老王悄悄地退了出來。

退出來的老王絕對沒有想到就因為他的這一句話，事情的發展就有了出人意料的結果。

檢查過後不久，該院由於各種資料齊全，被評為市衛生系統先進集體，不但得到了一張獎狀，還人平得到了兩百元的獎金。

而令人更沒有想到的是，院長也因為長期帶病堅持工作被評為了市衛生系統的先進個人，且名列榜首。

得獎之後，院長心花怒放。院長一直想朝市裡面的醫院調，走了很多路子，現在還沒有什麼起色，心想這次得了市先進個人，又增加了一些籌碼，應該有希望了，遂拿出所得獎金，在「好運來」請了老王一家。

得到院長的邀請，老王一家受寵若驚。從此，老王和院長的關係親如兄弟。

可誰知，到了年底，出乎大家的意料，院長竟無緣無故地被免了職。

院長想不通，不知道自己究竟錯在哪裡，四處打聽，最後，終於得知了自己被下課的原因：原來是局裡考慮到院長身患多種疾病，想讓他休息一下。

首次發表於二〇〇九年六月十八日《包頭晚報》

2. 高手

誰也沒想到，林大學畢業沒幾年，居然就當上了縣建設局的局長。林一直給人的印象就是忠厚、老實、不會搞關係。但不讓人看好的林卻在沒有任何風吹草動的情況下不動聲色的就當上了一把手。

林當了局長後，把縣裡的各項建設工程開展得紅紅火火，轟轟烈烈。局裡的工作也有了大的起色。漸漸地，同事就覺得林還不錯，是當官的料，是一個高手。

可誰知，剛當了幾個月局長的林，不知咋的，竟對繪畫產生了濃厚的興趣。愛上畫畫之後，林在工作上還是認真負責地對待。特別是工程的招投標工作，林總是親自抓，絕不放手。用林的話說就是讓別人幹不放心，不要稍不注意就壞了我們建設局的名聲。

林最先是畫花鳥蟲魚的山水畫。過了一段時間，林對畫老鼠特別的情有獨鍾。漸漸的，林的老鼠畫得越來越像，雖不說是栩栩如生，但也有那麼一回事了。一次，林一位特好的朋友到林的家中閒聊，林拿出了自己畫的一幅碩鼠圖，說請朋友欣賞。剛一掛上，只聽「貓咪」一聲，一隻蹲在沙發上的貓，猛撲上去，用鼻子嗅了嗅，幾爪就把畫撕得稀爛。

朋友見林的畫作得如此逼真，竟騙過了那狡猾的貓兒，覺得林的畫藝早已不可同日而語了，就鼓動林在縣文化館舉辦一次個人畫展。並說，如果有人買還可以當場賣掉一些。林先是搖頭，說，我才開始學，還在塗鴉階段，等以後真正有了成績再說。並且，我作畫只是為了娛樂，不為金錢，賣啥喲？但最後還是沒有抵擋住朋友的左勸右勸，向朋友作了妥協。

朋友走之時，順手拿過被貓撕爛的碩鼠圖，說，林局，這幅畫送給我好了?! 林微微笑了笑，說，撕爛了還有何用？你要，就拿去吧！

幾日後，林在縣文化館舉辦了個人畫展。令人意想不到的是，在畫展過程中，林的作品盡被搶購一空，且大多數作品都賣出了不菲的價格。

林成了縣城書畫界有名的高手。成了高手的林還是老老實實地當官，認認真真的作畫。畫展後林作畫的時間明顯地比以前少得多了。林覺得建設局太多事了，特別是工程承包，常常搞得林焦頭爛額。但林還是沒有放下自己的愛好，每週總有那麼一、兩幅畫作脫稿。林脫稿後的畫作也總是供不應求，且常常會賣出令人咋舌的價格。

一日，林的朋友家裡來了美術界一內行。朋友拿出碩鼠圖。內行看了看，搖搖頭，不相信地問，這是高手作的？朋友給他說了貓撕碩鼠圖一事。那內行拿起畫，在鼻前聞了聞，一股濃濃的魚腥味撲鼻而來。內行想了想，哈哈大笑，說，高手！確是高手！朋友問高在哪裡？答，你聞聞？還有，你想想買畫的是哪些人就知道了他高在哪裡了。

朋友想了想，依稀記得，辦畫展那天買畫的全是本縣的建築老闆。

首次發表於二〇〇六年三月二十五日《今日晚報》

3.過關

下班後，老李一個人坐在辦公桌前想下午得到的消息是不是真的。

老李是礦分管生產的副礦長。下午，老李聽一要好的哥們說，公司有可能讓他去任分管生產的副總經理。老李有點不信，但那哥們賭咒發誓的說絕不騙他。老李知道那哥們是公司總經理身邊的紅人，他的消息可信度至少有80%。老李就想或許是真的。

幾天後，公司來人找老李談了話，老李到公司任副總的消息也就得到了證實。

晚上回到家裡，老李給妻子說了自己將升官的事。哪知，妻子聽後卻沒有顯出多少激動，只淡淡地說了一句，祝賀你！並說，其實今下午我就已經知道了。老李一聽，感到有點驚訝，你下午就知道了？妻子說，這有啥奇怪的，一聽說你要升官，拍馬屁的人還不排起隊來。

老李知道妻子說的也是實話，要不是哪來那麼多的貪污受賄。想起那些貪污犯的下場，老李的心裡面就有了一些寒意。老李怕自己也會成為其中的一員。

第二天晚上，妻子等老李回家吃飯的時候，聽到門鈴響，以為是老李，忙打開門，只見一年輕人站在門外，手裡提著一包東西，怯生生地問，這是李總的家嗎？

妻子看看年輕人，再看看年輕人手上的東西，明白了，於是，就堵在門口，面無表情地說，老李不在，你有啥事請明天上班的時候找他。年輕人說，那，那這點小意思送給李總補補身子。說著就要往外掏東西。

妻子忙說，對不起，請把東西拿回去。也不管年輕人的反應如何，「砰」的一聲就關了門。送走年輕人，妻子坐在屋裡，想想才開頭就有人送禮上門，這以後走馬上任當了官還不知道會變成什麼狀況。妻子心裡也有了些說不清道不明的東西。

等老李回家，妻子說了剛才的事。老李問，是嗎？你沒收？

妻子說，我可不想自己一個人以後孤單單地過日子。

老李深情地看著妻子說，有你這句話我就放心了。

去上任的頭天晚上，老李和妻子正收拾東西的時候，礦辦公室的小林前來看望，擺談了幾分鐘，看見老李正在忙碌，忙起身告辭，並隨手拿出一套西服送給老李，說請李總走之前在礦長面前多為自己美言幾句。

小林的意思老李懂，小林一直想當礦辦公室的副主任。

老李看了看還在忙碌的妻子，笑嘻嘻地說，你看咋辦？這個小林。

此時，妻子的臉竟無緣無故的紅了。妻子忙放下手中的活，走過來拿過小林手上的西服，看了看，對老李說，其實你身上這件西服也真的應該換了，以後當了副總，還穿那種土不拉嘰的東西，確實有點掉價。並且小林一直是我們的朋友，關係特別好。你升官了，他送件西服也不算啥，我看這次就收下吧。

妻子邊說邊把西服放入了老李的行李袋，也不管老李同不同意。

老李看著妻子，有點不認識似的。心想，怪了，幾天時間就完全變了，如果真是這樣，我還去當什麼副總。

趁妻子放西服的時間，老李把收拾好的東西又一一地拆散，且邊拆邊說，明天我就去告訴公司，這個副總我不想當了。

妻子忙問，你幹啥？

老李說，我可不願把官當到牢裡去。

聽完老李的話，妻子和小林都面露微笑。妻子說，別拆了，這衣服是我昨天買的，剛才的一切都是我考驗你的，你過關了。

老李看看妻子，竟哈哈大笑起來，說，你考驗我。我考驗你。有意思。其實你也早就過了我這一關。上次那年輕人可是我請的。那些煙酒讓我們辦公室的人高興了一晚上。

首次發表於二〇一〇年十二月十九日《中國紀檢監察報》

4. 謊言

那天，剛上課我就接到了村長的電話。村長叫我馬上到村裡去一趟。見了村長，我問找我啥事？並開玩笑說我這人啥本領沒有，就是會吹。村長拍拍我的肩膀，笑笑，說，這次就是看上了你會吹。我說是嗎？有啥事？村長說，明天縣林業局要下來檢查各村的綠化情況。鎮裡通知我們，這次的軟硬體一定要準備好，迎接縣裡的檢查，千萬不能出任何紕漏，到時哪個村出了問題，哪個村就要拿話來說。村長遞根煙給我，又說，現在我給你配了五個人，你全權負責，按照鎮裡通知精神，依樣畫葫蘆，把材料準備好。說完，村長把鎮裡的通知遞給了我。

我拿過通知一看，心裡面已經有了大概的眉目，嘴角就扯了扯，扯出一絲笑意，對村長說，沒事，保證完成你村長大人交辦的任務。

村長捶我一拳，說，先不要誇海口，你整拐了，老子照樣要拿你是問！

看村長的樣子，我也不敢掉以輕心。為了保險起見，我忙帶著幾個人，坐著村長的小車子，到全村的地盤上去轉轉，主要想看一看全村的綠化情況究竟如何？看哪些地方有沒到位的，好採取一些補救措施。

轉了一圈，看著滿山遍野綠油油的莊稼和各種樹木，我覺得村裡的綠化還不錯。我想，迎接好縣裡的檢查應該是沒問題的，大不了就是軟體整漂亮點。

但哪知，剛走攏村裡的馬兒山，同行的一位村民推了我一把，說，葛老師，你看，你看那座山！

我順著村民的手指一看，一座光禿禿的山聳立在公路的左側，距公路大概有二百多米。那山上除了白得炫人眼目的石頭就是黃土，看不見一丁點的綠色。

我忙叫司機停車。走到山上，看著光禿禿的山，我搖了搖頭。我知道，半天時間想讓整座荒山變為綠色是不可能的。同行的幾位村民也眼巴巴看著我，讓我拿主意。

看著大家的眼神，我想了想，說，走，回鎮上。

從鎮上回來後，我帶著幾個人又到了山頂。忙了幾個小時，我們讓整座荒山都披上了綠裝。那幾位村民看見滿山的綠色，都會心地笑了。

第二天，縣林業局的人員在鎮長的陪同下，坐著小車來到了村裡。村裡在我的安排下到處都貼上了有關森林資源保護，森林防火，植樹造林的標語。看著標語，林業局的人個個臉上都露出了笑容。

村長先安排大家在村部看軟體部份。林業局的人是邊看邊點頭。看見他們點頭，我的心裡也像是喝了蜜似的，朝村長做了個鬼臉，臉上不自覺地就露出了一絲得意的表情。

看完，林業局那胖胖的局長又提了幾個問題，啥森林覆蓋率，每年的植樹率，成活率等等。當時，我想都不想，按照自己頭天編的數字，一口氣就回答了。

胖局長看我胸有成竹的樣子，感到有點驚奇，就看著村長。村長忙說，他是我們村專門配備的林業員。我們一直都很重視植樹造林，加強林業管理，經過村委會的決定，就專門配備了一名林業員。

胖局長一聽，哦了一聲。

看完軟體，林業局的人就說出去看看村裡的綠化情況。

坐在車裡，看見到處都是一片綠色，林業局的人就一直不停地說不錯。村長笑容滿面地對我伸出了大拇指。

這時，林業局的一個人忽然指著馬兒山，問，那山上咋沒有樹？光是一片綠色。

我說，那山上全是石灰石，種不起來樹，只能種草，所以只有綠色，看不見樹。

誰知，那人卻是搞林業的專家，聽我說只能種草不能種樹，就說，怪了，咋會只能種草不能種樹呢？這是啥土壤？就忙叫司機停車，說要下車看看。

我一聽，壞了！忙說，去山上的路不好走。

那人卻是一個強脾氣，偏偏不信邪，非要往山上走。

我和村長只好硬著頭皮，屁顛顛地緊跟在那人的身後。

到了山上，一切真相大白。

原來，那天下午，為了迎接檢查，我買回幾桶綠色的油漆，全部潑在了山上。

回到村裡，吃午飯時，村長狠狠地瞪了我幾眼。我知道，這次村長肯定要拿我是問了。為了保住我村小民辦教師的職位，我不停地向林業局的人敬酒，檢討自己的錯誤。

吃過飯，喝完酒，我更是立馬就給他們聯繫好了唱歌的娛樂場所。

檢查結束，令人沒有想到的，我們村裡的綠化工作竟也過關了。當時，在歌舞廳，那位胖局長一手抱著小姐，一手拿著話筒，睜著一雙醉眼說，軟體材料不錯，硬體雖說有點弄虛作假，但創意還很不錯的，應該給予鼓勵嘛。

聽局長這一說，我心裡的石頭一下就放了下去。

不過，令人更高興的是，幾天後，我竟被調到了鎮政府。鎮政府為此還專門成立了一個應付辦，讓我當辦公室主任，專門應付上面的各項檢查，說我說謊有水準，造假有創意。

首次發表於《文藝生活精品故事》二〇〇七年第十二期

5. 開口的魚兒要倒楣

拿到去市地稅局報到的通知，心裡的滋味無法言表，我忙樂滋滋地跑回家告訴父親。我大學畢業後，一直沒找到工作。父親託人找了幾家單位也沒有結果。看我一天到晚心事重重的樣子，父親也是整天哀聲歎氣的沒有好心情。

那天，回家的時候，父親正拿著魚竿準備出門釣魚，一聽說我分到了地稅局，滿臉的皺紋立馬就笑成了一團金絲，樂呵呵地說，這單位還不錯，應該好好慶賀一下，走，今天高興，陪我去釣魚。

父親以前不喜歡釣魚。父親以前在檢察院上班，釣魚的機會還是有的，但父親那時不釣，父親那時整天想的都是工作，誰知，退休後的父親，不但喜歡上了釣魚，還慢慢地成了高手。

那天，看父親的樣子，我也是心情高興，不想掃父親的興，就問父親到哪裡釣？

父親站在門口，看著我，想了想，說，聽說公園裡面正在舉行釣魚比賽，今天沒事我們去湊個熱鬧。

我知道父親以前最不愛參加啥比賽，每次釣魚都是去市郊的一條小河裡，於是就說，好，今天就陪陪老爸。

不一會兒，我和父親就到了公園。在池塘邊，父親報了名後，四處轉了轉，看了看水中的游魚，然後在一棵大樹下，放下凳子，坐下，不慌不忙地把空釣鉤丟進水中，然後靜靜地等待。

我看見父親沒用魚餌，感到不可思議，想父親是不是一時高興，忘了，就忙提醒父親。父親抬頭看看我，笑了笑，用嘴往旁邊一努。我順著父親的嘴角一看，看見了一塊牌子，那上面寫著釣魚比賽的有關規則，其中第三條就是不能用魚餌。我想，不用魚餌這魚咋釣呢？怪事！我看看牌子，再看看父親。此時，只見父親很悠閒地坐在那裡，摸出身上的「五牛」煙，點燃，兩眼看著水底的魚兒。

看父親那姜太公釣魚——願者上鉤的神態，我站在旁邊，感到有點不可理解。一會兒，父親抽完煙，站了起來，拿起釣竿，在水中輕輕地劃動。隨著父親的劃動，池中的魚兒也開始了不停地游動。父親劃得越快，魚兒也游得越快。劃了一會兒，父親停了下來，兩手平端著釣竿，兩眼死死地看著水底的魚兒。漸漸的，魚兒也停了下來。這時，一些魚兒開口吐起了一串串的水泡。看見魚兒開始吐泡，父親手拿著釣竿，從魚兒的背後，慢慢地，輕輕地向那些魚兒靠近。剛一靠攏魚兒的嘴邊，父親以迅雷不及掩耳之勢，一下就把魚鉤丟入了魚兒的嘴中。魚兒一驚，嘴一閉，一下就往旁邊竄。這時，父親猛的把魚竿往上一提。父親那幾個動作，穩、准、狠，一氣呵成。我在旁邊還沒醒過神的時候，父親就已經把一尾紅色的金魚提了上來。

父親取下金魚，開始收拾魚竿。

我問父親咋了？不是說參加比賽區嗎？咋就不釣了？

父親邊收拾邊點頭，說，不釣了，本身就是來湊湊熱鬧，高興一下而已。父親收拾好魚竿，說，我們回吧。

父親回家把金魚餵在了魚缸裡。第二天，我走之時，父親把魚缸送給了我，並叫我一定帶到辦公室餵養。

看著父親那張蒼老的、滿懷希望的臉，我知道父親的意思，忙點了點頭，接過魚缸，說，爸，我走了，你要多保重！

從此，我辦公室裡就有了一尾紅色的金魚。每天一上班，看見金魚，我就會想起父親那天回家後對金魚說的一句話，父親說，如果你不開口，別人哪會有機會？

首次發表於二〇〇八年九月二日《檢察日報》

6. 日月石

老林是單位分管後勤綠化的副總。

前段時間，老林在單位辦公樓後面的一塊空地上建了一個園子，在園子裡修建了水池、假山、草坪，還栽了幾棵棕櫚樹，並安放了幾把椅子。老林給園子取名叫靜心園。

園子建好後，開放那天，老總也來了。老林陪在旁邊。那時，正是傍晚，西方的天空渲染了一片紅霞，使得整個園子也是紅光點點。老總看著鋪滿霞光的園子，感到十分滿意，就對老林點了點頭，說不錯，搞得還滿有特色，有山、有水、有草、有樹，不錯！說完，往四周看了看，話鋒一轉，指著水池邊那兩株大棕櫚樹，又說，這裡可不可以再放兩砣石頭，最好是那種形狀比較怪異的。老林一聽，忙說，對、對、對，我咋就沒想到呢，還是老總高，一眼就看出來了，就是，有了石頭，整個園林就更完美了。老林說完還跑到那兩棵棕櫚樹旁邊站了站。

第二天，兩砣形狀怪異的石頭就安放在了兩棵棕櫚樹旁邊。

傍晚，老總在老林的陪同下，又去了靜心園。老總看了看那兩砣石頭，說，不錯，不錯！確實有點怪，一砣像太陽，一砣像月亮。老林一瞧，還別說，真的有點像。那太陽石是一個圓盤，紫紅色的；月亮石真如那初四、五的月牙兒，細細的，像一把彎刀。老林忙說老總取得好，形象，並立馬就叫宣傳科搞書法攝影的小張拿油漆毛筆來讓老總在石上題字。題完字，西方那斗大的太陽正向著山邊慢慢地落下去。園子裡的樹呀，山呀，水呀，草呀，在那萬道霞光的渲染下，全變成了金色的一片。這時，園子裡照相的人忽然多了起來。伴隨著那些「喀嚓」聲，老林就對老總說，要不，我們也來幾張？老總看看老林，再看看周圍遊園的員工，好像也受了感染，開玩笑說，好嘛，我們也來幾張藝術寫真。

老總一說完，小張忙返身回了辦公室，不一會兒，又屁顛顛地趕到了園子裡。

老總和幾位副總先是合影，然後又是單人照。老總坐在那砣月亮石上，心情像喝了蜜樣，面對鏡頭，臉上笑成了一團金絲。老總照了後，幾位副總也照。有的在月亮石上照，有的在太陽石上照。老林喜歡那個圓盤，就坐在太陽石上照了一張。

照片洗出來後，小張還在每張照片上題了字。那張合影上，小張題的是：眾星捧月。老總一看，呵呵一笑，說，這個小張，始終改不了他那文人的毛病，在照片上也要整點文縐縐的東西，不過，這幾個字題得還不錯。

老總那天的心情不錯，滿面笑容。

誰知，最後看到老林的那張單人照時，老總的臉色竟慢慢地就變了，把手中的照片一丟，理都不理站在旁邊的老林。

老林站在那裡，一臉的尷尬，不知啥地方得罪了老總。

後來，老林把照片拿回自己辦公室，左看右看，還是沒有看出其中有啥不對的地方。

不久，小張離開宣傳科，去了車間。老總說小張不務正業，整天只想著寫小說，應該到基層去鍛煉鍛煉。

再後來，老林也莫名其妙地被下了課。

老林知道一切都壞在那張照片上。

一天，喝醉酒的老林，又拿出照片看。看著看著，老林彷彿一下醒悟了過來，看著照片上小張題的「如日中天」四個字，狠狠地打了自己一巴掌。

首次發表於二〇一二年三月二十五日《寧波晚報》

7. 事情壞在那燈泡上

鄉長接到縣長電話的時候正是中午。當時，鄉長和鄉政府另幾個幹部正在鄉政府對門的「好運來」餐館吃狗肉。一接到電話，鄉長搞慌了，連狗肉也不吃了，說聲快走，就和幾個幹部急慌慌地趕回了辦公室。

不一會兒，鄉長開著一輛雙排座車子，一路顛簸，趕到了月亮岩村。到村口，鄉長看見村裡的李老漢嘴裡嚼著一根稻草，正躺在自家的草垛子上曬太陽。鄉長一下就想起了李老漢賣豆腐的事來。

李老漢賣豆腐其實是一個笑話。一次，買者說豆腐裡有水，叫李老漢便宜點。李老漢看看自己的豆腐，用手一按，確實有水，忙說那一斤算八兩。從此，「李老漢賣豆腐——一斤算八兩」的笑話就在全鄉傳開了。大家都說李老漢真是太老實了。

現在一看見李老漢，鄉長就想起了他的老實，忙喊司機停車，並對其他幾個幹部說，就是他家了。

鄉長跳下車朝李老漢招手。李老漢不知啥事，起身，抖了抖身上的穀草，慢騰騰地走到了鄉長面前。

鄉長拍拍李老漢的肩膀，說，馬上縣長要來檢查你們村新農村建設的情況，大道理不和你說了，這些東西就暫時放在你屋裡，到時縣長一到，我就把他帶到你屋裡來，只要你配合得好，這台電視嘛，以後就歸你了。鄉長說完指了指車上的東西。李老漢順著鄉長的手勢，看見了車子上的電視和沙發，還沒來得及點頭同意，鄉長就指揮人員將東西全部抬進了李老漢的堂屋。

一進堂屋，幾個隨來的幹部就掃的掃，順的順。不一會兒，沙發、電視就擺在了該擺的地方。鄉長看了看屋裡的佈置，覺得還不錯，跟李老漢交待了幾句，叫他到時千萬不要說漏嘴，隨後，就帶人到村口去接縣長去了。

快到中午的時候，縣長在鄉長的陪同下，走到了李老漢的家門口。此時，鄉長不動聲色地說，這是李老漢家，全村最老實的，沒有兒子，一個女兒早幾年也嫁到簡陽去了，平時就老倆口，以前在村裡算比較窮的，這次新農村建設，鄉里把他作為了重點扶持對象，現在的生活已經很不錯了。說完，看著縣長，又問，縣長，進去看看？

縣長站在房前，瞅了瞅裂了口子的土牆，點點頭。

走進李老漢的家，首先映入眼簾的是，打掃得乾乾淨淨的堂屋，和擺放有序的嶄新的電視、沙發。縣長的臉上露出了滿意的神情。

瞧著縣長的臉色，鄉長的心裡面也猶如春風拂過一般，特別舒服。忙趁機向縣長彙報有關新農村建設的事情。

縣長邊聽邊點頭邊和李老漢拉起了家常。

縣長問，老李，你這個電視是啥牌子喲？

縣長一進屋，李老漢就沒自然過，一直就覺得連手腳都沒有放處，坐在旁邊大氣都不敢出，聽到縣長的問話，更是二郎神跑了哮天犬——慌了神，頭上的汗珠子直冒，看看鄉長，唯唯喏喏的不知如何回答。

鄉長說，老李，縣長問你話呢。

李老漢嘿嘿傻笑了兩聲，用手抹了一把頭上的汗珠子，忙說，長江，長江牌的。長江牌？縣長看著李老漢，滿臉疑惑地問。

鄉長忙搶過去說，是長虹，長虹。說完，狠狠地瞪了李老漢一眼。

縣長微笑著，喲了一聲，又問，買了多久了？

李老漢說，剛……。鄉長忙接過去，是剛、剛買兩個月。

縣長問，安的閉路還是天線？

李老漢說，閉、閉路。

縣長轉向鄉長，問，村裡還安了閉路？收幾個台？

李老漢說，三、三……。鄉長一看又要漏，馬上接過去說，三十幾個。

縣長又喲了一聲，轉頭對李老漢說，老李，放來看看，清不清楚？

清楚，清楚得很，新電視肯定清楚。李老漢說完，又用手抹了一把頭上的汗珠。這次李老漢覺得自己答得自然多了。

是嗎？打開看看。縣長朝李老漢笑著說。

李老漢走到電視機旁正不知如何擺弄，鄉長忙上前攔著，並對李老漢說，老李，你，你咋忘了今天停、停電？邊說邊用眼睛狠狠地剜了李老漢一眼。

哦，是，是，是，今天停電。李老漢邊說邊朝門口退。哪知，剛退到門口，一個趔趄，身子一斜，眼看就要倒下去，李老漢眼疾手快，手一伸，就抓住了吊在屋頂上的一根拉線。此時，只聽「叭」的一聲，堂屋頂上一隻二十五瓦的白熾燈，一下就發出了微弱的白光。

燈一亮，鄉長的臉色一下就變了，是紅了白，白了紅。

縣長看著鄉長，嘴裡重重地「哼」了一聲，帶領隨從，氣衝衝地走了。

鄉長狠狠地瞪了李老漢一眼，忙屁顛屁顛地緊跟在縣長的屁股後面，不停地做著解釋。

首次發表於《文藝生活精品小小說》二〇〇八年第五期

8. 懸掛在心中的黨旗

老林的新屋馬上就要竣工了。老林站在山頂上，看著半山腰的小樓，心裡有些感動。他站了一會兒，轉身走進自家的梨園。不久，他背著背簍，一瘸一拐地往山下走。

老林每走一步，都會感到大腿鑽心般的疼痛，他的腦海中馬上就會想起那場罕見的泥石流。

那場泥石流，不但砸斷了老林的右腿，還沖毀了村裡所有的房屋。災情發生後，地方黨委和政府的幹部馬上趕到災區，及時組織救援，不但送來了糧食、衣服，還在山底搭起了臨時帳篷。

不久，一支特別的隊伍開進了山裡。山頂上，一面寫著「黨員先鋒隊」的紅旗，隨風飄揚。伴隨著飄揚的紅旗，村子裡，一幢一幢小樓漸漸地蓋了起來。

林下山後，走到自己的新屋前，幾個年輕人正往牆上抹著水泥。屋子的大門上，插著一面鮮豔的黨旗。老林愣了一下，走上前，伸手摸了摸黨旗，並用臉在上面輕輕地貼了貼。

老林走進屋子，拿出梨，遞到幾個年輕人面前。年輕人全都抬起頭，看著老林，微笑著朝老林擺擺手，說不要。老林不依，硬把梨塞進他們的手裡。看著老林的認真勁，幾個年輕人互相看看，只好接過梨，在衣服上擦了擦，吃了起來。

看著他們吃得香甜的樣子，老林露出了舒心的笑容。

幾天後，老林的新屋就竣工了。屋子收拾好，幾位年輕人又幫老林把傢俱從帳篷裡搬進了新家。老林站在新屋裡，看了看擺放整齊的傢俱，和還未完全乾透的牆面，心裡的感動又猶如那漲潮的海水，慢慢地湧了上來。年輕人離去時，取下了大門上的黨旗。老林站在門口，目送著他們的背影離開。那面鮮豔奪目的黨旗，在老林的眼前，又隨風飄揚起來。

老林就那樣站著，一直到看不見幾個年輕人的身影後，他才擦擦淚，返轉身，回到了屋裡。忽然，老林發現床頭櫃上靜靜地躺著一個牛皮紙信封。信封上面壓著一個梨。老林拿起信封，拆開一看，呆住了——裡面裝著十張嶄新的百元大鈔。

老林愣在那裡，拿著錢，雙手不停地抖動，慢慢地，眼裡又盈滿了淚水。

老林含著淚水，往堂屋走。堂屋裡，老伴正在往牆上掛幾天前買的財神像。老林的老家有在新屋竣工後敬財神的風俗。

老林走到老伴面前，看了看牆上的財神像，輕輕地歎了口氣，想了想，轉身一瘸一拐地往山下的小鎮走去。

下午，老林回到家，揉了揉疼痛的右腿，一手扶著牆壁，一手緊緊地握著一面鮮紅的黨旗。

老伴看著老林，先是一驚，後是一臉的詫異。老林朝老伴舉了舉手中的旗子，笑著說：「這是剛到鎮上買的！你看，多漂亮！」說完，在老伴的攙扶下，老林慢慢地走向掛著財神像的那面牆。他輕輕地揭下那張財神像，讓老伴拉過一根繩子，把手中的黨旗橫著懸掛在了牆壁的正中央。老林站在那裡，看著掛好的黨旗，眼角又濕潤了。淚眼朦朧中，老林覺得，那面黨旗彷彿不是掛在牆上，而是掛在了他的心裡。

首次發表於二〇一一年六月十四日《檢察日報》

9. 水平

早晨，剛上班，科長就走到面前對我說，小葛，收拾一下，等會陪我到柏林鄉檢查植樹造林的情況。我抬頭看著科長，有點受寵若驚的感覺。科長以前下鄉從沒讓我陪過，全是小林陪。其實，小林啥水準沒有，就會溜鬚拍馬。科長看我茫然的樣子，上前拍拍我的肩膀，又說，認真準備一下，局長要參加。說完，科長又再次看了我一眼，然後帶著一付捉摸不透的神情離開了辦公室。

看著科長離去的背影，我不知科長是啥意思，搖搖頭，想，局長參加又如何？哪次的檢查不是走過場，還需要我做啥準備？

最後，我裝模作樣地拿上一個筆記本就陪科長去了鄉下。

那天，同行的不但有主管局的局長，還有一位管人事的副局長。

到鄉里後，剛在辦公室坐下，鄉里的幹部馬上抱出一堆材料，說，知道你們要來，早就準備好了。科長先看了看局長，然後笑笑，對我說，小葛，你先看看材料，有哪些地方不對，哪些地方還可以，你作好記錄，等一會你親自執筆寫驗收報告。說完，科長又笑了一下，帶著局長一行就去了隔壁的房間鬥地主。

我拿過面前的材料，一邊翻一邊檢查。檢查完，我覺得總體來說還不錯，讓人挑不出大的漏洞，但也看到了一些不足的地方，並隨手就在記錄本上寫了下來。我想，等會兒無論如何也要提點意見，不然顯得自己也太沒水準了。

臨近中午的時候，科長走了出來。科長出來的時候我正在辦公室看電視。我忙把面前的記錄本遞給了科長。科長隨手翻了翻記錄本，問檢查完了？我點點頭。科長說，那好，你先根據檢查情況寫個驗收報告。說完，科長把記錄本遞還給我。這時，局長出來了。科長對我說，你到裡面的小屋去寫，我陪局長說說話。我忙起身拿著記錄進了裡間的小辦公室。

誰知，我剛鋪開稿紙，還沒有動筆寫，科長卻走了進來。科長坐在我對面，從身上掏出一支煙，點燃，不慌不忙地問，小葛，你檢查有啥問題沒有？我說問題肯定是有，但不是大問題，應該說過關是可以的。聽完，科長看看我，再拿過我手中的記錄本看了看，頓了一下，說，那這個驗收報告我說你寫。我茫然地望著科長，滿腹狐疑，不知科長肚裡賣的啥藥。

那天，坐在那裡，科長說一句我寫一句。

寫完，科長和我來到外面。此時，局長正在和鄉長吹牛。科長拿過我手中的稿子，看了一眼在場的人，坐在辦公桌前，端起面前的茶杯，喝了一口水，然後，一手拿著稿子，一手拿著一支紅筆，用他那平時用慣了的語調，平鋪直敘地念起了稿子。科長邊念邊用手中的紅筆進行修改，邊改還邊說，小葛，你看你這是咋寫的，這種話咋能這樣說呢？不可以換個說法嗎？改完，科長又讀稿子。讀著讀著，科長的眉頭又皺了起來，說，哼，這不是亂彈琴嗎？咋能這樣寫？這不是錯的嗎？

我看著科長的表情，更是一臉茫然，幾次都想站起來說，這不是你說我寫的嘛！但我看看在座的局長和其他領導，忍了忍，沒動。

科長邊念邊改邊搖頭，把一篇兩千來字的稿子改了一個多小時。科長搖頭的時候，我看見局長也在不時地皺眉。

我坐在那裡，臉是紅了白，白了紅，一臉的尷尬。看著局長的皺眉，我知道這次我是丟臉丟大了。

但我一直不知那天科長是啥意思，為啥要當著局長的面出我的醜。幾天後，寇里的小林被提為了副科長。

看著春風得意的小林，我終於恍然大悟。

首次發表於《小小說大世界》二〇〇九年第九期

10. 填表

早晨，小王走進辦公室，易處長就從桌上拿起一張表格交給了小王，說，你到財務科去查一下我的工資收入，然後幫我填一下。小王拿過表一看，臉上忍不住微微地笑了笑。那表是上級紀委發下來的，是處級以上幹部的年收入調查表。每年易處長的調查表都是小王幫填。小王拿著表，看了看易處長，說，好，我馬上就去辦。說完，小王就去了財務科。

小王找出易處長的工資表後，按照填表的要求，逐項地進行了填寫。填完，小王用信封裝好後交給了紀委書記。

走出紀委辦公室，小王搖了搖頭。小王知道，這種表，填也是白填，全是走形式！年年填表，年年廉潔。但腐敗者，卻年年不斷。這樣的填表不知有啥意思，如果就這樣能抓到腐敗分子，那豈不是天大的笑話。

但誰知，事情的發展卻完全出乎小王的意料。

表交上去沒幾天，上級紀委就來了人。來人一進入單位，立馬就查封了財務處的所有帳本。

那幾天，看著紀委的工作人員在財務處忙碌的身影，廠裡所有的處級幹部都搞慌了，心裡貓抓樣的揪著，不知道問題具體出在哪一位的身上。

廠裡的員工也開始了議論紛紛。

事情終於有了眉目。易處長被紀委的人請到了辦公室。經過紀委工作人員的一番輪攻，易處長成了全廠有史以來的第一個腐敗分子。雖說查出的數字遠沒有紀委掌握的大，但多少還是有一些腐敗的行為。

剛一得知消息，小王驚呆了！小王做夢都沒想到問題會出在易處長的身上。小王回憶了一下自己的填表過程，印象中，並沒有填錯的地方。小王不知道問題究竟出在哪裡？

幾天後，小王通過小道消息，知道了事情竟出在自己填的表上。原來表上要求保留小數點後面兩位，而小王在填最後的總收入時，竟忘了打小數點，使得易處長的收入一下就增加了一百倍。

易處長被免職後，副處長老林變為了新的處長。

那幾天，小王的心裡一直不是滋味，總覺得自己對不起易處長，是自己害了易處長。如果不是自己沒打小數點，上級就不會來查，也就不會查出易處長的腐敗。想著這些，小王不敢面對處裡的任何一位同事。

處裡的同事也慢慢地疏遠了小王。小王開始變得沉默了。

一天，新處長老林把小王叫到了辦公室。老林一臉笑容地走到小王的面前，拍了拍小王的肩膀說，小王，你還年輕，不要背思想包袱，好好幹，我絕不會虧待你。

小王看著老林的樣子，臉上沒有任何的表情。小王知道自己捅了一個大大的簍子，現在再想上進是不可能的了，小王只想幹好自己的本職工作，於是，對老林的許諾也就沒有放在心上。

到了年底，單位搞年終招聘，不知啥原因，小王卻被無緣無故地下了課。面對結果，小王是徹底地傻眼了。小王想不通。小王不知老林是啥意思。小王去了老林的辦公室。老林看著小王，還是一付皮笑肉不笑的樣子，面對小王的責問，老林說了一堆的客觀原因，最後，攤攤手說，我也無法，這就是形勢！

小王氣呼呼地離開了老林的辦公室。小王剛一走出門，背後就傳來了老林自言自語的聲音。老林說，連一張表都填不好的災星，我拿來幹啥！

小王站在那裡，心裡終於有了想哭的感覺！

首次發表於二〇〇八年三月十六日《今日晚報》

11. 縣長跌到了水庫裡

三月的一天，春暖花開。縣長前往離城不遠的三多古寨春遊賞花。車一到寨門，旅遊公司的小李就忙迎了上去，緊握著縣長的手說：「歡迎領導光臨古寨指導工作！」

緊跟在小李的後面，寨子裡的瘋八也口流涎水嘻嘻哈哈地湊了過來。瘋八就住在山上，神經有些問題。

小李和縣長一行握手之後，就陪著他們在梨花叢中慢慢賞花而行。

縣長一行在小李的帶領下或走、或停；時說、時笑，不一會就走到了一個水庫邊。這是一個有名的景點。水庫的四周柳絲長垂。縣長停了下來，站在那裡看幾個遊人垂釣。小李忙遞上煙，並給縣長點燃。

此時，一直跟在身後的瘋八也走到了縣長的旁邊，眼睛緊盯著縣長的煙頭，嘻笑著，口水懸吊吊地掛在嘴邊。

「煙……香……」

縣長聽見聲音，轉身，看見瘋八，皺了皺眉。

小李忙把瘋八拖到一邊，一會兒，又貼近瘋八的耳朵邊說邊指劃。瘋八也邊聽邊點頭，並且伸出右手的食指和中指，做了一個夾煙的動作。

小李回到縣長的旁邊，手指著水庫，不停地說著。不知是在講垂釣的經驗還是景點的介紹，反正縣長是越聽越舒暢，臉色也好看多了，眼睛緊盯著水面上的浮子。

所有的人都在聚精會神地聽著小李的講解。

瘋八悄悄地走到了縣長的身後，再次看了看縣長手上燃得紅紅的煙頭，猛地伸出雙手，把縣長推下了水庫。

縣長一落水，岸上的人全都傻了眼，愣在了那裡。

此時，瘋八早已跑到遠處，拍著手，不停地傻笑。

聽著瘋八的笑聲，大家才醒悟過來，邊脫衣服邊大喊快救縣長。忽的，只見一條黑影從人們的眼前一晃，飛一般就縱入水中。人們定睛一看，那是連衣服也未來得及脫的小李。

小李在水中一隻手不停地划動，一隻手托著縣長。縣長實在太胖，小李感到自己的體力越來越弱，漸漸地支撐不住了。岸上的幾個人忙齊聚在岸邊，合力把縣長拖了上來。

縣長上岸，被風一吹，連打幾個噴嚏。大家七手八腳地忙把自己的衣服給縣長穿上。

小李從水中爬起來，顧不得自己還穿著濕衣，背著縣長就朝停車的地方跑去。

……

幾天後，小李時來運轉，到縣旅遊局當了副局長。

小李走了。但瘋八每天都要到三多旅遊公司找小李，逢人便說：「小李不是人，說話不算數，還差我一包煙呢！」

首次發表於《文藝生活精品小小說》二〇〇六年第十期

12. 眼鏡林敏

一走到車間門口，林敏就從身上摸出眼鏡戴上。林敏不是近視眼。林敏的眼鏡是平光的。林敏只是覺得戴上眼鏡才像一個有知識有文化的男人，才像一個基層管理員的樣子。

這樣一說你就知道了，林敏是一個男人，並且還是一個沒有多少文化的基層管理員。林敏當基層管理員也只是近期的事情。林敏以前只是一個打工仔。林敏在這家合資企業打了五年的工，前不久被提為了值長。當上值長，林敏就去買了一副眼鏡，因為林敏的老闆是一個眼鏡。老闆是一個日本人，小眼，圓臉，矮胖。林敏不喜歡。但林敏喜歡老闆的鈔票。林敏不想失去目前的工作。林敏必須向老闆看齊。

這天，林敏戴著眼鏡正在巡視的時候，老闆來到了車間。林敏一激靈，往上推了推眼鏡，擰出一臉的笑意，禮節性的和老闆打了一個招呼。但老闆沒理林敏。老闆嘴裡叼著煙，目光在車間裡嗖嗖地亂竄。林敏站在旁邊，聳了下肩膀，苦笑一下。忽然，老闆怒氣衝衝地向一個女孩衝去。林敏臉一緊，忙緊緊地跟在老闆的後面。

老闆衝到女孩面前，把眼鏡往頭頂一推，眼睛裡立馬射出一絲駭人的光芒，逼視著面前瘦弱的女孩，問，你的，剛才幹啥了？你說！

女孩抬頭望著圓滾滾的老闆，臉一紅，心裡一下就緊張了起來，怯生生地說，沒幹啥，一直在上班，啥也沒幹！說完，女孩眼裡閃動著怯意，朝老闆搖了搖頭。

老闆指著女孩，說，你的，剛才偷了啥東西藏在身上？

聽老闆說女孩偷了東西，林敏驚了，臉頓時成了過夜的白菜幫子！在車間裡偷東西，罪行是何等的嚴重！林敏看看女孩，不相信。但林敏懾於老闆的淫威，還是走到女孩面前。女孩看著林敏，臉漲得通紅，說，沒有，我真的沒偷。

老闆說，沒偷？不可能！你們中國人就是不老實，我在監視器裡親眼看見你偷了東西。老闆用手指著林敏說，林，你的，幫我搜搜！

林敏臉一寒，看看女孩，轉過頭，再看看老闆，搖搖頭，對老闆攤了攤手。

老闆看林敏不願動手，冷哼一聲，哼出一臉怒氣，雙手突然伸向女孩。女孩猝不及防。老闆一把扯下女孩的褲子。女孩驚叫了起來。當老闆想再次扯下女孩的內褲時，女孩雙手本能地死死拉住。

隨著女孩的驚叫，林敏的心裡嘎巴一聲脆響。林敏愣在了那裡，臉色像被雷火烤過一般。林敏做夢都沒想到老闆會真正脫掉女孩的褲子。

林敏愣神的瞬間，女孩終於沒有敵過老闆的力氣，內褲被拉了下來。扯下內褲，老闆看見女孩的後腰，貼著一塊止痛膏。老闆終於知道是自己看花了眼，微笑著對大家攤攤手，說了一聲Sorry，然後轉身往門外走去。

此時，女孩蹲下身子，雙手掩面，忽然痛哭了起來。

林敏愣愣地看著被扒掉褲子的女孩。林敏聽到了自己的心在突突地跳動。林敏的眼前有了金星閃爍。多年來在一起打工的點點幕幕，像塌方一般，劈頭蓋臉地迎面向林敏砸了下來。林敏第一次有了那種相濡以沫，那種同甘共苦，那種苦難同當的感覺。

忽然，林敏取下眼鏡，狠狠地往地下一摔。當眼前閃爍的金星賊一樣地溜走時，林敏漲紅著臉，衝到老闆背後，把老闆撲倒在地，隨著嘴裡一句「狗日的！」，林敏重重的一拳，狠狠地砸在了老闆的頭上。

第二天，當地的市委書記看了此事的報導後，眉頭緊鎖，許久，丟下報紙，也怒容滿面地罵了一句：狗日的！

首次發表於《陽江文藝》二〇〇九年第五期

13. 醫生張揚

張揚中午下班剛進社區，就聽到幾個小學生在念「六類人，手術刀，腰裡揣滿紅紙包」。張揚轉過身，看著那幾個學生，心裡說，屁！醫生不是都像你們說的那樣，起碼我張揚就不是。

張揚這樣說，不是說他沒有資格收紅包，而是說他不願意收。

張揚九十年代畢業於華西醫大，是市二醫院有名的外科主治醫生。要說收紅包，張揚的機會最多，因為張揚現在是醫院的權威，大多手術都是他做。但張揚從不收紅包。張揚有自己做人的原則。

張揚一進屋，妻子已經把飯菜端上了桌子。妻子在城郊的一個化工廠上班，每天下班都比張揚早到家。婚後，為了照顧妻子，張揚在城郊結合部買了一套二手房。房子還是不錯，就是離城有點遠，每天到醫院上班要坐三十分鐘的公車

張揚洗了手剛端著飯碗時，手機忽然響了。接過電話，張揚忙騎上車子急匆匆地往醫院趕。張揚平時都不坐公車。張揚騎摩托。

張揚最喜歡騎摩托，不但上班騎，有時休息也愛騎著摩托，帶著愛人到郊外看風景。張揚喜歡看風景。張揚認為只有看風景才能讓煩燥的心情平靜下來，也才能幹好自己的本職工作。

張揚不想在工作中出啥差錯。

那天，張揚走進醫院匆匆忙忙地穿上白大褂就去了急症室。張揚走進急症室時，護士正在給病人清洗臉上的血污。護士說，是車禍造成的，並且比較嚴重。張揚看病人眼底出血，一張臉紅得像豬肝，並且頭上還有一條近五寸長的傷口，初步判定病人是顱內出血，必須立即手術。張揚立馬叫護士和病人家屬馬上做好動手術的準備。

說完，張揚就回了自己的醫生值班室。張揚知道，準備工作還需要一段時間。張揚去打水，看見病人在家屬的攙扶下，正在開水房解手。張揚覺得實在是不雅觀，就提醒家屬讓病人到廁所裡解，說旁邊就是廁所，兩步路。家屬卻說病人走不動。張揚說，實在走不動，家屬也應該拿大便器讓病人在病房解。誰想到，張揚話沒說完，其中一個喝得醉醺醺的家屬說張揚管得寬，衝上前，連搧了張揚兩耳光。

事情實在是來得太突然。張揚被打蒙了，愣了一下，看著那人，好一會兒才回過神來。無端地被打，張揚心裡不是滋味，上前緊緊地抓住那人的衣領，大聲地斥問，你憑啥打人？你說！憑啥打人？

這時，護士趕了過來。不一會，醫院保衛處也來了人。那人終於被勸走了。

看了看大家，張揚摸了摸被打的臉，心裡的痛楚無法言表，但張揚還是瞬間就恢復了常態，轉過身，問護士手術的準備工作完成得怎樣？護士看著張揚，點了點頭。張揚對護士說，那好，馬上開始手術。這時，院長過來了。院長看了看張揚，問，是不是讓老王來做？老王也是外科的手術醫生，今天休班。張揚看看病人，搖了搖頭，說，算了，還是我來手術！

說完，張揚強忍傷痛，眼含淚水，走進了手術室。經過三個多小時的開顱手術，一切完成得都較順利。張揚摘下口罩，長長地舒了一口氣。

病人推離手術室，張揚脫下手術服，走到熱水房，洗去了臉上的淚痕。然後走到病房，看了看還昏迷中的病人，心平氣和地對家屬說，雖然手術比較成功，但不是很樂觀，要看病人自己的意志能力，你們要注意觀察，看他七十二小時後能否甦醒。

說完，張揚覺得心裡酸酸的難受。張揚忙離開了病房。

張揚回到家的時候已是傍晚。張揚走進社區，看見那幾個小學生又在那裡玩耍。張揚一下想起了「六類人，手術刀，腰裡揣滿紅紙包」這句話。張揚莫明其妙地朝那幾個學生大吼了一聲「滾」！

吼完，張揚呆在了那裡。

首次發表於二〇〇九年五月二十六日《國際日報》

14. 致富之路

老五找到村長死磨硬纏，終於承包到了村子裡的牛王山。牛王山是三零二省道邊上一座光禿禿的荒山。也是市郊十公里範圍內唯一的一座荒山。

老五花一千元就取得了牛王山五年的使用權。

老五是整個村子裡最懶的人。這次也是老五的大哥叫他承包的，錢也是大哥出的。老五不懂大哥的意思，所以，承包了荒山的老五還是整天在村子裡東遊西逛，東家打長牌，西家門地主，照樣是懶懶散散地過著日子。

但誰知，懶人有懶福。

三月的一天，春日融融，暖風拂面。剛吃過早飯，村子裡就來了一群戴太陽帽、穿運動服、手拿紅旗、鐵鍬的城裡人。那些人一到村裡就直奔老五承包的牛王山而去。到了山頂，一群人在一胖子的指揮下就嘻嘻哈哈地開始在地上挖坑。

一會兒，老五急衝衝地爬上了山頂，叫停了挖坑的人們，找到管事的胖子，進行了一番嘰咕咕的討價還價。胖子看了看扛著攝像機的記者，再看看老五，最後似乎是無可奈何地點了點頭。並叫一高挽著髮髻長得像宋祖英的女孩，將一遝嶄新的「四人頭」遞給了老五。

老五拿過錢點了點，手一揮，一群人又開始了挖坑。老五背著手站在旁邊，看著那些穿運動服的女孩用鐵鍬挖土的樣子就忍不住好笑。

荒山上全是亂石，那些手無縛雞之力的城裡人，何時受過這種苦，再加上鐵鍬本身就不好使力，不一會，一個個就手扶鐵鍬，站在那裡長吁短歎。

老五又走到胖子面前說了幾句。胖子看看累得氣喘噓噓的下屬，又點了點頭。不一會兒，十幾個拿鋤頭的農民在老五的帶領下來到了山頂，並在老五的安排下，一個個往手心吐泡口水就開始挖坑。

坑挖好後，城裡人手扶樹苗培土澆水植樹。一會兒，幾十株小樹苗就戰戰兢兢地立在了牛王山頂，承受著三月春風的吹拂。

當天晚上，市電視臺就在晚間新聞裡播放了某單位在牛王山植樹的新聞。

隨著新聞的播出，第二天又來了一拔人。還是討價還價，還是請農民挖坑，還是培土澆水植樹然後走人，只不同的是，等那些人走後，老五看看已栽得密密實實的山頂，想了想，又將剛栽下的樹苗全拔了出來，並又叫那些村民將坑夯緊填實。

由於老五的考慮周到，第三天來的人才有了用武之地。

就這樣，周而復始，從第一天開始，一直不間斷的就在那山上開展了近一個月的植樹活動。有時一天還是兩、三個單位，簡直讓老五有點忙不過來。老五口袋裡的鈔票也越來越多。

老五不知道自己為啥會這樣好運連連。也搞不懂城裡那些單位今年是撞了啥子邪，為啥都跑到這荒山來植樹，並且一定要植上多少株。

一天，老五問一個帶隊的，那人看看四周，說，其實說實話，誰願意這樣勞命傷財地出來植樹，你也看見了，這樣植樹起什麼作用？但不植不行啦，市委精神文明辦公室下了通知，為了提高全市的綠化率，要求各單位在三月植樹活動期間必須植多少株？並且，市委精神文明辦公室還將把此次植樹活動納入各單位的年終精神文明考核，你想，哪個單位敢不來植。

聽完，老五一切都明白了。老五的大哥就是市委精神文明辦公室的主任。此時，老五看著植了近一個月的樹還是光禿禿的荒山，似乎又看見了來年的希望。

首次發表於二〇〇六年十月二十三日《中國國土資源報》

15. 冤案

我做夢都沒想到自己會成為嫌疑犯。

派出所來人找我談話時我正在自家的院子裡就著花生米喝燒酒。員警對我說別喝了，問你點事。我忙放下酒杯看著員警。員警問我知不知道村裡李陽的牛被偷了。我瞪著一雙大眼，使勁吞下嘴裡的幾粒花生米，說知道。員警說那你知不知道是誰偷的？我搖搖頭說，咋會知道呢？怪事！李陽的牛被偷，我也是今天早上才知道的。這時，員警看了看我，又說，昨晚有人看見你在李陽的房子後面轉了幾趟。你到那裡轉啥？我說沒轉啥，就是轉來耍。員警說半夜三更的你到山上轉來耍，鬼才信！我看員警不信，慌了，說真的就是轉來耍！員警又問，那你說誰能證明你是轉來耍的？我說轉來耍還要人證明？員警說如果沒人證明你那我們就只有把你作為懷疑對象帶回派出所。我低頭想了半天，一直想不出誰能證明。於是，我被員警帶回了派出所。

在派出所裡我還是找不出證明人，員警問啥話我的嘴裡都只有一句：我沒偷，我真的就是去轉來耍。

最後，員警只好把我關了起來，每天想盡各種辦法讓我開口。但我除了那句「我沒偷，真的沒偷！」以外，其餘啥都不說，所以案子就一直拖著，沒有進展。

案子沒破，我只好老老實實在派出所待著。待得久了，我的心裡也開始了犯毛。外面正是秋收的農忙季節，自己卻被關在派出所裡，不但幫不上妻子的忙，還每天要妻子送飯，我心裡難受，開始咒罵起了那偷牛賊。咒那偷牛賊不得好死。後來，派出所的員警也冒了火。這樣的一個小案子都遲遲不能告破，不但在上級面前不好交待，連在群眾眼裡的威信也會一掃而光。派出所又組織人員提審我。我還是只知道搖頭，說不出任何有價值的東西。看我的樣子，其中的一個民警拍著桌子對我說，你再不說清楚就拘留你十五天，還要罰款五千元。

我一聽罰款，一個激靈，心一下就慌了，臉色也立馬就變成了豬肝。我伸伸身子，張張嘴想說啥，但我知道無論怎樣說也說不清楚。最終還是啥都沒說，歎口氣，癱坐在了椅子上。

民警覺得束手無策，只好又把我送進屋子關了起來。

也是天無絕人之路，不久，那偷牛賊在鄰村偷牛時被抓了個正著。案子終於破了。我也被放了出來。

我走出派出所大門的時候正是中午，我抬頭仰望著藍天，看著天上那一輪紅彤彤的太陽，正噘著血盆似的小嘴，忙著和東來西去的白雲親嘴，我覺得秋收還正是時候，便如釋重負地歎了口長氣。停了一會兒，我轉身看見那幾位民警正在向我揮手。我沒有多言，心裡竟有了一些感動，覺得應該好好地謝謝他們。於是，我走到鎮上，請人做了一面錦旗。我再次來到派出所的時候民警們還沒有下班。我跪在地上，雙手舉起手中的旗子，眼淚汪汪地說，謝謝！謝謝你們！所長接過旗子，展開，旗子上只有四個大字：謝謝警官！

所長把旗子掛在了牆上。

首次發表於《五女山文藝》二〇〇九年第十五期

16. 鎮長來釣魚

我正往魚塘撒料時，村長騎著兩輪來到了塘邊。看見村長，我一愣，忙放下手裡的東西，迎上去敬了村長一支紅梅煙。村長接過煙，叼在嘴上，看了看魚塘，漫不經心地說，明天鎮長要來釣魚。

我知道村長說話的意思。前幾天，我去鎮上找了鎮長，想讓兒子進鎮辦化工廠。鎮長是我遠房的一個侄子。當時，鎮長問了問情況，問完，沒表態，只說要找廠長研究研究，讓我先回家等著。

那天，我回家剛一說完鎮長的意思，妻子就問我送禮沒有。我搖頭，不解地看著妻子，說，送禮？送啥禮？他是我侄子。妻子臉一垮，立馬就罵得我狗血淋頭，說我真是一個榆木腦袋，哪有空手去找鎮長辦事的傻蛋？

後來，我一想，妻子說的還真有道理，套一句流行的語言：捨不得孩子哪能逮得住狼。現在聽說鎮長要來釣魚，我知道機會來了，忙停止了撒料，一臉討好地對村長說著歡迎。

第二天，太陽剛從山邊露出笑臉，鎮長就在村長的帶領下來到了塘邊。

我滿臉堆笑地迎上去，掏出昨晚買的紅塔山遞給了鎮長。鎮長沒客氣，接過煙，撕開，抽出一支叼在了嘴上。我忙幫鎮長點上。鎮長叼著煙，滿塘轉了轉，走到一個向陽的地方，看了看風向，點了點頭。我一看，知道鎮長是高手，一下就找到了最佳的垂釣位置，忙上前幫鎮長喂好窩子。窩子喂好後，我又在岸邊放了兩張凳子，並在凳子上擺放了一些水果、瓜子、糖和香煙。

一切準備好後，鎮長抽著煙，喝著茶，怡然自得的坐在岸邊，開始垂釣。

我站在旁邊，滿臉的皺紋像被風吹著一般，擺出一幅生動的圖案來陪著鎮長。

不一會兒，鎮長的浮子就開始一點一點地往水裡沉。浮子一沉，我看了看鎮長，臉上立馬就露出了笑意，我知道魚兒上鉤了。

這時，鎮長把嘴裡的煙往岸邊一吐，手拿魚竿，站了起來，兩眼緊緊地盯著浮子。

看鎮長的緊張勁，我的心也一下就緊張了起來。那魚兒好像和鎮長作對似的，鎮長一緊張，它卻不動了。水面又恢復了平靜。鎮長把魚竿插上。我忙又把煙遞了過去，並跟鎮長點上。

時間晃晃悠悠的就到了中午。

我走到鎮長面前，俯下身，輕聲地問鎮長是不是吃了午飯再釣？鎮長抬頭看了我一眼，再看看手中的釣竿，微笑著說，好，再釣一個就吃飯。說完，也是湊巧，浮子一下就被拖入了水中。釣竿又開始了振動。看著釣竿的振動，我知道是個大的。鎮長也反應了過來，忙緊緊地拿著釣竿，全神貫注地注視著水面。鎮長把釣竿往上面抬，釣竿的前面部分彎成了一個弓型。鎮長一臉燦爛地說，老葛，快，快拿舀子，是條大東西。鎮長邊說邊慢慢地往回收線。眼看就要把魚拖出水面，我忙把舀子伸了出去。那魚兒卻尾巴一擺，一下就竄入了塘邊的水草。鎮長看我沒有舀上，猛地把釣竿一提。誰知，這一提，由於水草的原因，釣上的魚竟被提脫了。

魚一提脫，鎮長的臉色垮了下來。我的心也嘎巴一聲脆響，知道壞事了。鎮長這一不高興，事情肯定要糟！我忙走了上去。這時，更令人氣憤的事情發生了。那魚鉤竟鉤在了水草上。鎮長試著提了幾次，沒提脫，臉上即刻就結了一層厚霜。隨著鎮長臉色的變化，我的腿慢慢的就軟得站不起來。我挪到鎮長面前，擠出一臉巴結，上前遞了支煙給鎮長，說，鎮長，我來試試。

鎮長哼了一聲，把釣竿交給我，點上煙，滿臉怒氣地站在了旁邊。

我顫抖著身子，拿著釣竿，前後左右，一下一下地試著提。還別說，沒試幾下，我就覺得手中的釣竿一彈，脫了。我心裡剛一高興，孰料，下面是脫了，上面卻發生了一件讓我後悔一輩子的事情。那釣鉤不偏不斜，不左不右，穩穩當當地鉤在了鎮長的鼻子上。

突如其來的變故讓我一下就驚了，腦中立馬就是一片空白。那天，鎮長最後是如何走的我是徹底的懵了。我一直傻在那裡，看著手上的釣竿，搖著頭，自言自語地說：這上鉤的魚兒咋就跑了呢？

首次發表於二〇一二年四月二十八日《鎮江日報》

17. 我為什麼跳河

要是環球集團不搞廠慶，我就不會產生跳河的衝動。

那天，也是湊巧，我們到環球集團去的時候，環球集團正搞廠慶。看著那些在天空中飄飛的彩球，我就知道事情不會有啥結果，但我們還是耐心地等到了下午。下午，廠慶活動剛一結束，看著從樓梯上蜂擁而下的人群，我拿著一張報紙，從廠區的公路往大門走。走出大門，本應該向左轉，但我沒有轉彎。這時，我聽到了有人喊我的聲音，我沒有回頭，甚至連停也沒停一下，繼續朝前走。那天飄著若有若無的雨雪，下午四點鐘光景，行人不多，我的腳步聲濕潤而單調。

不久，我就看到了那條小河。小河距環球集團的大門只幾十米的距離。河裡的水很髒。一條採沙船在遠處的河道上「哐當、哐當」的忙碌。河面上飄蕩著一些爛菜葉，還有一些衛生紙或衛生巾之類的東西。我走到河邊的時候，看見一個缺口，缺口處有一塊平坦的大石。一個婦人正在大石上洗著衣服。我看了婦人一眼，婦人埋著頭沒有理我。我調頭看了看環球集團大門前蜂湧的記者，然後朝那個缺口走了下去。

我站在缺口處，試了試水溫，水溫冷得有點刺骨。我猶豫了一下，用手理了理額前的髮絲，然後，縱身跳入了河中。

我剛一入水，洗衣服的婦人可能是受了驚嚇，一屁股坐在了地上。婦人反應過來，返身就往岸上跑，且邊跑邊喊：救人啦，快來救人啦，有人跳河了！

聽著婦人的呼救，我在河裡動了動手腳，感到河中的溫度比河邊稍溫暖一些。我微笑了一下，向遠處揮了揮手後慢慢地沉到了水底。

後來，我被人救了。

救我的是一位青年。那青年我認識，不過現在我不想說出他的名字。

青年把我抱上岸，看著我，一臉的狐疑。我沒理青年。這時，記者全圍了上來。面對記者的鏡頭，我冷得牙齒不停地打顫，忙把身上的濕衣服緊緊地裹在身上。

記者問，姑娘你叫啥名字？你說說你為什麼投河。

我看著記者，沒說話。這時，一陣河風吹來，我的牙齒抖動得更是厲害。

記者又問，姑娘，你是不是遇到了啥傷心的事情？你可以說說嗎？

我站在那裡，打著冷顫對記者輕輕地說了一聲沒事。

這時，洗衣服的婦人走到我面前，看了那些記者一眼，忙把身上的大衣脫下披在了我的身上，並把我帶到了附近的一幢樓房。

在樓房的視窗，我換好衣服後看著記者們一窩蜂地全圍在了青年的旁邊。

第二天，當地的日報、晚報都報導了我跳河的事情。我拿著報紙從頭看到尾都沒有找到我跳河的原因。上面也沒有我的名字。只有那青年的名字大大方方地掛在了上面。

不久，青年順順利利地就進了那家有名的集團。

青年得到通知那天，立馬就給我打了一個電話，並把我約到了平時我最愛去的一家茶房。

我走進茶房的時候，青年帶著一臉燦爛的笑容忙站了起來。青年走到我面前，一把抱著我，在屋裡旋轉了一大圈，並在我緋紅的臉上親了兩下。

看到這裡你肯定已經清楚了我和青年的關係，那我跳河的原因也就不多說了。

首次發表於《幽默諷刺精短小說》二〇一一年第九期

18. 真正的對手

林光是月亮村的農民，腦子活，會算計，幾年前就進城在車站對面開了一家羊肉館。由於地勢好，再加上會經營，不久，林光的羊肉湯就在鎮上有了名氣。

但好景不長，上個月車站旁邊又新開了一家羊肉館。那羊肉館剛好開在林光的羊肉館對面。提起那羊肉館，林光的心裡就是一股怒氣。對方一開張，林光的生意就漸漸地冷了下去，而對方的生意卻越來越紅火。林光恨得咬牙切齒，絞盡腦汁總想把對方壓下去。

這天早上，林光一起床，車站的早班車「噗噗」幾聲就發動了起來。隨著車子的發動，一股汽油味伴著晨風飄進了林光的店子。林光的心裡一下就有了主意。

林光提著一個廢油桶，走出店門，借助熹微的晨光，看了看四周，然後噗的一聲把裡面的廢油潑到了對面羊肉館的門口。

對面的燈忽然亮了。

林光愣了一下，忙輕手輕腳地走回自己的店子，把廢油桶提到裡屋藏了起來。剛藏好，對面的門就打開了。對面的老闆看了看地上的廢油，啥話都沒說，先用水沖洗，沖完又回屋端出一籮筐煤渣倒在了上面。

林光端著茶盅，若無其事地坐在門口，看著那老闆忙碌的身影，心裡禁不住冷哼了一聲。

誰知，到了吃早飯的時候，顧客還是陸陸續續地往對面走。走到門口，老闆總是笑臉相迎，說，慢點，地上有油，滑。邊說邊上前攙扶著客人，並把客人扶到店裡。

對面的生意又熱鬧了起來。

林光的店裡還是無人問津。

林光坐不住了，想了想，拿出手機打了一個電話。

鎮上的幾個小混混搖搖晃晃地來到了對面的羊肉館。

幾個小混混一走進店子就大呼小叫地鬧了起來。老闆忙走到他們面前，一臉的熱情。混混們看都不看老闆，開口就點了兩斤羊肉，兩瓶白酒。

羊肉一上桌，混混們就鬧騰開了。不久，兩瓶白酒就見了底。酒剛一喝完，一個混混站起來把手裡的酒瓶一摔，罵罵咧咧地吼道：他媽的，這是煮的啥東西，還有蒼蠅！吼完，用筷子在湯裡真的挑出了一隻淹死的蒼蠅。

老闆一看，臉寒了寒，但瞬間就恢復了自然，笑嘻嘻上前賠著不是，邊遞煙邊說對不起，對不起，是我的錯！幾位小兄弟的客今天我請了。

幾個小混混一下愣在了那裡。

老闆微微一笑，忙又吩咐灶堂上的師傅重新煮了兩斤上好的羊肉，然後親自拿了兩瓶白酒擺在了桌上。

幾個小混混看了看桌上的東西，再看看老闆那張微笑著的胖臉，紅著臉，啥話都沒說，站起身，灰溜溜地走了。

林光坐在店子裡，徹底地傻了。之後，長歎一口氣，想了想，關上門，一個人帶著滿肚子的苦悶回到了家裡。

林光回家時，父親正坐在門口劈柴。

父親看見林光，怔了一下，問林光咋不做生意，跑回家幹啥？

林光停了一下，又歎了一口氣，然後把自己的苦惱一古腦兒地說了出來。

父親聽完，拿起身邊的一根棍子，問，對方就是這一根棍子，你知道怎樣才能把它變短嗎？

林光說，有啥難的？砍斷就是！

父親笑了笑，搖搖頭，看著林光，拿起身邊的另一根棍子，說，你現在比比看，它是不是變短了？

林光一看，心裡一下就明白過來，紅著臉對父親說，我懂了。

父親微微一笑，說，幹任何一件事情，都會有自己的對手。戰勝對手最好的辦法，就是讓自己變得越來越強大。只要自己強大了，別人也就相對地弱了下去！其實，人的一生，真正的對手是你自己！

首次發表於《小說月刊》二〇一一年第一期

19. 村口的水泥路

水泥路修到村口，沒錢，停了下來。

村民趕集回家，坐個兩輪，包個三輪，嘟嘟幾聲，開到斷頭處，下車一看，自己的家還在遠處立著，心裡的怨氣就有了。特別是下雨天，頭上淋著，走在土路上，一腳的泥濘。村民開始了罵娘，主要罵村長。

這天，聽著村民的罵聲，村長坐不住了，穿上雨鞋，拉開門就往鄉里走。剛走到山腳，村長的手機響了。村長接起一聽，是鄉長。聽完電話，村長看了看旁邊劉叔的魚塘，點點頭，臉上就有了笑意。

前幾天，一場罕見的泥石流襲擊了村子。泥沙夾著石塊，混和著雨水，從山上滾滾而下。魚塘被衝開了一條大大的口子。不過，村長知道，魚兒沒受影響。劉叔早就將魚兒轉到了旁邊的幾個小塘正準備給塘消毒呢。

村長往旁邊一拐，拐進了劉叔看魚的魚棚。

看見村長，正在織網的劉叔忙站了起來。

村長也不客氣，不等劉叔招呼，自己拖張凳子就坐在了劉叔的面前。村長咳嗽了一聲，清了清喉嚨，問劉叔前幾天的泥石流對魚塘的影響大不？

劉叔怔了一下，望瞭望門外的魚塘，不好意思地笑笑，說，沒啥大的影響，就是衝開了一條口子。

村長笑笑，說，咋會說沒影響呢？肯定有。

劉叔摸不準村長的意思，嘿嘿笑了兩聲，說，那也是。

這時，村長拍了拍劉叔的肩，俯過身子，嘴貼著劉叔的耳朵，嘰嘰咕咕地說了幾句。

劉叔吃驚地望著村長。

村長站起來，走到魚墉邊，指了指遠處的斷頭路，對劉叔說，你想不想這條路修到你的魚塘邊。

劉叔緊跟在村長的屁股後面，愣了一下，說，想，咋會不想呢？誰都想。

村長說，想就好，想就照我說的辦。

劉叔看了看村長，再看看那泥濘不堪的土路，輕輕地點了點頭。

幾天後，鄉里來人了。鄉里調查泥石流損失的人員直接找到劉叔。劉叔吞吞吐吐好半天也沒說出個啥名堂。

鄉里的人滿臉狐疑地望著劉叔，問，聽說這次泥石流你跑了幾萬尾魚，是真的嗎？

劉叔漲紅著臉，低著頭，沒說話。

鄉里的人又問，買魚苗的發票你還保留著嗎？

劉叔抬起頭，輕輕地說了一聲，在。

誰知，鄉里的人埋頭正準備填調查表時，劉叔卻攔住了。

最終，劉叔說了實話。

那天，調查人員一走，劉叔長長地出了一口氣。

下午，村長怒氣衝衝地找到劉叔。

劉叔紅著臉，好半天，終於抬起頭，看著村長，說，你知道的，從小你就知道，我這人是個實心子，說不來瞎話，那些沒影兒的事，我是咋編都編不出來呀。

村長臉都氣青了，咬著牙，朝劉叔重重地哼了一聲，然後氣衝衝地走了。

村長的計畫泡湯了，原想至少都有幾萬元的賠償款，因為劉叔的不配合，一下就沒了影兒。

村民得知了事情的原委，大家看劉叔的眼神，全都變了味。

公路斷在那裡，孤零零地看著大家。車子還是進不來。特別是下雨天，村民趕集回家，頭上淋著，走在土路上，一腳的泥濘。村民開始了罵娘，但村民再也不罵村長了。

聽著村民的罵聲，劉叔沉默了。

幾天後，劉叔走進村長辦公室，拿出三萬元，丟給了村長，說，這是我這幾年養魚的收入，你們拿去，先把路修起來吧！

村長木在那裡，看著錢，直到劉叔離開也沒回過神來。

首次發表於《四川文學》二〇一一年第九期

20. 這事與村長無關

小李剛結婚，大嫂就鬧著要分家。

小李父母早亡，一直和大哥生活在一起，現在結婚了，分家也正常。但小李不想和大哥住在一起了。經過商量，老屋歸大哥，大哥出兩萬，小李重新建房。小李找到村長，要求批宅基地。村長看了小李一眼，彷彿不認識似的，笑笑，說批宅基地的事情不是他一個人說了算，要大家開會商量才行，讓小李等著。

小李一等就等了幾個月。從開春等到夏季，從夏季等到立秋，現在白露都過了，事情還沒有一點眉目。小李心慌了。嫂子也每天罵罵咧咧的不給小李好臉色。媳婦也受夠了，說小李再不想辦法自己就搬回娘家算了。

小李沒轍了，又去找村長。小李這幾個月一直都在找村長，但村長每次都叫小李等著。小李不知啥地方沒到位，每次拿去的東西，村長總是客客氣氣地拒絕。村長說，我咋會要你的東西呢？一個村子住著，抬頭不見低頭見，咋好意思！你別有想法，我知道你的難處，我們儘快開會商量一下，一有結果我就通知你。

這天，小李走進村長家時，村長媳婦正在院壩裡打黃豆。村長抽著煙，坐在堂屋裡津津有味地看著電視。

小李走進院壩，抓起一把黃豆，在手裡搓了搓，吹吹，丟在地上，然後走到村長面前，遞了一支煙給村長，並給村長點燃，坐到村長旁邊，無話找話地和村長天南地北地吹了起來。這時，電視裡正放一部反腐倡廉的電視劇。村長坐在那裡，邊看邊皺著眉頭。聊了好一會兒，小李一直沒說宅基地的事情，村長感到有點奇怪，轉過頭看著小李，一臉的狐疑。

小李朝村長笑笑，又遞了一支煙給村長，看了看曬在院壩裡的黃豆，問，村長，你這黃豆要賣不？

村長愣了一下，朝小李笑笑，說，要賣，咋不賣呢？

小李說，我表哥在城裡開了一個豆花飯店，需要大量的黃豆，他讓我在村裡幫他問問。

村長又笑了笑，說，問問？價錢都不說就問問？

小李說，我表哥說了，只要黃豆好，價錢高點都無所謂。

村長猛吸了一口煙，吐著煙圈，看了看門外，說，我的黃豆不說是全國第一，至少全村第一，這點不是亂說的。

小李忙討好說，那是，那是！

村長說，你表哥出多少價？

小李說，我還沒問。你去年賣的多少？

村長停了一下，說，去年是村裡的老王買的。去年的黃豆和今年的差不多。去年賣的二塊八。貴是貴了點，不過，我這黃豆就值那個價。你可以先問問你表哥。

小李知道老王去年承包了村裡的魚塘。小李愣在那裡，傻了一會兒，忙說，好，我先問問。說完又遞了一支煙給村長，然後就走了。

第二天，小李來到村長家時，村長不在，村長媳婦在。

小李問，村長呢？

村長媳婦看了一眼小李，說，啥事？你說就是！

小李說，昨天說的賣黃豆？

村長媳婦說，黃豆是我種的，這事與村長無關。兩塊八，還是去年的價，你買不？

小李說，買。

下午，一輛小四輪車子開進村長家，兩千多斤黃豆，一車就裝完了。小李把錢如數點給村長媳婦時，村長沒在家。

晚上，小李又去的時候，村長回來了。村長又在看電視，還是那部反腐倡謙的電視劇。小李遞過煙。村長看了一眼小李，說，你的宅基地問題，今天下午我們村委商量了一下，同意了。你可以自己找一個地方，但儘量不要占熟地就行。你先打個報告，我看一下！

小李忙幫村長把煙點燃，說，行！謝謝村長。說完，屁顛屁顛地就走了。

小李的新屋開工那天，表哥騎著摩托來祝賀。表哥掏出一個報紙包，遞給小李說，你數數，這是買黃豆的錢，剛好四千三百元。

小李接過錢，苦笑了一下，數都沒數，直接就塞進了褲子口袋。

這時，鞭炮劈哩啪啦地響了起來。

新房終於動工了。

首次發表於《天池》二〇一二年第一期。

釀文學146　PG0994

給你一線光明
——葛俊康短篇小說集

作　　者　葛俊康
主　　編　蔡登山
責任編輯　廖妘甄
圖文排版　姚宜婷
封面設計　陳佩蓉

出版策劃　釀出版
製作發行　秀威資訊科技股份有限公司
114 台北市內湖區瑞光路76巷65號1樓
電話：+886-2-2796-3638　傳真：+886-2-2796-1377
服務信箱：service@showwe.com.tw
http://www.showwe.com.tw
郵政劃撥　19563868　戶名：秀威資訊科技股份有限公司
展售門市　國家書店【松江門市】
104 台北市中山區松江路209號1樓
電話：+886-2-2518-0207　傳真：+886-2-2518-0778
網路訂購　秀威網路書店：http://www.bodbooks.com.tw
國家網路書店：http://www.govbooks.com.tw
法律顧問　毛國樑　律師
總 經 銷　聯合發行股份有限公司
231新北市新店區寶橋路235巷6弄6號4F
電話：+886-2-2917-8022　傳真：+886-2-2915-6275

出版日期　2013年6月　BOD一版
定　　價　430元

Printed in Taiwan

國家圖書館出版品預行編目

給你一線光明：葛俊康短篇小說集 / 葛俊康作. -- 一版. --
臺北市：釀出版, 2013. 06
面；　公分. -- (釀文學；PG0994)
BOD版
ISBN 978-986-5871-60-4 (平裝)

857.63　　　　102009907

讀者回函卡

感謝您購買本書，為提升服務品質，請填妥以下資料，將讀者回函卡直接寄回或傳真本公司，收到您的寶貴意見後，我們會收藏記錄及檢討，謝謝！

如您需要了解本公司最新出版書目、購書優惠或企劃活動，歡迎您上網查詢或下載相關資料：http:// www.showwe.com.tw

您購買的書名：____________________

出生日期：________年________月________日

學歷：□高中（含）以下　□大專　□研究所（含）以上

職業：□製造業　□金融業　□資訊業　□軍警　□傳播業　□自由業
　　　□服務業　□公務員　□教職　□學生　□家管　□其它_____

購書地點：□網路書店　□實體書店　□書展　□郵購　□贈閱　□其他

您從何得知本書的消息？

□網路書店　□實體書店　□網路搜尋　□電子報　□書訊　□雜誌
□傳播媒體　□親友推薦　□網站推薦　□部落格　□其他__________

您對本書的評價：（請填代號　1.非常滿意　2.滿意　3.尚可　4.再改進）

封面設計____　版面編排____　內容____　文／譯筆____　價格____

讀完書後您覺得：

□很有收穫　□有收穫　□收穫不多　□沒收穫

對我們的建議：____________________

____

____

____

請貼
郵票

11466
台北市內湖區瑞光路 76 巷 65 號 1 樓
秀威資訊科技股份有限公司 收
BOD 數位出版事業部

....

（請沿線對折寄回，謝謝！）

姓　名：________________ 年齡：________ 性別：□女　□男

郵遞區號：□□□□□

地　址：____

聯絡電話：(日) ________________ (夜) ________________

E-mail：____